倾听中原

QING TING ZHONG YUAN

——"四个全面"大家谈

SIGE QUANMIAN DAJIATAN

河南日报报业集团 编

郑州大学出版社

郑州

图书在版编目（CIP）数据

倾听中原 / 河南日报报业集团编 . —郑州：郑州
大学出版社，2016.9

ISBN 978-7-5645-3501-8

Ⅰ.①倾… Ⅱ.①河… Ⅲ.①新闻报道－作品集－中
国－当代 Ⅳ.① I253

中国版本图书馆 CIP 数据核字 (2016) 第 228921 号

出版统筹：大河书局
地　　址：河南省郑州市政七街 4 号 1 号楼
电　　话：0371-65996206
网　　址：www.yjylhappy.com

郑州大学出版社出版发行
郑州市大学路 40 号　　　　　　　　　邮政编码：450052
全国新华书店　河南大河书局经销　　　电话：0371-66966070
河南安泰彩印有限公司印制
开本：787 mm×1 092 mm　1/16
印张：19.25
字数：310 千字
版次：2016 年 9 月第 1 版　　印次：2016 年 9 月第 1 次印刷

书号：ISBN 978-7-5645-3501-8　　　定价：85.00 元
本书如有印装质量问题，由本社负责调换。

《倾听中原》编委会名单

主任

赵铁军　　王亚明

副主任

王俊本　　张光辉　　王国庆　　肖建中

成员

张学文　　陈　炜　　庞向辉
万川明　　鲍铁英　　李晓玮
刘翔明　　程道杰　　张鲜明
周岩森　　史家轩　　陈更生
万大珂　　高　亢　　刘　哲
李　兵　　李建峰　　于雷鸣

紧扣重大主题宣传　推进媒体融合发展

赵铁军

全面建成小康社会、全面深化改革、全面推进依法治国、全面从严治党，是以习近平同志为总书记的党中央，从坚持和发展中国特色社会主义全局出发，逐步形成的治国理政的总体框架和战略布局，这是对我们党治国理政实践经验的科学总结和丰富发展，集中体现了时代和实践发展对党和国家工作的新要求，确立了续写中国特色社会主义新篇章的行动纲领。中央的决策部署，是媒体宣传的重中之重。如何引导河南干部群众深入学习"四个全面"战略布局，并转化为全省亿万干部群众的具体实践？河南日报党委会、编委会对此高度重视，经过精心策划，组织推出了全媒体系列报道"四个全面大家谈"。如今，报道告一段落，应各方之邀结集成书，以飨读者。

习近平总书记在党的新闻舆论工作座谈会上强调，要切实提高党的新闻舆论传播力、引导力、影响力、公信力。承担起这个职责和使命，必须把政治方向摆在第一位，牢牢坚持党性原则，牢牢坚持马克思主义新闻观，牢牢坚持正确舆论导向，牢牢坚持以正面宣传为主。2016年4月24日，中共中央政治局委员、中宣部部长刘奇葆到河南日报报业集团视察时明确要求，"一定要把河南日报办好，把新媒体办好，把融合发展的新型主流媒体办好"。

作为省委机关报，河南日报始终坚持"政治家办报"，不断增强政治意识、大局意识、核心意识、看齐意识，围绕中央和省委省政府中心工作，不断拓宽媒体平台，不断提高舆论引导能力。近年来，积极应对网络时代新挑战，主动适应和引领媒体融合发展新趋势，河南日报报业集团融合发展的土壤和生态日臻成熟，先后培育了大河网等互联网站、手机报、新闻客户端、媒体官方微博、媒体官方微信平台等5大类新兴媒体业态，形成了颇具规模的新媒体集群。目前，河南日报官方微博粉丝总数超过560万，大河报客户端下载量突破1100万，河南手机报用户超过 1300 万，再加上报业集团其他媒体和新媒体联盟等，河南日报报业集团新媒体用户已覆盖 1 亿人，在全国同行中名列前茅。2016 年上半年，河南日报启动并完成了以媒体融合为核心的采编业务综合改革；6 月 1 日，在河南日报创刊 67 周年之际，报业集团鼎力打造的党报客户端"金水河"正式上线，以全新姿态跨入传统媒体与新媒体的融合之路，为占领新兴舆论阵地奠定了坚实基础。

创新重大主题报道形式，是媒体融合发展的题中之义。自 2015 年 4 月 14 日起，河南日报推出全媒体系列报道"四个全面大家谈"，是借力重大主题、形成媒体融合发展新突破的一次创新实践。"大家谈"每期报道都围绕贯彻落实"四个全面"战略布局这个重大主题，选定一个小切口话题，以小见大，"连天接地"。编辑记者深入村头、车间、社区、机关、法院、校园等，与基层干部群众、各行各业人士面对面座谈，用讲故事、谈感受、举例子等群众喜闻乐见的形式，用基层语言、以基层视角把"四个全面"这一重大主题讲具体、讲深入、讲透彻、讲生动，通过"柔性传播"，传递河南好声音。

"四个全面大家谈"是一次全媒体联动，文字、图片、音视频立体呈现，纸媒、网站、微博、微信、自媒体、客户端、二维码悉数上阵……每一期节目都充分利用新媒体和新技术，打通媒介界限，用全媒体思维丰富报道形态，实现了信息的一体策划、一次采集、多种生成、多元传播，通过充分的"媒体融合"，大大增加了宣传报道的感染力、影响力和传播力。

"四个全面大家谈"将顶层设计与基层实践结合起来，把学习贯彻中央重大决策部署同解决改革发展稳定中的实际问题、同提高人们的思想认识水平结合起来，围绕战略决策，聚焦改革成效，梳理发展问题，回应社会关切，反映群众心声，为改革发展稳定大局凝聚共识、汇集力量、鼓劲加油，潜移默化、润物无声，对基层干部群众深刻理解把握、深入贯彻落实"四个全面"起到了积极作用。"大家谈"系列报道得到了中央有关部门和河南省委主要领导的充分肯定，也获得了读者、网友的普遍好评。中宣部《新闻阅评》专期表扬："该专栏把顶层设计与基层实际紧密结合，聚焦'四个全面'的内涵及意义，通过舆论统一干部群众认识，推进这一重大战略的实施。"

"四个全面大家谈"是一次重要的"走转改"活动，我和报业集团编委会的各位领导亲身参与了许多场次的访谈。在采访座谈中，我每每发现，基层干部群众对"四个全面"的理解是那么具体鲜活、深刻精辟，贯彻落实"四个全面"的改革发展实践，是那么波澜壮阔、动人心弦。听市委书记谈发展思路、跟企业工人话创新创业、与基层群众聊工作生活，如何适应新常态，科学推进新型城镇化、农区工业化、脱贫攻坚，促进全面依法治国、全面深化改革……围绕一个个事关河南发展与民生福祉的话题，嘉宾、观众、记者敞开心扉、碰撞交流，智慧的火花竞相喷涌、精彩纷呈，"四个全面"战略布局的宣传丰富立体、潜移默化、深入人心，在这个过程中我们自身也深受教益和启迪。有幸参与那么多期节目的制作，不禁为河南发展成就喝彩，为河南干部群众点赞。把这些精彩的访谈结集成书，既是对前段工作的总结，又是对广大读者的回馈，更是对"四个全面"战略布局的进一步宣传，可谓一卷在手，收获良多。

　　关山初度尘未洗，跃马扬鞭再奋蹄。深入推进融合发展，发挥旗舰引领作用，占领新闻舆论阵地，牢牢掌握舆论主导权、话语权，对党报集团来说是职责所在、使命所系。河南日报报业集团将一如既往地坚持"政治家办报"，积极探索和把握媒体融合发展规律、实施攻坚转型创新，让河南声音愈发响亮，河南故事愈发动听，河南形象愈发出彩。

　　（作者系省委宣传部副部长、河南日报报业集团党委书记、董事长、社长）

目录　　　　"四个全面"大家谈

倾听中原

QINGTING ZHONGYUAN

倾听中原
QINGTING ZHONGYUAN

"四个全面" 大家谈

倾听中原

QINGTING ZHONGYUAN

访谈时间 ／ 2015 年 04 月 14 日

走进兰考 上

传承精神严育人
锻造"地基"好"钢筋"

主持人语

王国庆（河南日报报业集团副总编辑）：全面建成小康社会、全面深化改革、全面推进依法治国、全面从严治党，是以习近平同志为总书记的党中央治国理政的总体框架和战略布局。谋小康之业、扬改革之帆、行法治之道、筑执政之基，这既是一次豪迈的进军，也是一场艰苦的奋斗。落实"四个全面"，基层是非常重要的一环。河南日报报业集团以全媒体阵容，推出《"四个全面"大家谈》专栏，就是谈党和政府要干的事、你和我共同关心的事，传递最平实的基层好声音。

第一站，我们来到了兰考县东坝头乡张庄村。这是焦裕禄当年战天斗地压风沙的地方，百姓在此种下的焦裕禄纪念林早已郁郁葱葱。去年在党的群众路线教育实践活动期间，习近平总书记也是在这里与村民们促膝长谈。又是一年春来到，泡桐花开正当时，我们请这儿的党员干部围绕全面从严治党，加强农村基层组织建设，打开话匣子、掏出心里话，谈谈如何传承焦裕禄精神，做一名合格的基层干部。

1. 基层干部最大的成就感是能给群众办点事

文伟清（张庄村党支部书记）：农村一些事儿，上面压、下面不理解，工作难度很大。打个比方说，农村合作医疗收费，乡里要求每个村 3 天完成任务，但有些群众不理解就是不交，为这事村干部白天黑夜来回跑，有的干部还先把钱垫上。基层干部想干点事，真不容易，一年四季不着家，开会啊、调解问题啊、接待领导啊，工资待遇也不怎么高，老婆闺女都说"你自己都养不活自己，当啥干部啊"。可是，作为一名共产党员，应该树立起全心全意为人民服务的精神，一切不能脱离群众，一切从群众利益出发，这是一个共产党员应该做的事儿。

程远飞（张庄村党支部原第一书记）：有一件小事我感触很深。去年七月份一场大风，树把村里的电线砸断了。我们积极跟电信局联系，想先把群众的照明电通上，但就是因为栽一棵电线杆，刨了三个坑儿，花了一天，往东栽说挡路了，往西栽说占地了，当时说尽了好话，叫婶子叫大娘，终究咱群众还是识大体顾大局的。虽说嘴皮子磨破了，鞋底子也跑烂了，但是最终电线杆栽成了。

翟茂盛（张庄村村委会主任）：60 年代焦书记来到兰考的时候，开展治理"三害"大会战，那时的村干部，到乡里面去开会都是自己跑，还捎个窝窝头，就那还都跑得蛮有劲。现在的村干部，最低标准也有个电动车，起码不跑路了，吃的是白面还顿顿都有菜。70年代，机械化程度还低，干部带领群众去挖河出了很多力。现在都是机械化，不吭不哈都挖好了。现在种粮不要农业税了，还给粮食补贴、种子补贴，学生上学不收费了，还发营养餐，60 岁以上的老人发养老金。比一比就知道现在的条件有多好，当这个村干部能给老百姓办点好事，能办点实事，还是有意思的。

2. 群众不听话还是干部不像话

雷中江（张庄村党员代表）：现在我们的干群关系有些变化，公信力有所减弱，有些干部触犯了群众的利益，他们说现在老百姓不听话，是不是有些干部不像话？说群众不讲理、胡搅蛮缠，是不是有些干部推诿扯皮、办事不公，给老百姓造成很坏的影响、触犯了群众利益？说群众上访，搞不安定、不团结，是不是有些干部脱离了群众，经济上有问题？想当年解放战争时三大战役，大军南下，我们的支前队伍达到880万，这样的队伍能不打胜仗吗？当时我们党在群众中的公信力可想而知。

程远飞（张庄村党支部原第一书记）：村干部是最贴近群众的干部，也是最能代表共产党形象的干部，村干部做得多了，群众就说共产党好，村干部做得差了，他们就说共产党孬。村干部要从小事做起，不贪不占、公平公正，小到针头线脑，大到国家各项政策的落实都不能变调走形，规规矩矩。当基层干部，你要是挑起了这个梁，戴上了这个帽，你就得干事，不干事就别当这个村干部。

游富田（张庄村党员代表）：我记得压沙的时候，焦书记坚持在前面拉架子车，让我在后面推。当年的场景让我感触最深，我也是在焦裕禄精神的感召下成长起来的基层党员干部。

3. 在群众面前有威信就得公道正派

申学风（张庄村党支部副书记）：跟群众打交道，我觉得有几点很重要：一是当干部首先得做到公正、公平，廉洁无私，这些做不好，群众不信任你，你在老百姓面前就没有威信，啥事也办不成。二是平常跟老百姓多沟通交流，互相理解了，工作就好做了。三是干工作必须有耐心，还得认真。很多小事，群众找你的时候，你态度不好，敷衍了事，那样工作就做不好。

冯二国（张庄村村委会副主任）：我觉得有四项要求，如果做到了，群众肯定赞成。首先要把自己的心放平，做事要公道。不管是给群众分东西、分钱物，还是调解民事纠纷，你只要把心放平了，不偏不向，事情就好处理。就算有群众当时很激动，跟你吵，事后冷静下来，还是会对你有个客观评价的。第二是别管干什么事，做哪项工作，要热心有耐心。第三，不贪不要，集体的东西，你别想着法弄到家里去，群众找你办事，不能要不能吃不能喝。再就是不怕吃亏，有啥好处了，低保啊、照顾之类的，你先安排亲近人，这样就没有威信了，群众就不会树大拇指。

闫胜义（兰考县人民法院东坝头法庭庭长）：我感觉别把自己看得太高，就是一农家子弟，将来退休了还是一个老百姓，千万不能觉得我是法官，手里有什么权啦，这样把心态放好了，群众也就会对你产生一种信任感。老百姓但凡有一点办法，不是出于无奈，都不会跑到法庭去。基于这一点，对到法庭求助的每一位当事人，都应该报以热情的态度，认真地倾听，从中找到解决办法。

4. 从严自律，发挥好执政大厦地基中的钢筋作用

雷中江（张庄村党员代表）：十八大以来，党中央号召从严治党，坚持"老虎""苍蝇"一起打，这是英明的决策。咱老百姓好说"上梁不正下梁歪，下梁不正歪下来"，国家必须把上边的官治理好，下面的官才能跟着做好，农村基层党组织，是宣传、贯彻、执行党的方针政策的最末端，习总书记去年来兰考，座谈时指出，乡村是我们党执政大厦的地基，乡村干部是这个地基中的钢筋，位置虽低，你们的责任很大。这是对我们基层党组织很高的一个要求。从严治党到基层，国家很重视，只有把这个工作做好了，我们的国家才能长治久安，我们的人民才能富裕起来。

文伟清（张庄村党支部书记）：村支部发挥战斗堡垒作用，支部书记必须从自身做起，遵照党的各项政策去办事，积极主动地发挥自身的作用，主动引导全村的党员学习贯彻执行党的各项方针政策，有效地完成上级交办的各项任务。

闫胜义（兰考县人民法院东坝头法庭庭长）：中央提出"三严三实"，其中一条是严于修身，我认为严于修身就是慎独，在没有人监督的情况下，自己把握好自己，多读书，提升思想境界，从内心树起一道不能为、不愿为、也不敢为的防线，要常常怀着感恩的心，怀着敬畏的心，切实地负起责任，把自己的工作做好。

心声

党的群众路线教育实践活动、反腐败一定要坚持下去，可不能半途而废，更不能一阵风。

——游富田（张庄村党员代表）

我们党的干部，特别是领导干部，要像焦裕禄同志那样，才能得到群众的拥护和爱戴。

——雷中江（张庄村党员代表）

土地流转之后，承包商能不能把这些地种好，上级有关部门要加强监管，不能白白地浪费土地。

农村的养老问题迫在眉睫，七八十岁的老人谁来照顾？年轻人要出去工作，老年人即使再有钱，还得去做饭，还得料理自己，能动哩还好点，不能动的怎么办呢？

能不能设立一个平台，一个服务窗口，常年有人去管理农村合作医疗的收费和信息登记问题。

——文振民（张庄村村委会会计）

希望上级政府能尽快出台一些政策，规范一下农村彩礼的事，老百姓对此苦不堪言。

——程远飞（张庄村党支部原第一书记）

微评

一片"公"心在玉壶

听基层党员干部话基层、谈工作，"公"字是出现频次最高的字眼之一。一个"公"字，也简要概括了一名基层党员干部所必须具备的操守，那就是要有一颗公心，办事公平、公正、公道。

基层干部的切身体会最接"地气"，他们说不管是给群众分钱分物，还是调解纠纷，都要一碗水端平，不偏不向，做到了公平公正、廉洁无私，才能获得群众的信任，才能树立威信，基层工作才好开展。小到群众的针头线脑，大到国家政策的落实，事不分大小，时刻不忘做人之本、不移公仆之心、不谋一己之私，秉公办实事、立正气，才能基层稳、基础牢。

基础不牢，地动山摇。对我们党这座宏伟大厦和这棵参天大树来说，基层党组织就是她的基石和根系。基层党建工作抓得好不好、实不实，直接关系到党的政策是否落地生根、党的纪律是否严格遵守、党的事业是否兴旺发达，关系到党执政根基的稳固。只有把每个基层组织都建设成为坚强的战斗堡垒，每块基石都牢固、每条根系都发达，我们党才能更加坚强有力，群众才能看得到、体会得到、享受得到全面从严治党的成果。

治国安邦，重在基础；管党治党，重在基层。只要广大基层干部胸怀一片丹心、秉持一颗公心，牢记使命、担当责任、夙夜在公、勤勉工作，为群众办实事、做好事、解难事，就能使基层党组织像吸铁石那样，产生持久的"磁力"，把群众紧紧凝聚在一起，群策群力谋发展，同心同德奔小康。

"四个全面"大家谈①

走进兰考（上）

主持人：王国庆　河南日报报业集团副总编辑

发言人：
文伟清　张庄村党支部书记
程远飞　张庄村党支部第一书记
崔茂盛　张庄村村委会主任
雷中江　张庄村党员代表
申学凤　张庄村党员代表
冯二国　张庄村村委会副主任
闫敬义　兰考县人民法院东坝头法庭庭长
游富功　张庄村党员代表

传承精神严育人
锻造"地基"好"钢筋"

1 基层干部最大的成就感是能给群众办点事

文伟清（张庄村党支部书记）： 农村一些事情，上面定，下面不理解。工作难度很大。打不仅怕苦，我们行动作得行动费，办事要靠一年干不完这就住着。

2 群众不听话还是干部不像话

雷中江（张庄村党员代表）： 现在我们的工作多方面要求，过去了有时间被迫…

3 在群众面前有威信就得公道正派

申学凤（张庄村党支部村委会）： 刚群众打交道，我觉得有几点…

4 从严自律，发挥好执政大厦地基中的钢筋作用

雷中江（张庄村党员代表）： 十八大以来，党中央号召从严治党，要求"打虎""拍蝇"…

文伟清： 村里要有我做，工作中要团结自己的班子成员…

一片"公"心在玉壶

"五道防线"避免地方立法过多过滥

本报讯（记者《记者王延峰》）立法座谈会的一项重要内容是…

省人大常委会举行立法培训会议

本报讯（记者王延峰）4月13日…

中国人民大学 2014 年度"复印报刊资料"转载学术论文指数排名出炉

《新闻爱好者》三项指标创新高

全文转载率和篇数排名第二，综合转载量和综合指数排名第三

本报讯（本报记者）……

■关注第九届投洽会

以开放招商增强鹤壁发展动力
——访鹤壁市市长范修芳

日本照记者　赵林杰

"近年来，鹤壁市在全面建设…

倾听中原
QINGTING ZHONGYUAN

访谈时间 ／ 2015 年 04 月 17 日

走进兰考 下

小康不小康　关键看老乡

主持人语

王国庆（河南日报报业集团副总编辑）：2013年4月，习近平总书记在海南调研时指出："小康不小康，关键看老乡。"画龙点睛地说出了"三农"工作对全面建成小康社会的意义。河南是农业大省，1亿人口中有6000万是农民，河南要和全国其他地方一起迈入小康社会，任务更加艰巨。2014年年底，省委九届八次全会通过了《河南省全面建成小康社会加快现代化建设战略纲要》，勾画了河南省全面建设小康社会宏伟蓝图。让群众过上好日子，是焦裕禄生前的夙愿。河南要小康，农村怎么办？农民怎么看？我们带着这个问题到兰考县三义寨乡南马庄村，请农村的朋友，请市里、县里的干部谈一谈他们的想法、体会。

1. 晒晒俺的小日子：挣钱就在家门口

杨士祥（南马庄村支部书记）：我家去年粮食收入是四五千块钱，承包鱼塘收入是一万多块钱，还喂了十来头猪收入是一万多块钱，再加上俺媳妇挣的和其他一些收入，总共是五六万块钱。去年家里支出除了地里投资，化肥农药等占一小部分，加上走个礼，办个其他事，孩子上学买学习用品，加在一块也就花销三万来块钱，结余两万多块钱。村里村民的收入情况，我大致摸了摸底，比如村里的三口之家，就是两万多块钱，有的是外出打工收入，有的是在家搞养殖种植收入，刨除平常开销花费，一年能落一万多块钱。如果家里有五六口人，再有点经济头脑的，收入就会高些。现在 80% 的村民家里都有彩电、冰箱、洗衣机、太阳能热水器，电脑这几年也基本普及了，不少人家里还买了小轿车。

张砚斌（南马庄生态农产品专业合作社理事长）：俺村人均一亩多地，这些年外出务工的增多，很多人都不再种地了。我这个合作社成立于 2004 年，是河南省第一个生态农产品专业合作社，主要搞土地托管，每年给农民定额租金或分红，给这些外出务工的人解除后顾之忧。合作社现在还有一个资金互助的功能，给留守妇女和在乡创业的乡亲提供一些创业启动资金，近几年发挥了很大作用。

李玲（南马庄村妇女主任）：我出不去，就在家开了个小超市，老百姓不出村就可以买到自己需要的商品，捎带收个话费、电费之类的，既方便了大家，我也得到了实惠。

刘全新（言鼎门业公司董事长）：农村现在有三大可喜的变化：原来农民挣钱都是千里迢迢远离家园，现在挣钱就在家门口；原来大多是男的出门挣钱，现在农村产业发展了，妇女真正能顶上半边天，不仅可以进厂务工，平时还能照顾老人孩子；原来一个妇女一个月只能挣到一两千块钱，现在不离乡不离土，就能拿到三四千块钱。

2. 乡亲们的"小康梦"：物质、精神一个都不能少

张新磊（南马庄村村委会会计）：随着时代的发展，小康标准是水涨船高的。20 世纪 80 年代改革开放包产到户后，不少农民富起来了，手里有余钱了，就想做点事，比如做点生意、出外打工、包个小工程……现在农民的生活水平提高了，肉蛋奶是餐桌上的"家常菜"，农村环境也大大改善了，垃圾集中回收，有些家庭装上了水冲式厕所，电脑普及率也很高，小轿车也有了，农民的生活水平正在向城市靠拢。

杨士祥（南马庄村支部书记）：物质生活、娱乐、休闲等精神方面，都要达到一个层次。一是物质，不是说天天大鱼大肉就是小康社会，一日三餐的营养搭配要合理，才能健康长寿。二是娱乐，老年人辛苦一辈子，晚年需要娱乐，村里必须要有供老人娱乐的设备、聚会的场所和卫生条件，这才符合现在的小康标准。精神生活也得提高，村里不能有打架斗殴的、小偷小摸的，大家要互相帮助。只有物质生活和精神生活一起"富"起来，才是真正的小康。

耿德宇（南马庄村村民代表）：俺觉得，城里有的农村也要有，城里缺的，比如新鲜空气、田园风景，农村更要有，农村生活城市化。现在大家富了，攀比和浪费现象多了些。娶媳妇嫁闺女聘礼太重、张口太大，餐桌上蔬菜能吃完，剩下的是大鱼大肉。村里的"红白理事会"按照乡里的规定，要求宴席上上菜不能超过八个盘子，能省就省，够吃

就行。村里每年还评选好媳妇、好婆婆、种田能手等，传播正能量，促进和谐文明。

李玲（南马庄村妇女主任）：小康社会不仅物质要好，精神文明也要跟上。村里没人玩赌博，还修了广场，晚上很多村民到这儿跳广场舞，锻炼了身体也娱乐了。我们是全国村一级的文明单位。搞新农村建设要规划好，把天然气、暖气引进来，冬天不冷夏天不热，污水要有处理的地方，厕所要有坐便式、水冲式。

3. 带着乡亲奔小康：弘扬焦裕禄精神，炼就促天时的眼光、借地利的水平、聚人和的魅力

汤二法（后双井村支部书记）：农村富不富，关键看干部，首先看支书，看支书往哪领。支部书记要想带富一方，也得主动适应新常态。一是要抓班子带队伍，打铁必先自身硬，首先要双强，致富能力强、带富能力强；二要用好天时地利人和等各项条件，学习焦书记，炼就促天时的眼光、借地利的水平、聚人和的魅力。这样乡亲们才愿意跟着你干，村里事情才好办。我们村通过招商引资，利用焦书记当年防风抗沙的泡桐办了一个乐器厂，安排100多名劳动力就业，企业效益很好，从一个厂滚动发展变成两个厂、三个厂，并带动周边办了一百多家乐器厂，产品远销国外，总产值达到十多个亿。小泡桐做成了大产业，农民不出家门就有钱赚，还能解决农村留守儿童、空巢老人和保粮种地的问题。

杨士祥（南马庄村支部书记）：小康社会不是一句空话，是实打实干出来的。不管在外打工也好，就近就业也好，自己创业也好，村两委班子都必须引导好，想想怎样让乡亲们5年内全部奔小康。要给老百姓营造一个好氛围，邻里关系、生产关系、赡养老人、教育下一代等方方面面都要上台阶。争取建个幼儿园，解决年轻人的后顾之忧，让他们一心一意地干事创业。这样社会也和谐了，日子越过越踏实，才能真正达到

小康。在上级的支持和老百姓齐心协力努力下，俺们有信心5年内实现全面小康。

刘全新（言鼎门业公司董事长）：俺有三点建议。一是农村的企业太散，东头一家、西头一家，不成规模，能否建个园区，便于基础设施的建设和完善，形成产业集聚；二是为企业搭建学习创新的平台，解决农村企业信息不畅、创新能力弱的问题；三是解决农村中小企业融资难题，给农村企业发展多搭把手、多下下劲。

4. 党委政府是主心骨：抓好"三农"，"四化"同步

吕海标（兰考县人力资源和社会保障局副局长）：家庭是社会的细胞，全面建成小康社会，首先要实现家庭的小康。我们局里通过调研发现，一个农村家庭收入的一半以上，要靠外出打工。我们工作的着力点，第一个是加大农村劳动力转移就业，让农民家庭有稳定收入；二是加强农民职业技能培训，有一技之长工资就会高；三是做好就业创业的服务工作，有创业意愿的如果缺乏资金，我们就为他们提供小额担保贷款，开展创业培训和指导。再一个，农民挣到了钱不一定就实现了小康，还要加强社会保障，扩大农村社会保险的覆盖面、构建和谐劳资关系。

王其富（兰考县扶贫办副主任科员）：这些年我们采取了很多措施，对农民脱贫致富进行支持，在基础建设方面，就改善农村道路、排水等方面投入大量资金。在产业发展方面，培育壮大脱贫产业，引导农民创业。在公共服务方面，从医保、社保、邮政、教育等方面进行支持，提升农民脱贫致富能力，依托省、市的培训基地进行按需培训，依托龙头企业、合作社组织，带动农民致富。降低贫困农户贷款门槛，不搞大水漫灌，实施精准扶贫。

陈斌（开封市农办副主任）：奔小康首先要做好"三农"工作，还要靠工业、城市反哺，要靠新型工业化、信息化、城镇化、农业现代化"四化"同步推进。在奔小康的路上，农村现在最大的难题还是基础设施投入不够。各级政府要加大财政投入力度，帮助农民改善农村基础设施条件，提高农民收入，使农民富起来。全面小康既要见物也要见人，要下大力气提升农村的文明程度，让农村"望得见山、看得见水、记得住乡愁"。

网友热议

大河网友"如月蓝颜"：全面建成小康社会，就是要让每个人的生活水平都有所提高，不遗忘中国的一个角落，不落下中国的一个公民。

大河网友"庭院深深深几许"："四个全面"很实在，不耍花枪，都是老百姓能实实在在受益的事儿。

大河网友"青楼居士"：村里的事儿看似小事儿，但是能否解决好很看功力。

大河网友"郁真"：只有地方各级政府按照"四个全面"的总要求推进社会发展和经济建设，才能从根本上助力国家的"四个全面"建设。

大河网友"葡萄你丫是酸的"：焦桐不语，但是却记录着黄河滩地由风沙漫天到春意盎然的巨变。今天条件好了，但是为人民服务的本色不能丢！

微评

共圆一个"小康梦"

肉蛋奶不稀罕了，想要吃得更营养；农村生活正在城市化，想住上冬天不冷、夏天不热的楼房；挣钱就在家门口，又想自己创业……南马庄乡亲们晒日子、说愿望的朴素话语中，"小康不小康，关键看老乡"之于河南的深刻意义，带着泥土的气息扑面而来。

2020 年河南要如期全面建成小康社会。能不能让 6000 万农村人口 5 年后过上小康生活，攸关全局。仅以城镇化为例，2015 年城镇化率要达到 48%，2020 年城镇化率力争达到 56%，这就意味着在 5 年时间里既要安置 480 万农民顺利进城落户，更要投入巨额资金，解决农村基础设施"欠账多"、公共服务水平低等问题，填平城乡鸿沟。

全面小康，不仅是让乡亲们钱包鼓起来，更要让大家伙儿精神"富"起来，乡村美起来。小康不小康，关键看老乡，老乡要看"主心骨"。全面小康征途上，农村的致富带头人要巧用优惠政策承天时、因地制宜借地利、一心为民聚人和。各级党委政府要坚持把"三农"放在重中之重，同时工业反哺农业、城市反哺农村，同步推进新型工业化、信息化、城镇化、农业现代化，让进城的农民"转得出、进得来、留得下"，驻守农村的农民在广阔天地也大有作为，实现城乡一体化，共圆一个"小康梦"。

"四个全面"大家谈②

走进兰考（下）

小康不小康 关键看老乡

主持人：
王国庆　河南日报报业集团副总编辑

发言人：
杨士祥　南马庄村党支部书记
张观成　南马庄生态农产品专业合作社理事长
李玲　南马庄村妇女主任
刘金朝　育康行业公司董事长
张新磊　南马庄村村委会会计
耿德宇　南马庄村村民代表
潘二清　南马庄村党支部书记
吕海标　兰考县社局副局长
王其富　兰考县扶贫办副主任科员
陈斌　开封市农办副主任

① 晒晒俺的小日子：挣钱就在家门口

② 乡亲们的"小康梦"：物质、精神一个都不能少

③ 带着乡亲奔小康：弘扬焦裕禄精神，炼就促天时的眼光、借地利的水平、聚人和的魅力

④ 党委政府是主心骨：抓好"三农"，"四化"同步

微评

共圆一个"小康梦"

网友和议

刘满仓在全省保安建设工作座谈会上要求

以人为本 转变观念 引入现代化保安企业管理理念

反腐豫剧《全家福》晋京演出

直击人心震撼首都观众

提升食品安全保障水平

"学习谷文昌做'四有'干部"座谈会召开

鲍常勇任洛阳市代市长

"四个全面" 大家谈

倾听中原

QINGTING ZHONGYUAN

访谈时间 ／ 2015 年 04 月 21 日

走进汤阴

中原"聚"变　产业先行

主持人语

童浩麟（河南日报主任记者）：前段时间，省委书记郭庚茂在全省产业集聚区建设工作会议上强调，科学发展载体是河南全面建成小康社会的主导支撑，是全面深化改革的"试验田"，是全面依法治省的示范区，是全面从严治党的"试金石"，科学发展载体建设是贯彻落实"四个全面"战略布局的生动实践。

　　产业集聚区作为重要的科学发展载体之一，经过全省上下6年多的努力，已经进入了必须更加注重质量提升、更加注重转型升级、更加注重创新驱动发展的新阶段。正所谓新常态下要有新风景，产业集聚如何才能更好地托起中原新"聚"变？本期我们来到了"汤水之南灵秀地"汤阴，看一看这里的产业集聚区建设得怎么样，听一听这里的干部、群众、企业有啥好建议、金点子。

1. 产业集聚区建设是落实"四个全面"战略布局的生动实践

田海涛（汤阴县委书记）：通俗地讲，小康就是老百姓能就业、有收入、有房住、有学上、能看病，还能老有所养。全面建设小康的基础是经济，对于县域经济来说，产业集聚区抓好了，工业就能上去，百姓就能就业、有收入。政府财政有实力了，社保、科技、教育就都能加大投入。所以说我们要脚踏实地建设产业集聚区，让它成为全面建设小康社会的战略支撑。

搞好产业集聚区，"土政策"不能随便出台，必须按照中央的要求简政放权、全方位深化改革。汤阴县产业集聚区成立了企业服务中心，设有政府的行政审批服务平台，有土地运作平台、金融服务平台、创业创新平台，有质量检测、研发、人才资源等平台。设立企业服务中心，有利于技术创新、模式创新、体制创新、公共服务创新，可以说，产业集聚区是全面深化改革的一个主抓手、"试验田"。

必须靠法治环境，靠政府、干部、企业守规矩，地方经济才能走得扎实、走得长远。总的来说，改革必须在法治的框架之下进行，法治的红线不能突破，这是产业集聚区发展的前提。

党建贯穿于中心工作之中，当前，全党的中心工作就是抓经济，在县里，主要就是建设产业集聚区。党员干部是真金还是假金，要放到产业集聚区这个大平台上试一试、炼一炼。因此，我们把能力最强、党性最强的干部配到产业集聚区，让他们的党性素养、工作能力，在抓产业项目、服务企业、招商引资中，得到最直接、最具体的体现。通过产业集聚区建设，广大党员干部在游泳中学会了游泳，思想观念变新了，对现代市场经济的理解深入了，特别是树立了服务的理念，把服务顶到头上、装在心中、扛上肩头。我认为，产业集聚区是全面从严治党的一块非常好的"试金石"。

蔡光伟（汤阴县产业集聚区管委会党委副书记）：产业集聚区开创了汤阴新局面：从2009年到2014年，汤阴县财政收入从2.2亿元增至8.8亿元，城镇化率由31%增至42%。从这可以看出，产业集聚区对工业化、城镇化等都有很重要的意义，带动经济社会发生了翻天覆地的变化，迈出了全面小康的坚实步伐。

2. 从招商引资向招商选资、招大引强、择优选强转变

周雪峰（汤阴县招商局副局长）：产业集聚区建设之初，也有过一段来者不拒、"剜到篮里都是菜"的历程。随着交通区位、产业承载能力等优势逐步扩大，我们的招商门槛也越来越高，思路也逐步清晰，从单纯的招商引资向招商选资转变，向招大引强、择优选强转变。在选商方面，我们坚持"三定一驻"的招商机制，简单地讲就是定向、定点、定位和驻地招商。比如，"定点"就是细化产业链条，瞄准行业龙头重点对象进行点对点招商，仅在食品行业就细化了18大类、500多小项，筛选出324个尚没有在华北地区布点的企业，进行精准化招商。

孙玉（汤阴县"三联办"代办员）："三联办"就是联审、联批、联办办公室，主要为企业全程代办行政审批手续。为更好地为企业服务，2014年9月，汤阴县成立了企业服务中心，采取"三个一"运行机制，即一个窗口受理、一个领导审批、一枚公章办结。确保不出我们的中心，就能办结所有的行政审批事项，所以在汤阴流传着这样一句话，就是"进一扇门，找一个人，办所有事"。

杨超勇（今麦郎饮品公司副总经理）：我在汤阴听到一个"两不接触"的政策，就是说征地不与老百姓接触，防止不必要的冲突，行政手续的办理由专职代办员来协助，企业不与政府部门直接接触。从项目立项到营业执照、机构代码，各种手续仅用了40天就

全部完成。这种"汤阴速度"让我感到非常惊讶和佩服。也正因为如此，我们集团饮品事业部的结算中心也落户到了汤阴。

李东跃（汤阴县伏道镇党委书记）：为了给企业创造良好的经营环境，我们对党员干部"约法三章"，就是不能跟产业集聚区的企业和建设项目有利益纠纷和利益联系，做到帮忙不给添乱、服务不增负担。

3. 伸长链条把主导产业做大做强

张振清（汤阴县产业集聚区管委会党委常务副书记）：我们把食品和医药作为了主导产业，这是因为，汤阴有 68 万亩良田，是全国优质商品粮基地，还是艾草等中草药的原产地，拥有资源优势。食品和医药是朝阳产业，人总是要吃饭的，吃五谷杂粮也难免会生病，两个产业都非常有前途。截至目前，汤阴县产业集聚区入驻企业 196 家，其中食品企业 76 家，医药企业 38 家；2014 年，集聚区实现增加值 61.2 亿元，其中食品和医药达到 38 亿元，主导产业占到 80% 左右。

蔡光伟（汤阴县产业集聚区管委会党委副书记）：省委省政府提出建设产业集聚区，实际上就是要确定不搞同类竞争，各地根据自身特点、资源优势确定一两个主导产业，然后把这个产业做大做强并延伸链条。同是食品产业，我们侧重粮油深加工，临颍县侧重休闲食品。比如，我们有 50 多万亩优质小麦，有益海嘉里、华龙面业等面粉企业，再往下加工有博大营养面、四川濠吉非油炸六粮方便面，再往下还有饼干，靠这样一个链条就把企业牢牢地串在一起。大家形成链条，就可以节约物流成本、劳动力成本，使经济利益最大化。

王永辉（汤阴县发改委主任）：目前，汤阴县产业集聚区有10多家省级企业技术中心，有近10家市级企业技术中心，县政府专门设立了1个亿的主导产业基金和5000万的创新基金，扶持企业创新。

4. 产城融合让农民"从蜜蜂变蚂蚁"

黄俊国（汤阴县城关镇党委书记）：产业是城镇发展的基础，城镇是产业发展的载体。我们汤阴县近几年一直坚持"五规合一"，坚持"以产兴城，以城促产，产城融合"。以城关镇为例，在产业集聚区务工的有五六千人，随着产业的发展，我们先后建设了孔村社区、五里村社区等四个新型农村社区，这些社区规划档次都比较高，有电梯、有学校、有公园、有社区卫生院。

产业集聚区建设带来了翻天覆地的变化。一是思想观念上的变化。以前农民是面朝黄土背朝天，土里刨食，一年到头挣不了几个钱。现在我们这五六千工人每年带回家一亿多元的工资。二是生产生活方式上的转变。以前我们这边农村有几句顺口溜，"火龙岗穷得很，不去山西不嫁人""姑娘老到家，不嫁到康洼"，当时汤阴农民纷纷到北京、天津、山西等地打工，现在随着产业集聚区的建设，在家门口就可以上班了，过去像"蜜蜂"，哪里有花去哪里采，现在像"蚂蚁"，守住窝边就有食吃。村民变市民，农民工变产业工人，现在的新生活是"住的是单元楼，工作在家门口，买个小汽车，没事旅旅游。"

焦秀芹（汤阴县城关镇焦孔村村民）：我家原来主要靠种地为生，农闲时外出打工，一年收入2万～3万元。产业集聚区建成后，我丈夫在众品上班，儿子在永达工作，一年收入有五六万元，而且我儿子在厂里谈了对象，他对象说我们这里好，离公司近。现在我们家搬到了新建的社区，生活比以前强多了。

郝瑞敏（科伦药业员工）：从厦门大学毕业后，我跟大多数人一样，想去大城市闯一闯，但是理想很丰满、现实却很骨感，在大城市打工感受不到亲情，在产业集聚区转了一圈后，我决定留下来建设家乡，现在不仅能和家人经常在一起，找同学玩也很方便，我觉得这就是幸福。

网友热议

大河网友"忘忧草"：这个采访活动很接地气，把"四个全面"国家战略同每个人的工作生活联系到了一起，形式新颖，看到汤阴现场照片很不赖，下次能到俺们这里看看不？

大河网友"草包书生"：作为基层党员干部，只要认定是能服务经济社会发展的，对人民群众有益的事情，就要以乘风破浪的精神大胆开展工作，敢于迎接挑战，面对困难，敢于担当。

大河网友"洛阳飞雪"：紧贴民生，关注热点，深入浅出，发人深省，"四个全面"大家谈，谈出了百姓心声，谈出了发展信心，一个字——好！

微评

用好改革"试验田"

今麦郎集团感叹"汤阴速度",称赞汤阴简政放权,做到"进一扇门,找一个人,办所有事。"

汤阴产业集聚区建设之所以搞得好,就在于他们用好了这块全面深化改革的"试验田",把建设的过程,化为政府转变职能、提升行政效率、提供优质公共服务的实践。

改革是决定河南前途命运的关键一招。经济发展进入新常态后,解决各种突出矛盾和问题必须依靠改革,深化改革是保证经济社会稳定持续发展的最大法宝。用好产业集聚区这块"实验田",要以更大的决心、更大的力度,按照"一跟进、两聚焦"的要求,不断把各项改革推向前进,不断推进机构改革和职能转变,处理好管理和服务的关系,既要积极主动地放掉该放的权,又要认真负责管好该管的事,从"越位点"退出,把"缺位点"补上,优化政府组织机构,理顺部门职责分工,突出强化责任,确保权责一致,最大限度地激发市场和社会活力,为贯彻落实"四个全面"战略布局提供强劲的动力。

"四个全面"大家谈 ③

走进汤阴

中原"聚"变　产业先行

"四个全面"大家谈　走进汤阴

主持人
麦潇潇　河南日报主任记者

发言人
田海涛　汤阴县委书记
蔡先伟　汤阴县产业集聚区管委会党工委副书记
周雪峰　汤阴县招商局副局长
补玉　汤阴县"三联办"代办员
杨超羽　某食品饮品公司副总经理
李冬跃　汤阴明县伏道镇党委书记
张振涛　汤阴县产业集聚区管委会主任
王水辉　汤阴县发改委副主任
黄俊丽　汤阴县城关镇党委委员
鼠秀芹　汤阴县韩庄美德张儿村村民
郑鸿毅　科伦药业员工

① 产业集聚区建设是落实"四个全面"战略布局的生动实践

② 从招商引资向招商选资、招大引强、择优选强转变

③ 伸长链条　把主导产业做大做强

④ 产城融合让农民"从蜜蜂变蚂蚁"

博谈
用好改革"试验田"

史济春会见中国侨商联合会客人

为全省经济社会发展创造良好的法治环境
刘满仓带领省委政法委机关干部到漯河学习考察时强调

赵素萍会见投洽会客人

全省集中销毁侵权盗版及非法出版物
赵素萍出席并讲话

倾听中原　QINGTING ZHONGYUAN

走进汤阴

027

"四个全面"大家谈

走进商水

访谈时间 ／ 2015 年 04 月 24 日

天下粮仓　中原担当

主持人语

陈苗（河南日报高级记者）：我省是国家粮食生产核心区，粮食产量占全国的十分之一，小麦产量超过四分之一。让中国人碗里多装河南粮，是河南的贡献，也是河南的奉献。2014 年 5 月，习近平总书记在考察河南时强调，粮食生产这个优势、这张王牌任何时候都不能丢。《河南省全面建成小康社会加快现代化建设战略纲要》提出，"建立粮食生产稳定增长的长效机制，把河南建设成为全国重要的粮食稳定增长的核心区，解决自身的吃饭和发展基础问题，为保障国家粮食安全作出贡献。"做到四化同步，全面建成小康社会，都需要我们保持粮食稳产增产。

1. 手中有粮，心里不慌

马卫东（商水县委副书记、县长）：得天独厚的农业资源禀赋是商水县最大的优势，发展粮食生产，保障国家粮食安全，商水责无旁贷。小康不小康，关键看老乡，只有多打粮食，种粮效益高、农民收入高，才能让农民与全国人民一道奔小康。商水县粮食种得好，得益于"五个保"：保面积，用规划划定基本粮田，用管理保证基本农田不受侵占和破坏。保产量，依靠科技创新和高标准粮田建设，提高粮食产量。保质量，减少化肥、农药的使用，发展生态农业、减少面源污染，保证粮食品质。保效益，通过实施土地流转，建立粮食银行，成立种植合作社联社，发展大宗商品电子商务等方式，促进规模经营，提高效益。保服务，提供土地流转交易服务、涉农金融服务、农技服务、新型职业农民培训服务，解除种粮人的后顾之忧。

朱怀礼（商水县农业局局长）：商水县在保粮食安全方面做出的贡献，表现在两个稳定上：粮食种植面积常年稳定在 120 万亩以上，占全县耕地面积的 90%；粮食总产常年稳定在 25 亿斤以上，2014 年大旱之年，不减反增，更是突破 27 亿斤。商水县虽然是国家贫困县，财政困难，但每年农业科技投入有几百万元。

刘天华（商水县天华种植专业合作社理事长）：2015 年 1 月份，作为唯一的农民代表走进中南海，面对面向李克强总理汇报粮食生产情况，感到很骄傲。当我说，去年河南小麦"十二连增"时，总理笑了；我是 40 多岁的人，从来没见过像 2014 年夏季那样的大旱，但种的是高标准粮田，旱能浇，涝能排，产量不减反增，总理听后又笑了；我向总理学了合作社流行的顺口溜："种田不蹚泥，打药用飞机，麦子一般齐，产量年年提。"总理再次笑了。总理说，粮食安全最重要，农民最辛苦。俺当场向总理承诺，以后要多种粮，多打粮，打好粮！

2．土地不认爹和娘，收拾好了多打粮

陈新民（商水县副县长）：我们一改过去那种"撒胡椒面式"的项目补贴方式，整合农开、小农水、国土整治等多个项目资金，建成 40 万亩高标准粮田，为粮食丰收打下基础。到 2017 年，全县的高标准粮田面积要达到 100 万亩。实施农机补贴，每年争取 1400 万元左右补助资金，向高标准粮田倾斜，扶持新型农业经营主体购置大型农业机械，提高粮食生产能力。

朱怀礼（商水县农业局局长）：粮食种植在产量稳定的基础上挖潜力，要在良种上下功夫，去年推广"周麦"系列，产量表现良好，周麦 22 创下国内千亩高产纪录，亩产达 764.2 公斤；从培肥地力上下功夫，大力推广深耕深松、秸秆还田等技术；在科技服务上下功夫，全县 150 多名农技人员，每人分包 5 个行政村，科技服务实现全覆盖。去年全县建 14 个农技区域站，每个站配 14 名左右农技人员，技术人员直接进村入户。

刘林业（商水县舒庄乡农技站站长）：农技推广工作很重要，要动脑筋，想办法，让农民掌握农业技术，实现丰产增收。农技推广工作非常辛苦，不热爱的话，坚持不下去。农技推广工作也有乐趣，到收获季节，看到农民增产增收，心里就高兴，回到家里会不由自主地哼唱小曲。一些原本对农业技术一窍不通的农民，在自己的指导下，变成了"土专家"，很有成就感。

祁勇（商水县农业局副局长）：基层农技人员下乡没有补助，农民感谢的方式很朴实，经常是两个菜、一碗芝麻叶面条，这就让农技人员很感动。

3. 合作社种田，省力又挣钱

杜卫远（商水县发达高产种植专业合作社理事长）：合作社利用大型机械化耕作，降低劳动强度，解放劳动力。实行统一耕地、统一供肥、统一播种、统一管理、统一收割入库、销售后统一结算等"六统一"模式，解决农民种地的后顾之忧。我们托管的土地，粮食不但不少收，反而增收了。农民能从土地中解放出来，外出打工挣钱。现在还有很多农民想加入我们合作社。

刘天华（商水县天华种植专业合作社理事长）：国家有这么好的政策，我们更有信心靠合作社的优势带动更多农民致富。现在合作社托管流转 1 万多亩地，农民送给合作社一句话："兄弟姐妹打工去挣钱，天华合作社托管代种田。"去年成立了农民合作社联合社，搭建一个平台，抱团取得更大发展。如果每个合作社购买 2 架植保无人机，10 家合作社就有 20 架，每架无人机服务范围为 500 亩。将来联合社达到 30 家，就能有 60 架植保无人机，可以服务驻马店、南阳等周边地区。

张力士（商水县舒庄乡舒庄村村民）：家里有 26 亩地，现在全部托管给合作社种植，每亩地托管费 70 多元，从种到收全由合作社统一管理，每亩小麦产量达 1400 多斤，因为是种子田，每斤多卖 1 毛多钱。土地托管后很得劲，每亩地多收入 200 到 300 元，孩子在外打工不用担心家里的地咋种，我还到合作社打工，每月能挣点工资，一举多得。

杜天才（商水县舒庄乡杜店村党支部书记）：村里村民入农业保险有 4 个年头，每亩地交 2 到 3 元的保费。2012 年遇到冬寒，麦梢发黄，快收麦时，保险公司来测产，每亩地赔付 46 元，老百姓很满意。土地流转过程中出现了一些问题，我就在种粮大户和农

民之间搞好协调。

4. 现代农业，在希望的田野上

马卫东（商水县委副书记、县长）：当前是农业和互联网发展的黄金时代，农业和互联网这两个最具潜力和希望的行业融合到一起，一定能够带动经济的腾飞。我们看准了这一点，要着力发展"智慧农业"，为此我们将搭建好"四个平台"：通过农业物联网应用展示平台，解决农产品的安全和可追溯问题；通过土地银行网平台，打造全国性的土地流转交易平台，为土地流转提供服务；通过农业大数据平台，解决"谁来告诉我明天种什么"的问题，实现精准种植；通过特色和大宗农产品电子商务交易平台，让我们的大宗农产品实现规模化销售，卖个好价钱，提高农民的收入。

刘记森（河南农业职业学院 2014 年毕业大学生）：我是个 90后，本想通过上大学跳出农门。但大学学了农学专业后，对农业有了更多了解，我深深感到，农业大有可为，农村完全可以成为我们90 后就业和创业的大舞台。在传统农业向现代农业迈进的过程中，我想利用所长，做有知识、有技术、懂经营、懂互联网的新型职业农民。

朱宇轩（河南农业职业学院 2014 年毕业大学生）：从事农业快一年了，感觉很辛苦，但慢慢喜欢上了农业。去年我流转了 100亩地，成立了一个家庭农场，自己种地挣的钱，加上在天华合作社做技术员的工资，我去年的综合收入有 6 万多元，今年我还要再流转 100 亩土地。我的创业开始了。

网友热议

　　大河网友"汴京王爷"："农业稳，则天下稳。粮食丰，则天下安。"我们坚信，在贯彻"四个全面"的过程中，"中原粮仓"河南能够克服重重困难，不辱"中原担当"的神圣使命。

　　大河网友"老辛"：粮食的重要性人人皆知，国家应该从政策上加以扶持，别委屈了种粮食的人们。

　　大河网友"大菠萝蜜"：农业要产业化，农民要职业化，有了规模，现代农机才有可能大范围推广提高生产率。再靠一家一亩三分地的方式搞小农经济，已经不能适应这个时代了。

微评

开启丰收"新常态"

良种良法、深耕深松、产业化经营、精准化培训……商水县依托农业优势，勇担重任，把"三农"放在重中之重，种粮大户走进了中南海，高标准粮田丰产高产、捷报频传。

悠悠万事，吃饭为大。粮食安全关乎国运民生，是全面建成小康社会的基本要求；种好粮、多打粮、打好粮，让全国人民吃上"河南馍"，是中原儿女的责任担当。2020年，河南粮食总产量要达到1300亿斤，时间紧，任务重。全球粮食生产形势日益复杂多变，我们更要把饭碗牢牢端在自己手上。努力实现"四化"同步，推进粮食生产核心区建设，建设现代农业大省，让中原粮仓更加丰盈殷实，使命神圣，责无旁贷。

如何稳粮增产？关键在于通过稳定面积、主攻单产，改善条件、创新机制、完善政策，提高粮食生产的规模化、集约化、产业化、标准化水平，实现内涵式增长，把河南建设成为全国重要的粮食稳定增长的核心区。新常态下，更要深化改革，引导土地有序流转，让种养大户、家庭农场、农民合作社等新型生产主体和经营模式竞相涌现，并积极顺应信息化潮流，让"互联网+""智慧农业"助力粮食生产脱胎换骨、破茧蝶变。

粮安天下，天下重粮。未来十年有望成为中国农业发展的黄金十年，现代农业则是一片希望的蓝海。广阔天地，呼唤着越来越多有技术、懂网络、勇创新的有志青年前来就业创业、大显身手。新型农民引领风骚，带动乡亲们增产创收，粮食安全的"中原长城"就会更加牢靠！

2

2015年4月24日 星期五

河南日报

HENAN DAILY

要 闻

"四个全面"大家谈 ④

走进商水

天下粮仓 中原担当

① 手中有粮，心里不慌

② 土地不认爹和娘，收拾好了多打粮

③ 合作社种田，省力又挣钱

④ 现代农业，在希望的田野上

主持人

陈茁
河南日报高级记者

发言人

马卫东
商水县委副书记、县长

刘天华
商水县天华种植专业合作理事长

陈树民
商水县国土局局长

杜卫远
商水县发达粮产种植专业合作社理事长

张力士
商水县野庄乡野庄村村委

杜天才
商水县野庄乡杜店村委书记

刘记森
2014年毕业大学生

朱宇轩
2014年毕业大学生

**开启丰收
"新常态"**

刘天华（商水县天华种植专业合作理事长）

朱怀礼（商水县农业局局长）

胡晨（商水县农业局副局长）

刘林安（商水县种粮大户）

杜卫远（商水县发达粮产种植专业合作社理事长）

简反馈议

刘满仓在邓州调研时强调

打造过硬政法队伍
推进平安河南建设

本报讯

"书香中原"全民阅读
活动启动

赵素萍出席启动仪式

本报讯

确保工程安全平稳运行
不断造福民族造福人民

（上接第一版）

河南日报　"四个全面"大家谈

"四个全面"大家谈

访谈时间 ／ 2015 年 04 月 28 日

走进新密

倾听中原 QINGTING ZHONGYUAN

要想小康　先要健康

主持人语

屈芳（河南日报主任记者）：健康是人们最重要最基本的需求，人民身体健康是全面建成小康社会的重要内涵。2014年12月，习近平总书记在江苏调研时指出，没有全民健康就没有全面小康。在2015年的全国两会上，"健康中国"首次被写入了政府工作报告。

河南是个农业大省，农村健康工作咋样，事关8000万参合农民的幸福安康。本期我们来到新密市超化镇河西村，邀请基层干部群众和有关医疗工作者共话健康，一起聊聊老乡们平时小病咋看，大病咋办？有啥心里话，有啥新期盼？

1. 新农合"兜底"乡亲们看病有底气了

钱国现（超化镇河西村村民）：参加新农合后，老百姓确实得到好多实惠。俺老伴儿患有偏瘫，这些年光住院就住了 17 次，前前后后花了十七八万元，新农合给报销了 9 万多元。要不是这，自己哪能拿出恁多钱？国家有这好政策，老百姓才能看得起病。

樊永强（超化镇樊寨村村民）：我媳妇儿去年六七月份得了急性坏死性胰腺炎，从县医院转到郑大一附院治疗，前后住了三次院，花了 11 万多元，新农合直接报销四万七。去年国家出台新政策，大病二次报销又报了七八千元。你说新农合给咱解决了多大问题！

王耀平（河南省卫生计生委农卫处处长）：农村合作医疗保障制度的建立，让咱老百姓看病有了底气。河南的新农合从 2003 年起步，到现在有十几个年头了，参合率达到了 98.77%。筹资水平从人均 30 块钱，到现在的 470 元，其中各级财政补助 380 元。随着筹资水平的提高，新农合的报销政策不断完善，报销比例也不断提高。特别是我们在全国率先建立了重大疾病保障机制，让很多重病大病患者看到了希望。以前老乡们说，"大病拖，小病扛，实在不行见阎王。"有了新农合保障后，这种现象得到了很大改善。可以说，让农民敢看病了，能看病了。

2. 破解看病难让家门口医院"牛"起来

胡进财（大隗镇纸坊村村民）：我今年 79 岁，一身慢性病，像什么高血压、高血糖、冠心病，一个都不少。去年我在县医院住了两次院，因为病情加重，没办法了转往郑州的医院。到了大医院，那是人山人海，排队都不知道往哪排，最后孩子们托人才找到病床。真是一床难求。说实话，如果咱能在底下看好，谁想花那个钱，去大医院折腾？

王耀平（河南省卫生计生委农卫处处长）：一些大医院人满为患，老百姓还存在一定程度的看病难、看病贵，这是客观现实。如何破解这些难题呢？要靠推动医疗卫生工作重心下移、资源下沉。通过综合措施的实施，真正让基层强起来，壮起来，让咱们老百姓在家门口，就能方便地享受到优质医疗服务。

司银套（新密市中医院院长）：应该说我们院这些年软硬件建设都有了明显提高，CT、核磁、彩超等大型设备和诊疗水平，与郑州市三甲医院基本相当；一些脑出血等急重症以及骨科病症的手术和治疗，基本上也能满足群众就医需求。但医院的发展毕竟有一个过程，像心肌梗塞、恶性肿瘤、血液病等危急复杂的病患转诊率还较高，医疗条件和水平还需要进一步提升。

王朝阳（大隗镇中心卫生院院长）：我们院是国家投入500多万元建成的，占地40多亩，也配备了彩超、CT，条件比原来强多了。但是老百姓生活水平提高了，对健康需求也多了，逼着我们要继续改进。

侯振喜（大隗镇纸坊村卫生所所长）：我们卫生所建得很漂亮，还配备了2万元的设备。不光我们，新密市所有村级卫生所都标准化了，也成了农村的一道风景线。有些老人不识字，光看房子就能认出是卫生所。

寇海荣（新密市卫生局局长）：近年来，我们不断加大投入，对 9 家乡镇卫生院的病房楼进行了改扩建，在全市 303 个行政村全部建成了标准化村级卫生所，投入 3 亿元建了新中医院，保健院新址迁建也将开工建设。另外，我们在县域内启动县乡村三级医疗联合，形成了大带小、长补短、强扶弱的合作模式，还与郑州市中心医院签订了医疗合作协议，解决基层医疗技术水平薄弱的难题，努力实现"小病不出村、常见病不出乡、大病基本不出县"的目标。

3. 乡村人才缺盼留"健康守门人"

顾建钦（郑州市卫生计生委主任）：在基层，乡村医生是老百姓的"健康守门人"，郑州市赋予他们一个特殊称谓："片医"。从 2008 年开始，我们一直在探索以片医负责制为特色的统筹城乡的社区卫生服务体系，目前郑州市有 85 家社区卫生服务中心，136 家社区卫生服务站，96 个乡镇卫生院，2239 个农村卫生室，活跃着 6280 名城乡片医。他们承担着建立健康档案、开展健康教育、计划免疫、慢病管理、妇幼保健等工作，目的是让村民少得病、晚得病，不得那些由于生活方式不对、饮食运动不合理、心理不健康造成的疾病，减少社会成本、家庭压力、孩子负担。

万振华（超化镇卫生院院长）：现在让基层发愁的是，如何留住好医生。我们院在编职工 60 人，本科学历只有 2 人。与大医院相比，乡镇卫生院待遇比较低，个人发展空间小，机遇也少。好不容易培养出来一个好医生，干不了几年就走了。我觉得要想把优秀人才留住，就得多下功夫。2014 年 9 月，我们从中医学院引进一名全日制本科生，我亲自开车接到卫生院，专门给他安排一个单间，铺盖被褥都给他买好。既要当好他的院长，又要当好他的兄长。

崔锋涛（刘寨镇卫生院医生）：我在农村土生土长，儿时亲眼目睹了一些乡亲因为诊疗水平低下耽误了治疗。我爷爷那时候有慢性气管炎，一到冬天就胸闷、气喘，呼吸困难，一点办法也没有。看到他痛苦的样子，我心里非常难受，暗暗下定决心，一定要学医，当一个能给乡亲们看好病的好医生。这就是我15年来扎根乡镇卫生院的信念和理想。

付文娜（牛店镇打虎亭村卫生所片医）：我是80后片医。一毕业就到村卫生所干，刚开始感觉前途一片渺茫。后来我想，农村卫生事业不能后继无人。这个不去干，那个不去干，那谁去干？我也是穷人家的孩子，我有责任去维护乡亲们的健康。但我也不想当土里吧唧的村医，我要跟上时代步伐，做阳光自信的乡村医生。我进修了本科，考取了执业医生资格证，还自费去北京、上海大医院学习，努力提高自己的诊疗水平。现在老百姓离不开我，我也离不开老百姓。

侯振喜（大隗镇纸坊村卫生所所长）：现在乡村医生的年龄都偏大，30岁以下的很少，人才缺乏。村医培训、进修这几年政府的力度不小，还应该有一个机制，激励乡村医生主动进修学习。如果加上养老问题的解决，乡村医生就没有后顾之忧了。基层医生很辛苦，如何能够稳得住他们是关键。

4．谁都不掉队健健康康奔小康

杨秀菊（超化镇河西村委会副主任）：咱要奔小康，就要把健康放在第一位。搁我们这儿，其实现在百分之八十的人都已经是小康了，但还有百分之二十的困难群众，有可能因病返贫、因病致贫。希望政府能加大兜底的力度，加大对农村医疗卫生服务事业的投资力度，提高报销比例。另外，咱百姓健康意识提高了，希望政府经常组织专家来基层开展健康专题巡讲，让群众多掌握些防病治病的科学知识，少得病、不得病，健健康康地发家致富奔小康。归根到底一句话，农民奔不进小康，就不算真正的小康。

顾建钦（郑州市卫生计生委主任）：下一步，我们要按照百姓需求，根据新型城镇化发展趋势和一些新兴区域的变化，持续加强公共卫生基础设施建设，优化卫生服务资源，进一步让大医院支持我们基层，支持我们乡村，最大限度发挥片医的作用，让片医能够随时陪伴在百姓身边。让健康伴随你我他，伴随每个普通人。

蒋剑茹（新密市副市长）：咱们农村有句顺口溜：健康就是自己不受罪，儿女不受累，看病少花钱，多得养老费。这和习近平总书记倡导的"学有所教，劳有所得，病有所医，老有所养，住有所居"的小康社会理念不谋而合。就健康来说，上级有要求，群众有期盼。这就需要各级党委政府多出实招好招，政府多预防多保障多投入，让老百姓少花钱少跑腿少担忧，真正让健康和幸福落地生根。

网友热议

大河网友"庭院深深深几许"：身体健康是一切幸福的基础，失去健康痛苦的不仅是本人，更会拖累全家。希望每个人都有一份完整的健康档案，多多关注自身身体状况，把问题遏制在萌芽状态。

大河网友"聪明的鸭子"：农村医生很辛苦，收入却不高，在工资上应该向基层倾斜，建议把偏远山区的岗位纳入统一事业编制，确保一支高素质的医疗队伍能沉到村里。

大河网友"幽幽青山淡淡烟"：新农合让农民敢进医院看病了，不过新农合异地报销比例仍然偏低，希望新农合报销规则再细一些。

大河网友"雨点叮咚"：健康的身体是平时点滴积累的结果，防病比治病重要。加大卫生知识在乡村的宣传力度，或许更有效。

百姓谈健康

健康是1，票子、房子、车子是0。1倒下了，后面再多0也无意义。

——村干部杨秀菊

身体要健康，心理也要健康。身心都健康才是真健康。

——村民宋建萍

加强锻炼，合理膳食，生命在于运动。

——村民钱国现

吃得好，睡得香，精力充沛工作狂。

——村民樊海山

健康就能幸福，健康就能生活愉快。

——村民胡进财

人的身体脏器功能正常，精神好，社会生活适应能力强。按中医说，阴阳平衡。

——村医侯振喜

吃得饱，睡得香，心态好，走四方。

——乡镇卫生院院长王朝阳

微评

有病看在"家门口"

"生个小病不作难，乡村医生到家看，预防保健有人管，健康档案年年建。"新密市老百姓对"签约服务"赞不绝口，就是因为它真正当起了群众健康的"守门人"，对提升群众防病治病的意识，实现"小病不出村，常见病不出乡，大病基本不出县"的分级诊疗，缓解大城市看病难看病贵，都起到了积极作用。

没有全民健康，何来全面小康？从"最接地气"的村医抓起，只是基层公共卫生和医疗服务体系建设探索中的一个方面。我省公共卫生和基本医疗服务资源底子薄、不均衡的状况，还没有得到根本改变。在新农合的保障下，"多年努力奔小康，一场大病全泡汤"的局面虽然有所改善，但与群众的需求相比，基层医疗服务能力仍有不小差距，继续推动公共卫生和医疗服务重心下移、资源下沉，仍是当务之急。

让县、乡、村的公共卫生和基本医疗服务能力强起来，要以全面深化改革为契机，加强制度设计和探索，统筹规划三级诊疗制度，实施政策倾斜、财力倾斜，大力完善基层公共卫生和医疗服务建设，确保群众能看得上病。创新基层医疗服务体制机制，在加大硬件投入的同时，着力加强基层人才培养，用待遇招人、用环境留人，不断提升医疗服务水准，真正让群众能看得好病。

奔小康盼健康，以健康促小康。相信乡亲们在家门口就可以享受到优质医疗服务那一天不会太远。治病少花钱，防病身康健，生活质量直线上升，奔小康的劲头就更足了。

"四个全面"大家谈⑤

走进新密

要想小康 先要健康

主持人
辰洋 河南日报主任记者

发言人

① 新农合"兜底" 乡亲们看病有底气了

② 破解看病难 让家门口医院"牛"起来

③ 乡村人才缺 盼留"健康守门人"

④ 谁都不掉队 健康康奔小康

微评

有病看在"家门口"

网友热议

百姓谈健康

一季度
全省重点项目完成投资3041亿元

我省预计接收军转干部1600余人

把稳增长作为全局工作的突出任务促进经济平稳健康发展

研究促进食品农产品出口和大气污染防治等工作

"四个全面"大家谈

访谈时间 ／ 2015 年 05 月 05 日

走进省高院

倾听中原 QINGTING ZHONGYUAN

民告官　异地管辖让权力不任性

主持人语

陈茁（河南日报高级记者）：司法公正是老百姓的期盼。《中共中央关于全面深化改革若干重大问题的决定》明确提出，探索建立与行政区划适当分离的司法管辖制度；确保依法独立公正行使审判权检察权。2014年5月，河南高院制定了《关于行政案件异地管辖问题的规定（试行）》文件，在全国率先进行行政案件异地管辖改革，把以县政府和地市政府为被告的案件和所有环保类案件，全部交叉到相邻的县、市法院立案审理。

童浩麟（河南日报主任记者）：这项司法改革实施以来，是否提升了行政诉讼审判公信力？是否有效遏制了权力部门不作为、缓作为、乱作为？适逢新《行政诉讼法》5月1日正式实施之际，本期大家谈走进河南高院，法官、律师、原告当事人、地方行政领导等汇聚一堂，院长、庭长与网友展开热烈互动，一起聊聊"民告官"异地审理的那些事儿。

1. 找"县长"不如找"院长"：到行政权力够不着的地方审案

张立勇（河南省高级人民法院院长）：行政审判是对行政权进行有效监督的国家法律设计，行政案件的审理，就是人民群众对行政权力进行监督。司法实践中，"民告官"案件存在立案难、胜诉难、执行难，原告胜诉率原来只有10%左右，司法的公信力大打折扣。在许多老百姓的眼里，法院是政府的法院，所以有了冤屈就找"县长"不找"院长"。老百姓不愿告、不敢告，觉得告了也白告。法官受到当地干扰，不敢审、不会审，审了也执行不了。行政案件异地管辖是一个创新，得到了人民群众和政府的支持，中央政法委和最高法院给予了肯定，实践效果很好。一是通过异地管辖的形式，有利于人民群众得到公正司法；二是对行政权力形成有效制约，推动了依法行政、依法治省，密切了干群关系、党群关系；三是提高了司法权威和公信力，上诉率下降、信访减少，就是判输了当事人往往也能接受；四是法官压力减轻了，有利于公正裁判，提高了我们职业的尊崇感。

张西俊（郑州市二七区法院法官）：以前有个案件当事人是侯寨乡的村民，立案后还继续信访。我问他为什么，他说你们法院吃政府的、喝政府的，一个鼻孔出气，我去信访，就是让有关部门给你们施加压力。异地管辖改革之前不管判谁胜诉，对方都可能不满意，法院左右为难。现在异地审理较好地解决了这个问题。法官思想包袱轻了，依法裁判案件胆量大了。2014年以来我们受理了23起异地管辖案件，有9起行政案件主要负责人到庭应诉。判决的22起案件中，12起被告败诉，20多起案件没有1起信访。

李德如（信阳中院行政庭庭长）：很多人把行政庭叫"麻烦庭"。因为行政案件干扰大，法官不敢大胆工作，群众信访而不信法。行政庭不易出成绩，士气低落。为改变这种局面，经省高级人民法院同意，我们 2013 年 9 月率先开始异地管辖试点，2014 年全面推行，将 10 个基层法院行政案件全部实行异地管辖。经过一年半的实践，信阳两级法院行政审判工作发生了巨大变化，群众告状难得到了解决，案件质量和效率大幅度提高。与改革前三年平均数相比，2014 年上诉率下降 23 个百分点，案件发回重审率下降 26 个百分点，行政机关败诉率提高了近两倍。

2．"地方法院"不是"地方的法院"：异地审理很贴心

耿海建（登封市行政诉讼当事人）：我的出租车公司于 1992 年成立，1995 年要换发新证，当地运管所不给我换。俗话说"饿死不做贼、屈死不告官"，我多年上访，事情还是没有解决。律师和专家都建议我去法院起诉，登封法院依法判决我部分胜诉，但当地政府部门又违法出台行政决定，法院判决执行不了。2014 年，我到郑州市高新区法院异地起诉，很快判决我部分胜诉。"民告官"异地审理很贴心。

张西俊（郑州市二七区法院法官）：异地管辖对于改善行政审判环境、司法环境有很大的帮助。一起发生在中牟县的案件，按当事人申请在二七区法院审理。后来原告败诉，但他表示既然他选择了我们，就相信我们，尊重裁判结果，不上诉。我们审理的异地管辖案件中有 10 起原告败诉，其中 7 起没有上诉，服判比例提高了。

沈开举（郑州大学法学院教授）：我是《行政诉讼法》制定和实施的参与者、亲历者、研究者。行政诉讼法的制定实施，对促进国家法治建设、推进依法行政起到巨大作用，但也存在种种缺陷。《行政诉讼法》实施五周年的时候，最高法院向全国人大汇报时提

到，原告告被告，被告抓原告，原告不敢告。破解"民告官"立案难、胜诉难、执行难，首先在思想观念上要明确：司法权力是国家的权力，不是地方的权力，"地方法院"不是"地方的法院"。异地管辖就是通过深化改革解决好司法地方化、行政化的问题。

张立勇（河南省高级人民法院院长）：党的十八届三中全会提出，要探索建立与行政区划适当分离的司法管辖制度，保证国家法律统一正确实施。我们按照全会精神，自去年起探索行政案件异地管辖模式。实践中，我们法官叫"转圈推磨"，把安阳案件分到濮阳审，濮阳案件分到鹤壁，鹤壁案件再分到安阳。老百姓"民告官"的信心就增强了。行政诉讼异地管辖以后，案件数量一下提高了85%，原告胜诉率提升到31%。另外我们没想到，当事人服判率提高到68%。法院公信力提高了，原告败诉了，也觉得不是官官相护。我们曾经担心行政机关会不高兴，但现在发现担心是多余的，政府也很支持，提高了行政机关负责人出庭应诉的积极性。这对法治政府建设是一个很大的推动。

3. "民告官"不能不见官：官民平等对簿公堂是对法律的尊重

贾有林（郑州高新区管委会副主任）：我第一次出庭的时候，原告要验证我的身份，问我是不是领导？我就拿出身份证给他看。说明啥？老百姓害怕官员糊弄人。到法庭当被告，刚开始也有点接受不了。后来仔细想想，法律面前人人平等，没有官民之分，凭啥官员就不能跟老百姓平等地对簿公堂呢？"民告官"不见官，开庭时"躲猫猫"，这不是办法，是不尊重法律的表现。老百姓希望见官，说明对法律和政府抱有信心。官员积极出庭应诉应当成为新常态，有利于化解矛盾，体现法律的权威。

张立勇（河南省高级人民法院院长）：我讲个真实的故事：我们有位法官到监狱审理一起减刑假释案件，因服刑人员表现好，裁定减刑 8 个月，他激动地说："感谢政府"。老百姓认为法院和政府是一回事。行政机关首长出庭应诉，不仅是对法院的尊重，更是对法律的尊重，对人民的尊重。行政长官出庭，就是向人民群众汇报工作，让人民群众监督政府部门的行为。

靳焱顺（河南宇法律师事务所律师）：一些"民告官"案子，以前要么拖很长时间才立上案，要么就是直接回复无法立案。法院审理这类案件压力很大，很多时候不是从法律角度考虑问题，有时候会考虑维稳、信访甚至和政府的关系等等。我代理过告郑州市高新区管委会的一个案子，刚开始也是立不上案。后来搭乘异地管辖改革的顺风车，我们调整了诉讼策略，到许昌市中级人民法院顺利立了案，当事人对法院公正审理的信心明显增强了。

宋炉安（河南省高级人民法院行政庭庭长）：异地管辖改革后，我们一直在跟踪调研，目前看没有突出问题，但也有几个具体问题。一是诉讼和司法成本增加。当事人到外地打官司，增加了差旅费开支和时间成本。法院送传票、做调查、搞协调，也会增加支出。二是出现了当地信访工作与管辖法院工作之间的衔接问题。三是群众对异地管辖范围太窄还有意见。到现在为止，适用异地管辖的案件大约占到全省民告官诉讼的 1/4，有些当事人就想办法甚至是用不合法的手段，把县市政府拉进去做被告达到异地审理目的。我们要通过深化改革，逐步解决这些问题。

4．让群众拥有更多"获得感"：为全面依法治国注入强大正能量

张耀峰（驻马店市行政诉讼当事人）：1995 年，我依法获得了驻马店市政府给我颁发的土地使用证；2000 年，当地政府又给其他人重复颁证，使我的合法权益遭受侵害。我多次申请保护我的合法权益，始终没有得到解决。河南省高级人民法院推出异地管辖后，我抱着试试看的态度到信阳市中级人民法院立案，没想到当天上午就给我立案了。很快，信阳市中级人民法院判决驻马店市国土资源局 60 日之内执行。"民告官"异地审理好，实现了法律的公平性。

贾有林（郑州高新区管委会副主任）：群众对"民告官"的积极性不高，我认为主要还是信心不足。很多人认为司法机构跟政府是一回事，有事找法律、找法院还没有形成普遍共识。我当过行政诉讼的被告，感觉群众的利益诉求应该得到政府的理解和尊重。下一步要让更多群众知道这项改革，引导他们更多地通过法律渠道表达诉求、解决问题。

沈开举（郑州大学法学院教授）：党的十八届三中、四中全会做出了一系列部署，比如设立巡回法庭制度，探索司法管辖与行政区划适当分离等。河南在行政诉讼改革方面走在全国前列。异地管辖改革，是贯彻全面依法治国精神、积极稳妥推进 司法体制改革的一个亮点，符合中央司法体制改革的方向。这项改革效果是好的，中央和省委是满意的，社会认可，群众欢迎，尤其是政府部门也很支持，这有利于促进司法机关提高司法水平，政府部门化解社会矛盾、提升治理能力，为推进全面依法治国、依法治省注入强大正能量。我相信，持续深化改革、久久为功，让人民群众在每一个案件中都能感受到公平正义，这样的梦想不会太远。

张立勇（河南省高级人民法院院长）：全面依法治国是党中央的"四个全面"的重大战略部署之一。我认为全面依法治国不仅仅是全面建成小康社会、全面深化改革、全面从严治党的重要保障，本身就是一个重大的战略目标，就是要使我们国家走向法治国家。我们要坚定不移地走中国特色社会主义法治道路，只有人人都尊法、守法，才是一个健康、成熟、正常的社会。"大道至简，有权不可任性"，权力必须要被制约和监督，要把权力关进制度的笼子里。现在，我们找到了对行政权力进行有效监督的方法，就是推动行政案件审判管辖与行政区划适当分离，排除了行政权力对司法审判的干预，大大提升了行政审判的公信力。按照习近平总书记提出的，在依法治国的进程中要抓住领导干部这个"关键少数"。我们各级领导干部要带头尊法、学法、守法、用法。领导干部带头尊法，就是尊重人民的具体体现。因为法律是人民制定的，尊重法律就是尊重人民。法律的权威、司法的公信，也是我们党的权威和威信，国家的权威和威信。推进司法公正、公开才能进一步树立法律的权威，在全社会建立对法律的信仰。法院判赢也好、判输也好，都应该在人民群众的眼睛、耳朵、鼻子下面，让他们看得见、摸得着，感受得到，让群众切实享有公平正义的获得感。改革没有完成时，下一步我们要总结、完善、提升异地管辖审理和司法公开等方面的好经验好做法，进一步加大司法改革力度。

网友热议

@常春中国：很高兴看到河南推进司法改革走在全国前列，让"民告官"不再难，这是一个非常大的进步。

@神奇大中原："民告官"异地管辖，是落实把权力关进制度笼子里的好办法！

@谁说没鼻梁就不是美女：百姓所需，法院所理，行政诉讼异地管辖有效回应了群众对公平正义的呼声，应当大范围推行。

@柏木能成林：异地管辖让政府机关失去了干预渠道，转而积极主动推动依法行政。倒逼依法行政方面的成效正日益显现，法官加油！

微评

排除干预方公正

"民告官"当事人由无奈无助到心平气顺，法官由无所适从到以法律为准绳敢于公正判案，省人民法院行政诉讼异地管辖改革成效值得点赞。

全面推进依法治国，重在依法治权。行政诉讼是维护和监督行政机关依法行使职权的重要手段，我们深感，省法院的行政审判异地审理改革，是刹住权力"任性"、确保依法独立公正行使审判权的一大亮点。这样的创新多起来，真正管用，那么无论是"红头"文件，"笔头"批示，还是"口头"指令，都不能代替"黑头"法律。

依法治国按下"快进键"，进入"快车道"，深化司法体制改革至关重要。"让法官多走路、让群众少跑腿"，建立完善妨碍干预司法权惩戒机制，推动省以下地方法院人财物统一管理……通过深化改革，切实提升司法公信力，让政府更加敬畏法律，真正做到"法无授权不可为，法定职责必须为"，让人民群众不信权、信访而信法，遇事多走法律渠道，在司法案件中产生更多"获得感"，我们就离法治社会、和谐社会越来越近。

"法令行则国治，法令弛则国乱"。当前河南正处于全面建成小康社会关键期，也是社会转型期，社会矛盾、官民矛盾多发期，持续深化司法体制改革，促进公平正义，就一定能为实现中原崛起、河南振兴、富民强省，保好驾、护好航。

"四个全面"大家谈⑥

走进省高院

"民告官"异地管辖 让权力不"任性"

嘉宾：
张立勇 河南省高级人民法院院长
张海莲 郑州市二七区法院法官
李德如 信阳中院行政审判庭庭长
耿海建 登封市行政诉讼当事人
沈开举 郑州大学法学院教授
黄有林 郑州高新区管委会副主任
新嘉顺 河南审理律师
宋护安 省高院行政庭庭长
张耀峰 驻马店市行政诉讼当事人

主持人：陈茜 河南日报高级记者　童浩麟 河南日报主任记者

1　找"县长"不如找"院长"：到行政权力够不着的地方审案

2　"地方法院"不是"地方的法院"：异地审理很贴心

3　"民告官"不能不见官：官民平等对簿公堂是对法律的尊重

4　让群众拥有更多"获得感"：为全面依法治国注入强大正能量

微评

排除干预 方公正

网友热议

郑焦铁路试运行

习近平在京会见朱立伦

把稳增长作为全局工作的突出任务
认清形势 坚定信心 强化措施 狠抓落实

8000余万亩小麦长势喜人

河南日报 "四个全面"大家谈　公正司法 一心为民

"四个全面"大家谈

倾听中原
QINGTING ZHONGYUAN

访谈时间 ／ 2015 年 05 月 12 日

走进航空港

开放高地　贯通全球

主持人语

栾姗（河南日报记者）：习近平总书记去年在河南考察时指出，希望河南建成连通境内外、辐射东中西的物流通道枢纽，为丝绸之路经济带建设多作贡献。《推动共建丝绸之路经济带和 21 世纪海上丝绸之路的愿景与行动》中也明确提出，要支持郑州建设航空港。

一年来，郑州航空港经济综合实验区的枢纽建设、物流发展、产业培育、都市塑造取得重大进展。当时地省委书记郭庚茂强调，2015 年是郑州航空港发展的关键攻坚之年，河南将主动、自觉地融入国家"一带一路"战略，提升郑州航空港在国家战略中的地位。郑州航空港如何抢占"摩天岭"、占据"制高点"，协调推进"四个全面"，为河南全面建成小康社会贡献力量？本期，我们来到了郑州航空港，请这里的决策者、建设者和居民们，来谈一谈他们的体会和想法。

1. 航空港建设是协调推进"四个全面"的缩影

张延明（实验区党工委书记）：作为实验区的建设者，我和大家一样，亲身体会到了这里发生的一些重大变化。郑州机场由过去名不见经传的小机场，跃升为国际知名度很高的货运枢纽，航空货运连续 3 年增幅保持全国大型机场第一；实验区是河南对外开放的重要平台，进出口贸易总额由 2010 年不到 1 亿美元，发展到 2014 年的 379 亿美元，占我省进出口总额的"半壁江山"；实验区是河南工业结构调整的示范区，2014 年电子信息工业总产值突破 2000 亿元，占我省电子信息工业总产值的 70%；实验区是河南拉动和促进就业的示范区，就业人数已经突破 30 万人，位居全省 180 个产业集聚区首位；实验区是河南经济快速持续健康发展的示范区，经济总量突破了 400 亿元，为河南加快企业转型升级、区域健康发展创造了经验。实验区正在为河南全面建成小康社会贡献力量；全面深化改革，实验区是全省体制机制创新示范区；全面依法治国，实验区作为一个开放的平台，更需要依法办事；全面从严治党，实验区各项工作都离不开党的领导和群众的支持。可以说，实验区建设是河南协调推进"四个全面"的一个缩影。

马健（实验区管委会主任）：今年是实验区大发展、大突破的攻坚之年。实验区要实现快速发展，项目是支撑大产业的关键，2014 年实验区 224 个重点项目完成投资总额 336 亿元，年度投资目标、项目审批率、开工率以及投资完成比例在郑州市四个开发区中名列首位。2015 年，实验区明确了 279 个重点项目、总投资额 3868 亿元，力争完成年度投资额 442 亿元，使实验区经济社会发展再上一个新台阶。结合实际，实验区将 279 个项目分成了空港、双核湖、古城、会展物流四个片区，每个片区都有党工委和管委会领导担任指挥长，相关人员从局委、办事处抽调。同时，具体到每个项目，我们都明确一名副县级干部担任首席服务官，全面协调和服务项目建设，全方位确保年度投资目标顺利完成，尽快形成产业体系，参与全球分工格局，推动实验区更高层次、更宽领域、更大规模的对外开放。

何青（实验区经济发展局局长）：高端制造业、航空物流业和现代服务业是实验区的三大主导产业。目前，以富士康为首的高端制造业，正在呈现从"一个苹果"到智能终端产业"一片果园"的丰收景象。自从富士康项目落地后，实验区手机整机和零部件生产企业已经达到 116 家，2015 年手机产量达到 1.43 亿部，约占全球手机供货量的八分之一。2014 年，正威、酷派等项目有望投产，实验区的手机产量预计将达到 2 亿部。

2．口岸建设形成体系搭建"买全球卖全球"大平台

王丽（中外运货运发展股份有限公司河南分公司报关员）：自富士康落户郑州以来，我们公司就跟他们合作，为他们提供报关和物流服务，作为电子口岸平台最直接的使用者和受益者，我最大的感受是这几年一切都在变快。这主要得益于两个改革措施，一个是通关无纸化，一个是通关一体化。现在我们在办公室就可以把各种资料上传到电子口岸平台，几秒钟就可以报关，再去海关的时候就不用抱着大摞小摞的通关单据了。通关一体化简化的是通关，但现在已延伸到物流，以前需要一两天时间才能走完的流程，现在常常三四个小时就能完成。

徐笠（实验区口岸局局长）：航空港实验区整个平台建设已经形成一个完备的体系，目前我们拥有河南电子口岸、河南肉类进口指定口岸、汽车口岸、粮食口岸、药品口岸、邮政口岸，还有澳洲进口活牛指定口岸，同时我们还拥有多式联运中心、跨境电子商务、机场 72 小时落地签，以及与 13 个国家的邮包直邮权。这些平台全部集约在一个区在国内也是少有的，这是航空港实验区建设的一个亮点。

张延明（实验区党工委书记）：省政府办公厅专门下发了《关于郑州航空港经济综合实验区与省直部门建立直通车制度的实施意见》，在国家法律法规允许的权限内，由航空港实验区在项目审批、核准以及外资企业的批准、核准等方面和省直各个部门建立了直通车制度，大大促进了项目快落地、快进场、快开工；我们率先实行了"三证互认制"，现在航空港实验区的入区企业，税务登记证、工商等级证和质量代码证三证互通互用互认，见证就放行。在航空港实验区率先实行了行政审批制度的改革；上海自贸区的海关 14 项政策当中，我们已经落实了 8 项；我们走出政府融资平台的传统模式，创办了兴港公司、航程置业公司、建设投资公司，通过孵化培育这些实体企业参与航空港实验区各项投资，在投资当中做大企业资产，把政府直接投资变成企业投资，既有利于提高政府财政投资的收益，也扩大了融资渠道。

彭忠（河南创加物流有限公司总经理）：我们公司是航空港实验区"三证一章"制度运行后，首个成功办理的商事主体。我们 1 月 15 日递交的申请资料，19 日上午工作人员就通知我可以领证和章了。要在以前，光是跑工商、税务、质监等多个部门，至少也得 15 个工作日，现在 3 个工作日就拿到了全部资料，效率快了很多。

3. 引资更要引智我们有国际水平的专家团队当顾问

马健（实验区管委会主任）：不仅要招商，还要引智。我们已经聘请了世界航空经济理论的奠基人卡萨达教授，两位国家"千人计划"专家张丹、汤晓东作为顾问。卡萨达教授是美国北卡罗来纳大学的教授，对实验区的整体规划包括产业发展都提出了宝贵的意见。在他的帮助和介绍下，我们与世界机场协会、马来西亚机场、联邦快递等国际航空业界的很多单位都建立了非常好的联系。张丹先生也通过谋划生物医药专项配送基地、创新基地，助推实验区生物医药产业发展。汤晓东先生在谋划依托航空港实验区，申建内陆型离岸金融实验区工作，在他的帮助下，实验区与很多国际金融企业建立了很好的联系。

李仁慧（卡萨达工作室助理）：卡萨达与实验区主要在三个方面进行合作：第一，大项目战略规划咨询、专项规划咨询、产业管理咨询，这是他每次来一定处理的事项。第二，宣传推介。在卡萨达先生的力荐下，航空港去年登上了很多国际媒体。比如英国著名经济类杂志《经济学家》，在卡萨达的举荐下，该杂志记者出于好奇来实验区进行了实地采访。第三，人才的统揽作用。卡萨达先生是我们的首席顾问，经他牵线搭桥，为实验区引来了一批具有国际水平的专家、团队。

4. "争分夺秒、拼尽全力"成为航空港精神

张延明（实验区党工委书记）：协调推进"四个全面"，离不开实干。干是发展的基础，干也是发展的出路，靠干才有航空港实验区的今天。省委书记郭庚茂2014年到航空港实验区调研，给我们提出"争分夺秒，拼尽全力，抢占摩天岭"的要求，一年来，航空港实验区的广大干部，把"争分夺秒、拼尽全力"作为航空港精神。电子信息产品季节性强，升级换代的频率很高，如果按部就班很难跟上企业的要求，必须拼尽全力。机场二期工程，按正常情况三年的工程，现在要两年完成，这就需要我们有牺牲精神、担当精神和实干精神。省长谢伏瞻在航空港实验区调研时，提出一个"干"字，注重实干，重在实干。航空港的发展靠什么？靠实干，只有干才能干出航空港，才能干出航空港精神。靠这种实干精神才完成了机场二期工程八千多亩土地的征迁。富士康手机，从接到订单到生产下线，只有四个月时间。干还是不干？干，四个月拼出来，苹果就在这生产了。如果你不拼，那也许它就不来了，可能另换一个地方。四年以前，港区还是一个小镇规模，之所以能够成为国家级新区、能成为全球重要的智能终端生产基地、成为中原乃至内陆重要的对外开放平台、快速成为一个重要的航空物流枢纽，也都是干出来的。争得再多，

不如多干；说得再多，不如多干；想得再多，不如多干。今年我们的工作重心就是一个"干"字，干不好、不见效，前期所有努力都白费。

安群楼（实验区郑港办事处党工委书记）：拆迁是天下第一难，机场二期占地八千多亩，有五千多亩都在我们郑港办事处辖区，占用4个村庄，人口八千多口，房屋三千多处。我们不论白天黑夜，不论节假日，守在村里，让"四个依靠，四个不拆"的拆迁理念家喻户晓。同时制定"五个三"工作机制，确保拆迁工作按时完成，为了工作，有的同志婚期一推再推。

陈楠（实验区市政建设环保局工程建设处副处长）：我们团队平均年龄不到30岁，20个人中没有一人是好丈夫、好父亲，因为忙工作忙出差很少回家，有的同事回到家女儿不让抱，嘴里说"妈妈把他赶出去"。有位同事体检查出来有肿瘤，去医院复查发现是良性的，一个小时之后就又回到了一线施工现场。还有一个同事已经结婚两年了，仅休了三天婚假。很多同事都有两部手机，电话太多了，不敢关机。大家的口头禅是，我知道现在在干什么，但是不敢肯定两个小时之后干什么。争分夺秒，换来项目的扎实推进，2012年，实验区通车里程不到50公里，截至2015年4月，在建道路已超过570公里。

郭万伟（实验区商务物流发展局物流处处长）：每一次出差招商引资之前，我们都要详细地了解企业背景、企业发展趋势等材料，还要制订外出招商拜访方案。出差时，要么奔赴在路上，要么是跟企业洽谈，经常从早上一直忙到凌晨。招商引资工作非常辛苦，但看着一个个企业在实验区落地生根，我们由衷地感到兴奋和自豪。

5. 航空港的未来风景这边独好

张延明（实验区党工委书记）：要按照省委省政府的要求，保质保量按期完成机场二期工程建设，确保大家按期在新的航站楼起飞出行。另外，作为航空港实验区，我们有责任在体制机制改革创新等方面走在前面，为发展趟出一条路子。

徐笠（实验区口岸局局长）：未来我们要紧紧围绕"一带一路"，紧紧依托全国区域通关一体化，结合河南正在申请的自贸区、跨境电子商务实验区，建设更多更好的平台。

马健（实验区管委会主任）：围绕大众创业、万众创新，我们着力谋划和建设三个创新创业综合体，总面积达680万平方米以上，明年和后年将完成这方面的建设，以此为平台，引进创新创业人才，打造创新创业团队。我们还要围绕智能终端产业，引进世界一流的研发中心和研发团队，这项工作有望今年完成。全方位、立体化的智力引进，将对实验区经济社会发展起到巨大的助推作用。

高丰岗（实验区锦绣枣园社区居民）：我家已经搬到新小区，在里住了几个月，家里面非常明亮，和城市居民一个样。我家里一共9口人，分到8套房子，有2套房子是我自己住的，还有6套房子租出去了。小区四季有花草，家里环境优美，老百姓和谐快乐。在小区里，像我这样50多岁的人，很多都是环卫工，一个月有1000多块钱的收入。下班以后，小区有广场，可以跳跳广场舞。社区门前有汽车站、城际铁路，交通很便利。我儿子、闺女、老母亲都坐过飞机了，今年我也准备坐飞机去海南、广西，看看那里的老战友。

李仁慧（卡萨达工作室助理）：去年 11 月，郑州航空港引智实验区已获批，这是引进外国智力最高的国家级平台。另外，我们正在申报一个国家级的专家服务基地。希望在不远的将来，航空港实验区将成为人才自贸区，成为河南的人才高地。

网友热议

@大河寒江雪：在访谈现场我替吃货们问了一个问题，就是"现在肉类口岸的建设情况，什么时候能够吃到进口肉？"当场得到的答案是，2015 年 7 月份就可以吃到啦，不仅咱河南人，中西部其他地区的小伙伴儿也可以分享到。

@神奇大中原：我是河南日报"豫米观察团"的成员，今天参加了这个活动、听了各位嘉宾的介绍之后，我感到非常振奋，很提气。航空港建成以后为河南经济发展插上了翅膀，身在郑州，联通世界，真是给力。

@柏木能成林：咱河南人现在真是蛮拼的，依托中原城市群，推动产业集聚发展，郑欧班列常态化运营，打造郑州内陆开放型经济高地，将会有越来越多的政府构想与百姓福利。希望下次有机会参加"豫米观察团"，去现场看一看。

@潺潺溪水：河南日报《"四个全面"大家谈》栏目我每期都会关注，选题都很接地气，嘉宾们发言也不说官话、套话，反映了我们老百姓的心声、呼声，还有新媒体等传播形式全方位展现，以及小言论深入阐释，为你们点个赞。

微评

干出一番新天地

从名不见经传的小机场到国际重要的航空物流枢纽，从"一个苹果"到"一片果园"，从小镇规模到国家级新区……郑州航空港经济综合实验区捷报频传，已成为中原大地一张靓丽名片。

实干赢得满堂彩。漂亮成绩单的背后，是无数辛勤忙碌的身影。忙工作回家少，女儿认不出爸爸；周六保证不休息，周日休息不保证；"我知道我现在在干什么，但是不敢保证两个小时之后在干什么"；"多说不如多干，多想不如多干，争论再多不如多干"。争分夺秒、拼尽全力，港区精神的核心，就是一个字：干！

实干不等于蛮干。港区的发展，既是苦干，也是巧干。通关无纸化，口岸一体化，打造新的投融资平台……边干边总结，理论联系实际，用心干事、用脑干事，用改革的思路、创新的办法去破解难题、化解矛盾、抢抓机遇，才有了今天的"振翅翱翔"。

当前，我省正处于爬坡过坎、转型攻坚的关键时期，贯彻落实中央部署，协调推进"四个全面"战略布局，靠实干。蹄疾步稳，稳中求进，建设富强河南、文明河南、平安河南、美丽河南，实现崛起振兴富民强省宏伟目标，也得靠实干。在"干"字上狠下功夫，真抓实干、埋头苦干、科学巧干，我们就能凝心聚力攻坚克难，干出一番新天地。

"四个全面"大家谈⑦

走进航空港

开放高地 贯通全球

"四个全面"大家谈
走进郑州航空港

---

① 航空港建设是协调推进"四个全面"的缩影

张延明（郑州航空港经济综合实验区党工委书记）：作为实验区的建设者，我和大家一样，深切地感受了这些年实验区的巨大变化……

马健（郑州航空港经济综合实验区管委会主任）：……⑬3

② 口岸建设形成体系 搭建"买全球卖全球"大平台

王丽（中外运敦煌电商发展总有限公司河南分公司总经理）：口岸十独居户码头……

徐建（河南省机场集团公司）：……⑬7

③ 引资更要引智 我们有国际水平的专家团队当顾问

马健：……

李仁慧：……⑬3

发言人

张延明
郑州航空港经济综合
实验区党工委书记

马健
郑州航空港经济综合
实验区管委会主任

何青
实验区口岸
发展局局长

徐建
实验区口岸
岸局局长

安群模
实验区管委会
办公室主任
党工委委员

郭万伟
实验区综合
物流发展局
管理处处长

李仁慧
实验区招商
工作室助理

陈勋
实验区生活
区建设管理
局副处长

王丽
中外运敦煌
发展服务有
限公司河南
分公司经理

彭志
实验区海关公
物流沟通公司
副总经理

高丰阁
实验区领
铁事社区
居民

主持人

桑湖
河南日报记者

④ "争分夺秒、拼尽全力" 成为航空港精神

张延明：协调推进"四个全面"，离不开全体……

陈勋（实验区生活区建设管理局）：……

安群模（实验区管委会办公室）：……⑬10

⑤ 航空港的未来 风景这边独好

张延明：……

马健：……

高丰阁（实验区领铁社区居民）：……⑬3

"四个全面"大家谈

倾听中原

QINGTING ZHONGYUAN

访谈时间 ／ 2015 年 05 月 15 日

走进
郑州大学

践行核心价值观　实现美丽中国梦

主持人语

马雯（河南日报记者）：习近平总书记指出，"青年的价值取向决定了未来整个社会的价值取向"，"历史和现实都告诉我们，青年一代有理想、有担当，国家就有前途，民族就有希望"。

每个时代都有每个时代的精神，每个时代都有每个时代的价值观念。社会主义核心价值观，既凝聚着全体国人的理想信念，又蕴含着实现中华民族伟大复兴中国梦的精神能量。如何让青年一代树立正确的价值观，在推进"四个全面"战略布局中奋发有为？在实现中国梦的伟大征程中肩起重任？

本期"四个全面"大家谈栏目走进郑州大学，来到青年当中，谈谈社会主义核心价值观，聊聊他们心中的小康社会，听听他们对未来的所思所盼。

1. 核心价值观为"四个全面"战略布局提供价值支撑

顾成敏（郑州大学马克思主义学院副院长）：党的十八大提出，倡导富强、民主、文明、和谐，倡导自由、平等、公正、法治，倡导爱国、敬业、诚信、友善，积极培育和践行社会主义核心价值观。核心价值观告诉我们要建设一个什么样的国家和社会，怎样才能成为一个合格公民，它为"四个全面"战略布局提供价值支撑，也为青年人指明了行动方向。

时延春（郑州大学马克思主义学院副教授）：全面建成小康社会涉及政治、经济、文化、社会和生态等五个方面。为物质文明建设、为全面建成小康社会提供了坚实的物质基础，但要建成小康社会还需要其他方面齐头并进共同发展。建成小康社会需要高素质的公民，这包含了公民的政治素质、经济素质、法律素质、道德素质等等。如何提高公民的素质？这又涉及公民教育的内涵即民主、自由、文明、公正、法治等，这些都与社会主义核心价值观的内容高度一致。所以说，践行社会主义核心价值观是全面建成小康社会的必备前提。

冀娟（郑州大学团委书记）：核心价值观引导和帮助青年扣好人生的第一粒扣子。青年处于价值观形成和确立的时期，价值观正确了就能筑牢成长之基。习近平总书记说过，当代大学生是可爱可信可贵可为的，我想这"四可"体现了当代青年将自己的价值实现和祖国需要联系起来，展现出浓浓的家国情怀。青年有坚守、有理想，勇于担当奋斗，将有力推进"四个全面"战略布局，为中国梦的早日实现奠定牢固的根基。

2. 在高校师生心目中，小康社会该有怎样的社会风尚

郑永扣（郑州大学党委书记）：公正是小康社会的基石，教育公平是社会公正的重要内容。"要让每个人都有通过教育改变自己命运的机会"，这就是教育公平。河南是人口大省，也是教育大省，却是高等教育弱省，优质高等教育资源相对较少。河南学子上大学、上好大学仍然是难度相对较大的一件事。怎么才能改变这一现状？主要在三个方面努力，国家在优质高等教育资源布局的时候，多考虑河南作为人口大省这样一个事实；希望"985""211"高校，以及其他水平较高的高校多来河南招生，多录取河南的学生；河南高校的师生自己做出努力，通过我们的工作、学习、奋斗开拓，使我们的高校尽快成长起来。我们自己多出几所全国一流大学，我们的学生就能够多一些在自己家门口上名校的机会，这恐怕是从根本上解决这一问题的一个途径。

王显舜（郑州大学管理工程学院学生）：在社会主义核心价值观里，国家层面的富强、民主、文明、和谐这八个字，正是我心中的小康社会。中国梦也是我的个人梦。

时延春（郑州大学马克思主义学院副教授）：在这片希望的田野上，鸟儿在空中自由地翱翔，鱼儿在水中自由地栖息，人们和睦相处，国家更加富强，民族更加昌盛。

朱迪（郑州大学药学院学生）：小康社会应该具有良好的社会风尚，应该是公平正义，人人平等，诚信、友善，大家互相帮助，团结友爱，是一个真正温暖的大家庭。

曹恒涛（郑州大学土木工程学院辅导员）：当代大学生有责任有义务要坚守诚信，从自己做起，只有这样才能改善整个社会的信用状况，受益的将是身在其中的每一个个体。

刘慧瀛（郑州大学教育系副教授、心理咨询师）：社会主义核心价值观中提到友善，我认为非常重要。友善是一个人良好心理品质的表现，在人际交往和沟通中间扮演着重要的角色。建议同学们用一种友好、友爱、友情的视角去观察社会，对待他人。

3. 无论做何种工作，都要有昂扬向上的精神风貌和奉献社会的价值追求

王显舜（郑州大学管理工程学院学生）：我是一名毕业生，前途和钱途这两个选项，一个是精神追求一个是物质追求。我更倾向于第一个选项，在我看来人生不止眼前的苟且，还有诗和远方。如果一个工作符合我的理想，我会更有兴趣和动力去奋斗。

王志坤（郑州大学公共管理学院学生）：我来自连霍高速公路的终点，新疆伊犁哈萨克自治州的一个村庄，这个地方位置偏远，发展比较落后。很多同学通过自身努力来到内地求学，现在大四了，不少同学准备选择留在内地，因为这里有比较好的岗位和薪酬，生活环境较好。如果我们这群走出大山的孩子都不愿意回去建设自己的家乡，还有谁愿意去建设它呢？我觉得一份工作薪酬只是一方面的体现，个人价值和社会价值的实现才是更为重要的。肯定会有一些工作并不是很光鲜靓丽，但需要人去做。作为青年大学生更应该勇敢地挑起这份责任，为祖国建设和中国梦的实现奉献我们的青春和力量。

王海帆（郑州大学公共管理学院学生）：理想我们不能抛弃，但不能不考虑现实，作为一名即将走出校园的毕业生，如果有一份工作，哪怕它的前景一般，我也会勇敢地去尝试，在工作中兢兢业业。等我的羽翼丰满了，能力也培养了，能够在社会上真正立足了，我再把理想重新树立起来，重新选择适合自己的岗位。

韩军超（中铁工程装备集团公司机关团总支副书记）：在我们单位，一些中专大专的毕业生，学历不高，但心怀理想，勇敢担当，经过在一线的认真学习，从基层干起、爱岗敬业，成为技术研发核心工程师。

曹恒涛（郑州大学土木工程学院辅导员）：择业涉及地域、待遇、个人发展、就业方向等问题，无论学生选择什么，这种多元化的选择我们都应该尊重。作为老师，我们要告诉学生的是，无论从事何种工作，都应该具有昂扬向上的精神风貌和奉献社会的价值追求，爱岗敬业，诚实守信，友善待人，踏实工作。

4. 青年要"勤学、修德、明辨、笃实"，实现人生价值的提升

郑永扣（郑州大学党委书记）：高校的根本任务是立德树人，社会主义核心价值观的培育和践行，在高校是第一位的也是最重要的一项工作。从学校层面上说，一是要致力于把核心价值观的培育融入学校各项工作中。二是要建好马克思主义理论学科，充分发挥政治理论课在培育核心价值观中的主阵地作用。三是创新培育核心价值观的方法和载体，搭建好平台。青年学生要"勤学、修德、明辨、笃实"，实现人生价值的提升。践行核心价值观，青年一代将在人生的大舞台上铸就更多精彩，我们的国家将更加富强，中华民族伟大复兴的中国梦一定会实现。

冀娟（郑州大学团委书记）：我们学校主要从三个方面来培育大学生的社会主义核心价值观：广泛开展宣传教育活动，让核心价值观入脑；开展多种志愿服务活动，现在郑州大学注册的志愿者累计达 46000 余名，每年平均开展的志愿服务活动达两千多次，将近 30 万小时，青年人进行志愿服务，很好地践行了社会主义核心价值观，让其入心；每年我们都在学校开展自强、学习、公益、发明等校园之星的寻访活动，通过身边的榜样，引领青年人向上向善。

徐鸿（河南机场集团公司青年员工）：近几年从郑州出入境的国际游客越来越多，他们对中国对河南都充满了好奇，于是我们就去搜集相关知识翻译成英文，勤学勤背勤练，并把从机场到郑州各个商业圈各个高校的交通路线、交通方式制作成双语介绍，方便他们出行。践行社会主义核心价值观就应该从我做起，从身边事做起。

郭文荣（郑州大学马克思主义学院副教授）：我利用大学生手机不离身的特点，建立了社会主义核心价值观学习微信群，鼓励大家随手拍身边的好人好事，弘扬主旋律，传递正能量。五一假期，同学们也没有忘了随手拍，5 月 2 日，2013 级一位同学发来五张弘扬核心价值观的图片，他说以前没有注意，现在留心后发现社会到处都充满了正能量，时时警醒自己、鼓励自己。我在后面跟帖说"棒棒的"！核心价值观就是要内化于心，外化于行。

蒋桂芳（郑州大学马克思主义学院副教授）：为人师表，教书育人。教师更应该按照师德的各个方面要求严格律己、言传身教，积极践行，为学生、为社会营造一个风清气正的诚信环境，才能收到更好的核心价值观教育效果。

网友热议

　　@我是山里人：不只是大学生，社会上的每个人都要讲诚信。不但要为每个人建立诚信档案，而且把它与个人信用等级和工作晋升挂钩，加大失信的处罚力度。

　　@蜗城听雨：大学同窗在一起四年，磕磕碰碰在所难免，舌头还有被牙齿咬到的时候，等到毕业后十几年再相聚，那些芝麻大的小事早已成过眼云烟，留下的只会是浓厚的同学情谊和魂牵梦绕的时光轶事。

　　@减字木兰花：招聘单位只招"985""211"院校的学生，为广大毕业生设置了一个很高的就业门槛。这样的筛选标准其实很容易把一些其他高校毕业但各方面综合能力很强的学生漏掉。学生能力的大小还得在工作实践中得以证明，不能仅凭名校文凭一张纸。

微评

扣好人生的第一粒扣子

今天的青年是无比光荣和骄傲的。年龄的优势，注定他们既是"两个一百年"奋斗目标的亲历者，更是实现中华民族伟大复兴中国梦的主力军。身处这样一个伟大时代的青年，有着更多的平台和机会，实现个人的理想抱负，其青春无疑是壮美的。

然而，在价值多元化的当下，要想不负青春年华，无愧时代重托，把社会主义核心价值观内化于心、外化于行，对青年是不可或缺的。"人生不止眼前的苟且，还有诗和远方"，从郑州大学学生诗意满满的话语中，既能品味出当代青年的志存高远，也有"前途与钱途"的成长纠结。

"青年的价值取向决定了未来整个社会的价值取向"；"青年处在价值观形成和确立的时期，抓好这一时期的价值观养成十分重要"。让广大青年树立正确的人生观、价值观，就是引导和帮助青年把握好人生方向，引导和帮助他们扣好人生的第一粒扣子。这样既解决了青年的成长纠结，更让他们的青春之路宽阔平坦。

青年的正确人生观、价值观的养成，来自于对社会主义核心价值观的践行。把国家、社会、公民的价值要求融为一体的社会主义核心价值观，承载着一个民族、一个国家的精神追求，是最持久、最深层的力量。勤学、修德、明辨、笃实，践行社会主义核心价值观，广大青年才能扣好人生的第一粒扣子，激扬青春，无愧时代。

"四个全面"大家谈 ⑧

走进郑州大学

践行核心价值观 实现美丽中国梦

① 核心价值观为"四个全面"战略布局提供价值支撑

顾成敏（郑州大学马克思主义学院副院长）：党的十八大以来，围绕解决民主、自由、公平、公正、法治等理念问题，以及涉及公民教育的内涵，阐明主、自由、文明、公正、法治等等，这些都与社会主义核心价值观的内容高度相契合。所以说，培育和践行社会主义核心价值观，是当前凝聚我们建设这一个共识的战略选择。它为"四个全面"战略提供价值支撑，也为带头人们行动的方向。

时雪萍（郑州大学马克思主义学院副教授）：践行核心价值观是我们每一个人共同的、基础性的任务。青年是个价值观形成和确立的时期，要抓好青年价值观的养成，扣好人生的第一粒扣子。

② 在高校师生心目中，小康社会该有怎样的社会风尚

郑永扣（郑州大学党委书记）：正在小康社会建成，教育分学科建设正是重要内容。"四个全面"的提出，为我们树立自己的总坐标了。

朱慧（郑州大学药学院辅导员）：小康社会这样有怎样的社会风尚，应该是公平正义、人人平等、诚信、友善、友情与服务互相帮助社会。

③ 无论做何种工作，都要有昂扬向上的精神风貌和奉献社会的价值追求

王璐薇（郑州大学工学院工学生）：我当一名毕业生，前途和希望就业的选择是一个人一生一次的选择。

青年要"勤学、修德、明辨、笃实"，实现人生价值的提升

郑永扣：落实青年要"勤学、修德、明辨、笃实"的要求...

发言人
- 郑永扣 郑州大学党委书记
- 贾娟 郑州大学团委书记
- 曹泓涛 土木工程学院辅导员
- 顾成敏 马克思主义学院副院长
- 朱慧 药学院2013级学生
- 郭文斐 马克思主义学院副教授
- 王志坤 公共管理学院2011级学生
- 时雪萍 马克思主义学院副教授
- 王海帆 公共管理学院2011级学生
- 刘慧溪 教育系副教授
- 王显容 管理工程学院2011级学生
- 蒋桂芬 马克思主义学院副教授
- 韩军超 中铁工程装备集团有限公司机次副总支书记

主持人 马雯 河南日报记者

微评

扣好人生的第一粒扣子

简反短议

传递榜样力量 争当文明公民

——加强精神文明建设，推进文明河南建设之四

本报评论员

"四个全面"大家谈

走进济源

访谈时间 ／ 2015 年 05 月 19 日

产城融合　乐业乐居

主持人语

童浩麟（河南日报主任记者）：最近，习近平总书记在主持中共中央政治局第二十二次集体学习时强调，加快推进城乡发展一体化，是党的十八大提出的战略任务，也是落实"四个全面"战略布局的必然要求。《河南省全面建成小康社会加快现代化建设战略纲要》明确提出，积极稳妥推进新型城镇化，是"牵一发动全身"的战略性任务。

济源市城镇化率在全省走在前列，先后被省政府确定为全省新型城镇化综合改革试点市和全区域规划建设的城乡一体化示范区。本期我们来到济源市承留镇，谈产业支撑，话公共服务，聊群众利益保障……通过"解剖麻雀""农民变市民"生动鲜活的切身感受，展示济源市先行先试、深化改革，努力探索一条符合本地实际的城乡统筹、全域一体、协调发展同步奔小康的新型城镇化之路，以期对其他地区的城镇化建设产生有益启迪。

1. 业兴城美人气旺——俺这儿一点不比城市差

王天明（济源市承留镇滨湖社区居民）：我家原来住在山区，几辈人都是面朝黄土背朝天，多见树木少见人，学生上学路途遥远，吃水比吃油都难，交通、购物非常不方便。2010年，搬到承留镇滨湖社区居住后，住了楼房，买了汽车，通上了自来水，用上了天然气，社区服务中心广场能看戏、看电影，幼儿园、小学、初中都很近，卫生院、敬老院就在眼前，购物也方便。过去觉得打工很难，在这儿企业多，工作不难找。我们这儿，现在一点都不比城市差，以前想都不敢想的事儿已经成为现实。

刘作彬（济源富士康打工者）：我来自南阳，之前一直在外省打工，2012年来到咱们济源以后，感到这边的环境非常漂亮。承留镇的建设和市区没有啥区别，比如交通、购物、娱乐、就医等，各种配套设施都非常齐全。我们业余生活也很丰富，平时下班以后可以打打篮球，到社区服务中心看看书，下下象棋，周末可以去就近的景点旅游。现在就打算努力赚钱，争取在济源能买上房，把老婆孩子接到这儿生活。

常东风（济源市承留镇党委书记）：承留镇的城镇化可谓一波三折，早在20世纪70年代，国家军工企业落户承留镇，这里一度非常繁华，被称为济源的"小北京"。可惜随着工程下马，承留的城镇化之梦也随之破灭。第二次是20世纪八九十年代，镇上民营企业红火，家家户户织羊毛衫。但是由于管理不规范，没有做大做强，没有支撑起城镇化发展。进入新世纪，我们立足于工业强镇，发挥毗邻虎岭产业集聚区的优势，加大招商引资力度，强化产业支撑。还抓住市里开发三湖区域的机遇，拉大城镇框架，建设配套社区，实现了产城互动。

王宇燕（济源市委书记）：济源是全省新型城镇化综合改革试点市，目前城镇化率已达到 56.4%，居全省第二位。济源市的城镇化并未局限于单纯的人口进城，而是在此基础上不断丰富城镇化内涵，在提升城镇化水平和质量上下功夫，城市功能不断完善，品位不断提升。在推进过程中，我们坚持以城带乡、统筹发展。中心城区是我们推进新型城镇化的龙头，通过完善基础设施、公共服务、综合配套，进一步提高中心城区的综合承载能力和辐射带动能力。同时在中心城区周边规划了一些中心镇，与三个产业集聚（开发）区融合发展，形成了产业带动人口集中、促进小城镇发展的良好局面。在山区和其他平原乡村，我们大力推动新农村建设，进行了全域美丽乡村建设规划，重点培育了一批各具特色的明星村、**亮点村**，成为休闲度假的旅游点。通过以上这些措施，济源的新型城镇化走出了一条城乡统筹、全域一体、协调发展的路子。

2. 产业为基就业为本生计为先——家门口就业真方便

贾宏宇（济源市委常委、常务副市长）：济源市是以工业为基础发展起来的现代化新城，特别是近几年济源调结构、促转型、惠民生，谋划了六大产业集群，一是以豫光金铅为代表的有色金属产业集群；二是以中原特钢为代表的机械制造产业集群；三是以富士康为代表的电子信息智能终端产业集群；四是以力帆新能源汽车为代表的新能源电动汽车产业集群；五是以洛阳石化为基础的精细化工产业集群；六是依托丰富山水文化资源建立起来的旅游文化服务产业集群，有力地推进了城镇化发展步伐。

王宇燕（济源市委书记）：随着工业化的进一步发展，我们越来越认识到，工业化内在的规律是产业要形成一种集聚的形态，只有这样，工业的效率才会更高，竞争力才会更强。当前，我们除了市域内三个省级产业集聚（开发）区以外，还在一些有产业基础

的镇（街道）搞了特色产业园区，这些产业的兴起，实际上为我们的新型城镇化提供了物质保障和产业基础。正是由于主导产业的发展，配套产业、关联产业的壮大，才形成了人口、要素、资金、技术的集聚，自然而然形成了以产兴城、依城促产、产城互动、融合发展的城镇化发展格局。

郝东升（济源市富士康生活广场经营商户）：我经营一个副食品超市，已经干了三十多年。前些年市场上流动人员太少，超市每天营业额不高，全家生活水平很低。这些年镇里建起一些小区，居民多了，特别是 2011 年富士康职工住进了滨湖小区，市场更大了，现在每天的营业额有两三千块钱。目前很多社区正在建设，我计划再发展两个超市，并且带动周边的伙计们在社区里搞一些饭店、菜市场、网吧等。

3. 全域城乡居民同等待遇——让农民进得来、落得住、过得好

聂鑫仪（济源市承留镇实验小学学生）：我妈妈 2013 年到富士康工作，我也转学到了承留镇实验小学。学校特别大、特别漂亮，食堂干净卫生，饭菜可口，学校有免费住宿，还安排了生活老师。多媒体上课也增添了学习乐趣，下课后可以到后面的大操场上尽情玩耍。我还报了书法兴趣班，妈妈来学校看我，见我生活得很好，字也写得越来越漂亮，对我的学习很放心，对学校很满意。

陈明亮（济源市承留镇镇长）：百年大计教育为本。为解决务工人员孩子入学的问题，近年来我们先后投资 4800 万元建成了承留镇实验小学，投资对承留镇一中、三所幼儿园、四所小学进行提升改造，并每年划拨 700 万元用作教育专项资金。努力降低入学门槛，在承留镇孩子的入学不受地域影响，凡是学龄儿童都可以就近入学。在其他公共设施方面，先后投入十多亿元，建成 12 条道路；对煤气管道进行了改造提升延伸；建成了一批垃圾中转站，建立了专门的保洁队伍；还完成了一批文化、

教育、卫生等项目，为群众提供优良生活环境。

常东风（济源市承留镇党委书记）：解决农民进城的住房问题很重要。我们有三招。第一类是走市场化之路，规划了承留花园等一批高档社区，有条件的居民可以买房居住。第二类是政府规划、农民出资、政府代建，成本价出售。第三类是利用保障房政策，为弱势群体或者不具备条件的居民优先提供廉租房，一套 60 平方米的房子年租金不到 300 元，一对小夫妻在这里租房打工，三到五年之后赚的钱就可以把这一小套房子买下来。

王宣德（济源市承留镇滨湖社区居民）：我以前在南部山区南岭村居住，想让孩子到镇上上学，就遇到了住房问题。2008 年党委政府出台政策，鼓励农民进镇买房，市里给每个进镇居民补助 3000 块钱，镇政府同时配套补助 3000 块钱，我们家六口人补助了 3.6 万元，再加上多年积蓄，我买了一套 130 平方米的房子，还有一个小车库，现在过得可美了。

王宇燕（济源市委书记）：围绕着人进城以后怎样就业、怎样提升生活质量等问题，我们突出抓好"一基本、两牵动、三保障"，即突出产业为基、就业为本，突出住房和就学牵动，突出基本公共服务保障、社会保障和农村权益保障。我们在尊重农民意愿的基础上，通过扶贫开发、迁户并村、整村搬迁等形式，促进深山区群众直接进城镇社区转化为居民。同时，进一步整合教育资源，优化城乡中小学布局，目前济源市在镇区和市区学校就读的学生占学生总数的 70% 以上。深化户籍制度改革，深入实施基本公共服务均等化工程，建立城乡统一的居民登记制度，全面放开农民转移进城落户的限制，统筹推进城乡医疗卫生、文化体育服务设施网络建设，实现了城乡居民一体化的公共服务配套，全域城乡居民同等待遇，使转移进城农民能够进得来、留得住、过得好。

4. 以人为本的新型城镇化——有山有水有"乡愁"

孔春玲（济源市承留镇南勋村村民）：我们村戏曲爱好者自发组织起来，从自娱自乐到给群众唱戏。不仅排了古装戏，还编排了三部现代豫剧，镇里拨款 25 万元支持我们。自编自导自演的《梦回故乡》还到市里汇报演出过。现在我们还连续举办戏曲大赛，为老百姓的文化生活增添乐趣。我现场给大家编唱几句：（唱）登高远望王屋山／碧波荡漾曲阳湖／今日新承留／碧水依青山／欢迎你到承留来／欢迎你到济源玩／济源是咱们共同的家！

孔明霞（济源市承留镇滨湖社区主任）：从山区搬下来的社区居民，刚入住时东西乱堆乱放，垃圾随手乱扔，绿化带里种上了菜。我们反复引导大家：搬到社区了，村民变成市民了，卫生习惯得改。现在垃圾都是定点存放、清理，社区总是干净漂亮。还对社区居民开展食品卫生、安全、法律等方面的培训，让大家真正像个城里人。

常东风（济源市承留镇党委书记）：在土地征用、拆迁等问题上，我们首先坚持最大限度地维护群众的利益，损害农民群众利益的事情坚决不答应。其次我们坚持依法依规办事。我们每周一定时接访，风雨无阻。每周三下午到需要解决问题的村、企业或者群众家里去，开展"走亲戚"活动，周五对案件进行回访。我自己就到老乡家里吃过香椿捞面条，群众也到我家看过"媳妇长啥样"、饭做得好不好吃。只有把群众当亲人，群众才会把我们放在心上，再难的难题都不是难题！

王宇燕（济源市委书记）："四个全面"是新时期党中央治国理政的总方略。以人为本的新型城镇化，是我们贯彻落实"四个全面"的具体实践，是全面建成小康社会的必由之路、重要载体和主要标志。全面建成小康社会必须坚持四化同步，有了高质量、高水平的四化同步发展，才有高质量、高水平的小康社会，才能实现人的全面发展和人的现代化。加快推进工业化、城镇化进程是其中最重要的任务。近年来，济源通过不懈努力，先后获得国家卫生城市、中国人居环境范例奖、国家森林城市等多项国家级荣誉称号，今年，我们成功创建了全国文明城市，增添了一张最具含金量的城市名片。我们相信，在前期工作的基础上，济源一定能够向更高质量、更高水平的城镇化迈进。

网友热议

@云中山：城乡居民同待遇很重要！未来的农民应该是一个纯粹的职业，应该享受和城市居民同样的医疗、养老、就业、上学等权利。

@繁花半里：河南的城镇化不能急，要靠产业带动，说白了就是建厂办企业，有了好的工作机会，自然能吸引农村人到城里上班。

@魏晓军：在城镇化的进程中要注意矛盾的解决方式，避免在拆迁、环保等方面出现有违民意的现象。

幸福是小城最大的魅力

走进承留小镇，公共设施一应俱全，南山满目苍翠，曲阳湖碧水泛波，优美的环境令人印象深刻。小镇的幸福生活，成为济源市新型城镇化成功探索的鲜活见证。

小镇之所以别具魅力，就在于抓住了产业集聚区发展带来的新机遇，积极互动融合，形成了产业带动人口集中、经济社会生态齐头并进的良好局面，发挥了中心镇在新型城镇化中的应有作用。这从一个侧面，展示了济源勇做城乡一体化"探路者"的宝贵经验。

从以城带乡、全域规划、统筹发展，到以产兴城、产城互动，再到创新体制机制，深化户籍制度改革，落实全域城乡居民同等待遇等，济源市结合本地实际的城镇化实践的成功经验很多，其中最关键的一条，就是通过产业集聚、产业富民，实现最大限度维护群众利益。有了这一条，就能把新型城镇化"以人为本"落到实处，消除城乡差距，切实改善群众生活，在破解拆迁难等问题时，动真心、付真情，让新型城镇化沿着和谐法治的轨道前进。

新型城镇化是全面建成小康的必由之路。到 2020 年，我省要转移 1000 余万农村人口。要顺利完成这一过程，真正让"望得见山，看得见水，记得住乡愁"的美好愿景变为现实，需要有更多的地方像济源这样，因地制宜，不懈探索，有效推进。

河南日报　HENAN DAILY

"四个全面"大家谈 ⑨

走进济源

产城融合　乐业乐居

全域城乡居民同等待遇——
让农民进得来、落得住、过得好

❸

① **业兴城美人气旺——**
俺这儿一点不比城市差

② **产业为基 就业为本 生计为先——**
家门口就业真方便

以人为本的新型城镇化——
有山有水有"乡愁"

❹

发言人

王宇燕　济源市委书记

黄宪宇　济源市委常委、
常务副书记

常春风　济源市承留镇
党委书记

陈明光　济源市
承留镇镇长

孔明霞　济源市承留
镇裕社区主任

郝东升　研锦富士康生活
广场超市客户

王天明　济源市滨湖
社区居民

孔春玲　济源市承留
镇前期村村民

王宏德　济源市凯源
社区居民

刘作邦　济源富士康
服务中心打工者

范鲁红　济源市承留镇
实验小学学生

主持人

黄浩瀚
河南日报主任记者

(本栏目图片均为本报记者 史长来 摄)

网友热议

微评

幸福是小城最大的魅力

第九届中博会在武汉开幕

河南省情说明会暨项目签约仪式举行

谢伏瞻会见阿里巴巴集团总裁金建杭

"四个全面"大家谈

访谈时间 ／ 2015 年 05 月 22 日

走进永城

农业集群"舞动"中原

主持人语

陈苗（河南日报高级记者）：加快现代农业发展的步伐，是我省协调推进"四个全面"的题中应有之义。为保障国家粮食安全，我省始终把农业作为重中之重，在加强农田基础设施建设的同时，积极转变农业发展方式，依靠丰富的农业资源，走出了一条以农业产业化带动新型农业现代化的路子，为全面建成小康社会打下了坚实基础。永城市的面粉产业化集群，拉长了小麦深加工的产业链条，提高了农业效益、实现了种粮农民稳定增收，为经济发展、改革创新、保障就业做出了贡献。本期，我们来探讨一下永城发展农业产业化集群的新办法、新思路。

1. 小麦一场"旅行"身价翻上几番

小麦如果变成多种多样的食品甚至药品，价值可增加几倍、十几倍、几十倍。

由于面粉企业加价收购，永城的小麦销售市场已形成"漏斗效应"，周边的小麦都往永城流转。

孟庆勇（永城市市长）：永城是河南和全国重要的粮食产区，连续 6 年被评为全国粮食生产先进县，粮食产量去年突破 25 亿斤。单从种粮来说，实现农民增收致富，遇到了天花板。永城结合实际，把粮食资源优势，变为产品优势、产业优势、致富增收的优势。小麦被加工成面粉、麦芯、谷朊粉、蛋白粉等多种多样的食品药品，价值增加了几倍、十几倍、几十倍。玉米也变成淀粉、饲料，带动畜牧业养殖，变成畜产品和多种多样的肉制食品。通过资源整合，著名企业入驻，永城实现了食品产业的集聚，使小麦、玉米等"原字号"农产品变为餐桌上的食品，实现农民增收、农业增效、财政收入增加，推进了全面建成小康社会的进程，为协调推进"四个全面"打下坚实基础。

袁先荣（河南汇丰面粉集团有限公司董事长）：公司在永城有小麦种植基地 37 万亩，在 10 多个乡镇联系了十几万农户。基地的小麦品种，根据公司产品需求种植，低筋小麦生产蛋糕，高筋小麦生产手撕面包。公司小麦收购价每斤 1.22 元，再加上 15% 的运输、化验等费用，成本 1.4 元多，加工成面包每斤能卖 13 元，效益增加了近 10 倍。目前我们每年加工约 6 亿斤小麦，除本地小麦，还有安徽亳州、淮北等地的小麦。

王民选（省委政研室农村处处长）：今天在汇丰公司食品生产车间座谈，车间里是红红火火的生产场景，窗外无边的麦田也是一派丰收的景象，印证着永城市农业产业化集群发展的好态势，从中我们也看到了河南现代农业发展的希望。河南是农村人口大省，也是农业大省，小康不小康，关键看老乡。协调推进"四个全面"，全面建成小康社会，农民这一块不能丢下，要依靠我们的智慧和创新，推动农业强、农民富。发展农业产业化集群，是省委省政府的一项新战略、新举措，必将为中原崛起、河南振兴带来新的景象。

2．三产融合发展农民增收给力

种植、面粉加工、主食制作、饲料生产、养殖屠宰、配套服务俱全，一二三产融合发展，永城农业产业化集群"握指成拳"。

一个大的食品加工企业，带动周边十余个乡人人有活干，个个有收入。

陈连玉（永城市农业局副局长）：我们指导农业产业化龙头企业和新型农业经营主体，形成"公司＋农民合作社＋基地＋农户"的产业化模式，农户与企业开展订单农业，避免了农民种地的盲目性，规避了风险。企业收购时，普通小麦每斤至少加价 0.05 元，高筋小麦加价 0.12 元。由于农业产业化链条拉长，增加了就业机会，提高了农民收入。

巩朝建（永城市盛源种植专业合作社理事长）：合作社流转土地 3000 多亩种植小麦、玉米，主要供给种子公司、面粉厂和饲料加工厂。合作社有大型机械 37 部、烘干机一台，农业种植只需50 人左右，可节省大量劳动力。这样村里群众外出打工，每人每月能多收入 2000 元左右。看到我们收入高，相邻的安徽省的农民兄弟，都要求加入合作社。

代亚伟（河南华星粉业集团副总经理）：公司有 30 万亩订单农业，在与农民合作过程中，首先考虑的是农民稳产、增产、增效，为他们提供产前、产中、产后服务，使农民每亩增收约 130 元，就近收购、减少运输等成本，也为企业节约 2000 多万元。由此延伸出的运输公司，雇用的都是当地农民。在我们的带动下，周边 11 个乡人人有活儿干、个个有收入。

杜好祥（永城六和启正饲料有限公司总经理）：永城小麦麸皮里的硒、维生素含量高，在饲料原料中价值非常大。麸皮在我们的饲料配比中占 10% 以上，都来自永城面粉加工企业，不仅运输方便，还增加了效益。最近几年我们的饲料投放到市场，性价比、品质得到周边 20 多个县（市）经销商的认可，养殖户从中受益。依托永城农业资源，公司实现稳定发展，直接、间接增加 3000 多个就业机会。

徐新威（永城众品食业有限公司办公室主任）：来这里投资是看中了永城的区位优势、原料优势，我们联合饲料厂、金融机构、医药公司、养殖场、种猪场，实现了"六方合作"。在农业产业化的带动下，公司带动 8 万余农民就业，带动养殖户、养殖场每年增收 6 亿元。

贾艳玲（河南金龙塑业有限公司生产经理）：我们厂主要生产面粉包装袋、麸皮袋、饲料袋等产品。年产 7000 万到 8000 万条，产品覆盖河南、安徽。可以说，永城有面粉的地方就有我们的包装袋。得益于永城面粉产业的发展，我们从 1995 年 8 个人的小厂，发展成为拥有 158 人的企业。

3. 科技促方式转变品牌助企业做大

通过科技创新，企业做出千变万化的产品，提高了粮食附加值，在市场夹缝中闯出一片新天地。

永城正从"产粮不卖粮"走向"产面不卖面"，从"中国面粉城"走向"中国食品城"。

孟庆勇（永城市市长）：品牌创建的目的，不仅要把农业产业化做大，还要做强做优。通过一系列政策扶持，引导农业产业化企业从"原字号"向"深加工"转变、由"重产量"向"重质量"转变。比如，凡取得一个专利，政府奖励 20 万元研发经费；建立一个省级或以上科技研发中心，政府奖励 50 万至 100 万元。我们对企业讲四句话："管外不管内，参与不干预，帮忙不添乱，服务不打扰"，依据市场经济规律，扶持企业在依法经营的基础上，通过技术创新开拓市场。永城的面食产品市场很大，仅馒头每天产量就达 40 万个，全国每生产一千个馒头，就有永城的两个半。

代亚伟（河南华星粉业集团副总经理）：面粉行业是微利行业，发展壮大离不开科技创新，这是企业发展的动力和源泉。2008 年以来，我们对技术创新的投入力度逐年加大，去年已达销售总收入的千分之三，创新产品占销售收入的 32.8%，获得了中国驰名商标、河南名牌、河南高新技术产品等荣誉称号。经省科技厅批准，成立了河南华星谷物现代加工技术研究院，包括博士后 1 人、研究生 4 人、研究人员 12 人，在种植基地、订单农业等方面加大了技术投入，不断推出新产品。

李梅香（永城面粉协会会长）：20 世纪 90 年代后期，永城小面粉厂纷纷建成，一天只能生产十几吨，质量也不高。当时企业不懂得保护知识产权，有的面粉厂品牌打响了，销售也很好，最后却被别人注册了商标。为了解决面粉厂小、散、乱的问题，2002 年组建了永城市面粉协会，政府也出台不少优惠政策，2005 年永城获得"中国面粉城"称号。中国面粉质量检测研发中心也落户永城，为企业抓质量、上档次带来了契机。为破解融资难问题，又成立了永城市面粉行业贷款联保协会，近十年来仅从农信社就陆续获得贷款 80 多亿元。在实现"产粮不卖粮"后，下一个目标是"产面不卖面"，由面粉城向食品城过渡。

4. 搭上"互联网＋"快车确保"舌尖上的安全"

质监部门睁大眼睛盯餐桌安全，企业也有制度保证生产环节的安全，与"互联网＋"相结合，永城的企业和政府联手打造食品安全。

聂强（永城市质监局副局长）：质监局有两大职责，一个是食品安全，一个是原材料监管。我们对食品企业进行排查，建立食品企业质量档案，然后对这些企业分类管理，食品的加工、添加剂的使用、出厂检验等都在监管范围内。在监管的过程中，我们要求企业对原材料建立台账，生产记录、检验记录、销售记录俱全。产品有一个生产批号，当发现食品质量有问题时，根据这个往前追溯，就可以查到是哪个环节出了问题，比如面包微生物超标是不是因为没有杀菌，重金属超标是不是原材料有问题，都有记录。另外，我们还有个国家面粉检测研发中心，是集检测、标准制定、产品研发于一体的综合性检测机构，目前能对 16 种产品、98 个材料进行检测，可以为企业提供更多技术支撑。

袁先荣（河南汇丰面粉集团有限公司董事长）：我们对食品安全非常重视，坚持采购大厂家的原材料，用的油是中粮集团的，鸡蛋是夏邑等养鸡场特供的。我们无菌生产车间的空气质量，已经达到了医院手术室的标准。

孟庆勇（永城市市长）：食品质量的追溯系统，从制度上确保了永城生产的食品安全优质。以面包为例，"互联网＋"相结合，消费者如果要投诉的话，面包包装袋背后有一个二维码，扫描后可以追溯到这个面包是哪家企业、哪个班次、哪位班长带班组织生产的。甚至包括原料是在哪个地方生产的，原料用的原粮是哪个乡镇的哪块地种植的，都可以查到。

网友热议

@中国英雄天下行：大家谈栏目是践行新闻报道"走转改"原则的一次生动实践，谈党和政府要干的事、你和我共同关心的事，传递最平实的基层声音，我支持！

@Mr-youngchina：创新才能发展，这条农业产业化集群的路子就是一种改革创新，绿了经济、美了村庄。假以时日，相信咱河南还会大有作为。

@感悟生活：说到粮食生产，老百姓最关心食品安全问题，永城生产一个小小的面包，也有完备的质检体系，期待有更多让消费者信得过的产品。

微评

农业产业化的"数学启迪"

粮食精深加工引领"白色经济",农业产业化集群助力农民增收,科技创新搭上"互联网+"的快车,品牌与品质迈上新台阶……展阅永城现代农业画卷,生机勃勃的新面貌映入眼帘。

农业是弱势产业,比较效益低,加之我国经济发展进入新常态,农业发展面临的种种瓶颈与挑战更加突出。永城市通过实践,编写出了一套农业产业化集群发展的"数学读本"。

先做加法。永城依托现有的农产品资源优势,提高农产品多元化、综合性加工利用能力,逐步实现了由初加工向精深加工的转化,一举改变了单纯卖初级产品的低效农业局面,拉长了农业产业链条,提高了农产品附加值,活了土地,富了百姓。

再做乘法。今年中央一号文件要求,必须推进农村一二三产业融合发展。国外相关学者也提出过"第六产业"概念——第六产业 = 第一产业 × 第二产业 × 第三产业,意在依仗乘数效应,形成新的效益和竞争力。永城的实践证明,吸引二、三产业的现代化要素,使之作用于传统农业改造,能够提升农业产业现代化层次,拓展农民增收空间。

还要做减法。全面深化改革,农业生产领域也要赶上节拍。调整农业产业结构,扶持最高效的龙头企业,摒弃较落伍的生产主体;改变主体经营方式,实行订单农业,防止盲目生产,实现精准定位。

以改革为动力,创新体制和机制,现代农业的活力因子在这里一一被释放,产业实力更强劲、舌尖产品更安全、发展活力更蓬勃……背后,是省委、省政府协调推进"四个全面",把"三农"作为重中之重的责任和担当,是让"中国碗"

多盛"河南粮"的宏图大志，也是农业强省的巨大潜力。

风吹麦浪，又是一年夏收时。在广袤的中原大地上，以永城为代表的一曲曲现代农业发展的强音此起彼伏，弹奏正欢。

"四个全面"大家谈

走进永城

农业集群"舞动"中原

河南日报 @河南日报 河南日报网 大河网 河南手机报

"四个全面"大家谈

走进永城

① 小麦一场"旅行" 身价翻上几番

亮点：

② 三产融合发展 农民增收给力

亮点：

③ 科技促方式转变 品牌助企业做大

亮点：

④ 搭上"互联网+"快车 确保"舌尖上的安全"

亮点：

发言人

孟庆勇 永城市市长
王民法 省粮食局农村处处长
陈连王 永城市农业局副局长
杜好祥 永城正和超亚饲料有限公司总经理
代圣锋 泽夏面业国际经理
徐新战 永城市众品农业有限公司办公室主任
李艳香 永城面粉协会会长
晁先荣 汇丰国际集团国内营销部
贾艳玲 永城市金龙塑业有限公司经理
倪朝建 永城市盛源种植专业合作社理事长

主持人

陈菁 河南日报社高级记者

（本组图片均为本报记者 史长来 摄）

网友热议

微评

农业产业化的"数学启迪"

以"四个全面"战略布局为总引领 谱写人民政协事业发展新篇章

"四个全面" 大家谈

走进金水区

访谈时间 ／ 2015 年 05 月 26 日

社区是我家　治理靠大家

主持人语

屈晓妍（河南日报记者）：协调推进"四个全面"战略布局，社会的安定和谐是前提和基础。作为社会的"细胞"，社区"个头"虽小，功能却大，它是加强和创新社会治理的重心，保障和改善民生的依托，提供公共服务的平台，维护社会稳定的根基，是现代国家治理体系的组成部分。完善和发展中国特色社会主义制度，推进国家治理体系和治理能力现代化，是全面深化改革的总目标。实现这个目标，需要形成从国家治理、社会治理到社区治理一体贯通、一脉相承的治理体系。

习近平总书记强调："社会治理的重心必须落到城乡社区，社区服务和管理能力强了，社会治理的基础就实了。"协调推进"四个全面"战略布局，社区是非常重要的一环。这期"四个全面"大家谈走进郑州市金水区的社区，谈谈如何提升社区治理和服务能力。

1. 社区虽小，却与我们的生活息息相关

社区干部不是官，却是啥事都得管的"小巷总理"；社区逐渐承担起由单位剥离出来的诸多服务功能，服务越来越多样化、人性化。

焦丽锋（郑州市北林路街道办事处鑫苑社区主任）：我们社区工作可以分为三个方面，一是以社区党建为主要内容的党务工作，二是包括社保、计生、治安协管、信访稳定等在内的政务性工作，三是帮扶救助、文化活动等公益性工作。我粗略统计了一下，这三个方面其实包含了一百多项具体工作。社区干部虽然不是官，却是啥事都得管的"小巷总理"。

姚丽华（郑州市经八路街道办事处省委社区二级网格长）：作为网格长，我们的职责就是在所辖的街道网格内，及时发现涉及群众利益的问题，协助职能部门尽快解决问题，并根据居民的需求提供各种服务。从整治黑网吧、黑诊所、黑作坊，到帮助设立居民活动室，再到发动群众成立各种文化活动组织，大大小小的事我们都要管。三年多来，我们社区的网格长已累计发现问题 18588 个，解决 18180 个。"有事就找网格长"，已经成为居民们的口头禅。

郭英儒（郑州市北林路街道办事处国泰花园社区主任）：社区工作繁琐、具体，也少不了遇到被居民误解的委屈事儿。2015 年 3 月，我们对居民做入户信息登记，有一户居民就是不让社区工作人员进门，还说我们是小偷，要打电话报警。没办法，我们只好一趟又一趟上门，一次又一次解释，才把工作完成。赶上忙的时候，我们加班加点，饭都吃不上一口，也顾不上自己家里的事，家里老人孩子抱怨，我们咋会不委屈、

不心酸？类似这样的事情，数不胜数。但是在社区工作，就得挑得起这副担子，受得起委屈和埋怨。

杨杭军（郑州市民政局副局长、市社区建设服务局局长）：改革开放以来，随着城市化进程的加快，城市基层社会管理模式发生了巨大变化。从计划经济下的单位制、街居制逐渐转变为市场经济体制下的社区制，社区逐渐承担起由单位剥离出来的诸多服务功能，包括治安、社会保障、社会福利、社会救助、就业、卫生、防疫等。现在，随着社区服务越来越多样化、人性化，社区居民整体感觉到在社区生活越来越方便、越来越舒心。

2. 探索居民自治，大家的事大家管

从社区"管理"到社区"治理"，一字之差，体现观念转变；"自上而下"的管理模式被淘汰，转而倡导"积极参与，主动承担，共建共享"的社区精神。

王彩霞（郑州市北林路街道办事处鑫苑社区居民）：社区是居民共同的家。既然在一个家生活，就免不了产生矛盾。我和社区里不少老年人都喜欢跳广场舞，刚开始的时候一些居民嫌吵，有的站在音响跟前就是不许放音乐，有的甚至把打腰鼓的鼓槌都给折断了。遇到这事儿咋办？社区居委会做了大量工作，听取双方的要求，协调大家找一个都可以接受的办法。我们也找那些居民协商，音响声音多大合适，跳舞时间怎么调整。经过协商，这个矛盾最后总算是解决了。

焦丽锋（郑州市北林路街道办事处鑫苑社区主任）：广场舞是老年人锻炼身体、享受生活的重要平台，但是在不少地方确实存在着广场舞扰民的现象。怎么处理和调解这一矛盾呢？从社区的角度来说，首先是要进行科学、有效的管理和设计，比如在选址上要

尽可能远离居民区，还要有专人对跳舞的队伍、时段、音响等进行管理；另一方面，也要坚持依靠群众自身的力量，充分沟通，相互尊重，和居民一起来设计更好的解决方案。只有这样，才能形成"舞照跳，人人乐"的和谐局面。

张美荣（郑州市花园路街道办事处通信花园社区居民代表）：像我们社区，以前邻里关系十分陌生，见了面最多就是打个招呼。后来，社区里充分调动各个楼组在职党员、退休人员中的党员的积极性，每个楼组都成立了党员小组，再加上居民自治小组和楼组志愿者，共同组成楼组服务队，为居民提供为老服务、双职工家庭子女看护服务以及裁裤边、理发等20多项便民服务。现在，我们社区的居民有什么问题，基本上小事不出楼组、大事不出社区就能解决，居民的归属感和幸福感也越来越强了。

郑灏东（郑州市金水区区委书记）：这几年，我们的社区正悄悄地发生着变化，这种变化除了环境的改善以外，更多的是越来越多的居民参与到社区治理当中。就像我们正在倡导的"积极参与，主动承担，共建共享"的社区精神，有了居民的参与，社区才变得更加和谐。以前我们把社区工作叫"社区管理"，现在大家叫"社区治理"。从"管"到"治"，一字的变化，体现的是观念的转变，理念的更新。过去社区事务的管理是由上到下，而治理则是让大家都参与进来，大家的事大家办，大家的事大家管。在这样一种理念引导下，我们这几年做了一些探索，最主要的一个经验就是"坚持依靠群众，推进社区管理创新"，其核心就是以网格化为载体，以基层四项基础制度建设为支撑，以基层服务型党组织建设为引领，把政府的市场监管、公共服务、社会管理、环境保护与居民自治互相衔接相互支撑，形成一个共同的治理体系。

3. 厘清权责，推进社区治理主体多元化

要改变当前社区工作职能繁多、任务繁重的局面，就要实现社区治理主体的多元化，推动社区、社会组织和社会工作者"三社联动"在社区中的探索实践。

杨杭军（郑州市民政局副局长、市社区建设服务局局长）：前几天，"李克强总理怒批奇葩证明"的新闻引起了很多人的共鸣。这个问题从侧面反映了当前社区工作面临着职能繁多、任务繁重的现实。由于多方面的原因，导致很多部门把社区当成了政府机构的延伸，也因此把很多本应由政府部门承担的行政事务下派至社区。为解决这一问题，各级政府和民政部门也做了很多努力，比如专门成立社区工作站、建立社区行政事务准入制度等，目的也是把社区的行政工作和服务职能做一个适当的划分。

竹怀农（河南省民政厅基层政权和社区建设处处长）：提高社区治理能力，最核心的内容，就是要在厘清职责边界的基础上，实现社区治理主体多元化，完善社区的治理结构。也就是说，在社区治理当中，切实强化社区党组织的领导核心作用，继续发挥各级政府的主导作用，充分发挥社区居委会的主体作用，注重发挥社会组织、群团组织、业主组织、物业组织以及驻社区单位的重要协助作用等，从而形成多元参与、共同治理的工作气氛。

杨宇峰（郑州市北林路街道办事处党工委书记）：目前社区有两大问题愈加凸显：一是社区原有单一的行政化管理和服务模式，已经远远不能适应社区群体多元化的现实；二是目前社区人员的数量和能力与社区治理的要求还有很大差距，比如北林路办事处每个社区正式工作人员只有 7 到 8 人，而要服务的群众则有上万人，确实感觉力不从心。为解决这一问题，近年来，区委、区政府通过推动辖区单位联建共建、政府购买社会服务等方式推动社区、社会组织和社会工作者"三社联动"机制在社区

中探索实践，取得了良好效果。

陈骋（郑州市南阳新村街道办事处绿城社工服务站社工）：不少嘉宾都提到了社会工作者在社区治理当中的重要作用，但很多人对社工还不太了解。打个比方，如果说义工、志愿者是业余雷锋的话，社工就是职业雷锋。以社区为老服务为例，志愿者通常都是在特定节假日举办一些慰问老年人的活动，而我们则是通过专业的项目化运作，为老年人提供更多长期的、个性化的服务。比如我们绿城社工推出的"311类家庭"关爱空巢老人项目，就是由3名社工或志愿者与1户空巢老人组成1个类家庭，向老人提供经常性的心理慰藉、生活照料等服务，弥补空巢老人的亲情缺失。

4. 推进社区治理现代化，夯实社会治理基础

把基层四项基础制度和网格化管理长效机制深度融合，以激发社会组织参与社区治理的活力，提高社区居民的自治能力，真正把服务群众"最后一公里"变成"零距离"。

纪德尚（郑州大学公共管理学院教授）：协调推进"四个全面"战略布局、全面深化改革，总目标就是完善和发展中国特色社会主义制度，推进国家治理体系和治理能力现代化。实现这个目标，需要重心下移到基层。基层的重点就在社区。推进社区治理体系现代化，一个核心理念是政社分开。要激发社会组织的活力，加强社会组织的监管，发挥社会工作者的一系列作用，如提供社会服务、传递社会政策、化解社会矛盾、解决社会问题等。要在党委领导下、政府主导下、社会各界协同配合、社会组织和公民的共同参与下，大幅提高基层社会治理水平，使我们的社区更加和谐、美好。

周纪斌（郑州市经八路街道办事处党工委书记）：郑州市的"网格化"社区治理模式，就是推进社区治理能力现代化的一个创新实践。所谓"网格化"，通俗地说，就是把城区划成一个个小块，再通过整合各方力量治理每一小块，实现预期目的。运行三年多来，我们辖区发生了很大的变化，街景市容变得更加整洁了，群众办事和生活更加方便了，辖区党群干群关系在网格化管理当中也得到了进一步的加强和密切。

郑灏东（郑州市金水区区委书记）：社区治理的根本目标，就是让社区更加和谐。这需要我们进一步推进社区治理体系创新和治理能力现代化建设，把郭庚茂书记提出的基层四项基础制度和郑州市推行的网格化管理长效机制深度融合，在融合的过程中给居民提供更好的服务。下一步，我们将进一步探索四项基础制度在基层的建立与落实，同时理顺社区治理体制、加强载体阵地建设、加大财政支持力度，使社区治理更加有效，使生活在这里的居民享受到更多的快乐和幸福。去年郑州市推行城市精细化管理服务先行区，一共 40 平方公里的区域，金水区就占了 37 平方公里。我们将借助这一契机，在环境和服务方面都上一个新台阶，真正实现"走进金水区明显感到不一样，居住在金水区明显感到不一样"的目标。

竹怀农（河南省民政厅基层政权和社区建设处处长）：加强社区治理体系和治理能力现代化建设，对于协调推进"四个全面"、建设"四个河南"、推进"两项建设"，都具有十分重要的意义。在下一步的工作中，要进一步加强和改进政府的社区治理制度，激发社会组织参与社区治理的活力，提高社区居民的自治能力，壮大发展社区专业社工队伍，打通服务居民"最后一公里"。通过这些举措，把更多的社区建设成为管理民主、服务完善、安定有序、充满活力的社会生活共同体。

网友热议

@田野石头：社区联系着千家万户，关乎千千万万民众的切身利益，我们要创建平安社区、文明社区、富强社区、美丽社区，使生活于此的百姓感觉到家的温暖，使他们生活得更有品位，更有质量，更加幸福。

@火云贺者：社区工作人员要管社区很多的事儿，忙起来就是"5+2""白+黑"的工作状态，居民也要对他们多一分理解和包容。工作人员太少了，引入社工很有必要。

@我没话费了：社区是我家，文明和谐靠大家。社区治理不只是社区工作人员的事儿，也是我们每一个居民的事儿。我们把社区真正当"家"了，社区的服务也会跟我们更贴心，住在社区的幸福指数也会更高了。

微评

你好，"小巷总理"

小社区，大社会。随着城镇化的快速推进，来自不同地域的人，共同生活在一个钢筋水泥的"丛林"里，一个个由熟悉的陌生人组成的社区，成为居民共同的生活家园。在这个家园里，需求多样化、个性化，小小社区是一个微缩版的大社会。如何让社区里的居民安居乐业，考验着政府的社会治理能力。

党务工作，政务性工作，公益性工作，这三个方面包含了一百多项具体工作。社区干部虽然不是啥官，却是啥事都得管的"小巷总理"。当我们认识他们时，我们会由衷地赞一声：你好，"小巷总理"！正是有了社区工作人员的恪尽职守、无私奉献，大多数社区才有了"舞照跳，人人乐"的祥和局面。

小社区，强功能。推进"四个全面"战略布局，需要安定和谐的社会氛围。作为服务群众的最前沿，社区的治理能力如何关乎每个社区居民和家庭的幸福指数，关系社会的安定和谐，"小巷总理"肩上的职责沉甸甸、重千钧。

当好"小巷总理"，除了社区工作人员自身的不懈努力，更需要党委政府的鼎力支持。社区目前所遇到的难题，是经济社会发展阶段的必然产物。破解这些难题，需要的是与经济社会发展相匹配的国家治理体系和治理能力现代化。各级党委政府只有扎实推进"四个全面"战略布局，切实为我们的"小巷总理"排忧解难，才能形成 "社区是我家，治理靠大家"的大好局面。

"四个全面"大家谈⑪

走进郑州市金水区

社区是我家　治理靠大家

① 社区虽小，却与我们的生活息息相关

② 探索居民自治，大家的事大家管

③ 厘清权责，推进社区治理主体多元化

④ 推进社区治理现代化，夯实社会治理基础

发言人

郑瑞东　郑州市金水区区委书记

付怀农　省民政厅基层政权和社区建设处处长

杨桂军　郑州市民政局副局长

杨宇呼　北林路街道党工委书记

纪德尚　郑州大学公共管理学院教授

周纪斌　经八路街道党工委书记

焦丽微　北林路街道办鑫苑社区主任

郭英德　北林路街道办国泰花园社区主任

姚丽珲　经八路街道办省委老干二级网格长

陈婷　紫阳新村街道办林城社区工区务站社工

张英爱　花园路街道办通怡花园社区居民代表

主持人

屈�　河南日报记者

网友热议

点评

你好，"小巷总理"

把握常态化要求　坚持真抓实做
扎实有效推进"三严三实"专题教育

"四个全面"大家谈

访谈时间 ／ 2015 年 05 月 26 日

走进郑州高新区

"互联网+"的机遇与变革

主持人语

栾姗（河南日报记者）：抓住新科技变革的战略机遇，对协调推进"四个全面"战略布局具有重大意义。2015 年的国务院《政府工作报告》首次提出，制定"互联网+"行动计划，引领新一轮创新浪潮。经济新常态下，对于我省而言，加快结构调整、动力转换尤为迫切，机遇和出路在哪里？省委书记郭庚茂指出，发展互联网经济是抢占未来发展制高点的战略选择。当下，"互联网+"的实践风起云涌，本期我们走进郑州高新区，畅谈站在"互联网+"的风口上，如何抢占制高点、培育新优势，推动河南经济发展方式转变，实现"四化"同步发展。

1．站在"互联网＋"的风口新业态孕育新机遇

赵书贤（郑州高新技术开发区党工委书记、管委会主任）：近几年，互联网与传统产业嫁接，也就是我们常说的"互联网＋"，给生产、生活带来很大变化，也为发展带来了新动力。就我们高新区而言，在当前经济下行压力非常大的情况下，正是因为拥有一批"互联网＋"的企业，才使全区经济保持持续稳定健康发展。1 至 4 月份，高新区的纺织、电解铝等传统产业增长乏力，但"互联网＋"产业的增长速度却非常惊人，一些企业的增长甚至超过了百分之百，"互联网＋"给我们带来了发展新机遇，也为郑州高新技术开发区协调推进"四个全面"打下了良好的基础。

李洋（省工业和信息化委员会产业信息化处）："互联网＋"对传统产业的改变可以用"革命性"一词来形容。目前，我国已经把"互联网＋"作为传统制造业转型升级的重要抓手。"互联网＋"是怎样实现对传统产业的"革命性"改变的呢？简单说就是创新。"互联网＋"能够促进传统产业在生产方式、组织结构等多方面进行创新，对产业转型升级有巨大推动作用。当然，我们说的企业创新，需要真正把产（企业）学（高校）研（机构）政（政府）非常高效地组合在一起，应该说"互联网＋"是一个必然选择，也只有通过"互联网＋"才能真正把这些资源整合在一起，实现全面创新。

王亚伟（郑州创客暨互联网智能家居负责人）：我感觉今年是创业最好的年头，很多政策都特别有利于创业。各种创客空间或者孵化器，给我们初创者带来了很多便利和帮助。当然，我们还是希望政府部门能在一些社会公众服务方面做得更好。以前，去行政办事大厅办事，比如我们去办营业执照，早晨六点钟起床去排队，如果运气好的

话下午可能会排到，运气不好一天时间什么都办不了。如果"互联网＋"在电子政务方面多些应用，创业就会更容易。

罗伟（郑州高新区经济发展局副局长）：互联网＋广告成就了百度，互联网＋集贸市场就有了淘宝，互联网＋银行就是现在的支付宝……类似例子数不胜数。随着更多数据基地入驻高新区，将会为互联网＋传统产业提供更大的平台。我们正在打造三个生态圈，那就是互联网＋商业的电子商务生态圈、互联网＋产业的智慧产业生态圈和互联网＋政府的智慧园区生态圈。随着这三个生态群功能的逐步完善，"互联网＋"对高新区的产业转型升级，包括对高新区的发展都将会起到越来越重要的作用。

2．电商时代顺势而为，传统商贸创新发展

曲庆祥（河南省电子商务产业园副总经理）：电子商务是一种表现形式，它是把互联网＋商业、互联网＋工业、互联网＋传统经济等通过电商这种模式传递给广大消费者。我们筹建电子商务产业园，就是围绕"互联网＋"和电商的概念，一是引进电信、微软、百度等国内外知名电商企业，通过他们完成技术服务架构的搭建；二是做好孵化器，为河南本土电商企业提供优良环境，做好孵化培育；三是着眼于互联网＋传统企业，重点引进传统企业电子商务项目。目前，入园企业有125家，其中电子商务平台类企业13家，电子商务应用及服务类企业58家，传统产业、传统工业企业的电子商务项目有33家，截至2014年底，产业园总产值为37亿元，就业人数为4620人。

何丽丽（河南企汇网信息技术有限公司总经理）：阿里巴巴落户河南，就是要帮助有优势产业的厂商，把他们的产品放到阿里巴巴的平台上进行销售，这就是阿里巴巴·郑州产业带，它其实是

互联网＋专业批发市场，即把传统批发市场搬到互联网上。目前郑州产业带集中了食品、女裤、机械设备等九大优势产业，入驻企业 8000 多家，日均交易额 300 万元。

李苏（河南杰夫电子商务有限公司副总经理）：作为一家综合性电子商务服务商，我们做的是互联网＋服务，目前服务企业有一千多家，涉及汽车、房产、医疗等行业。眼下，越来越多的企业需要全套电商咨询和全网营销的服务。2014 年下半年，我们依托特色中国河南馆，为洛宁县一对夫妇做了一次关于山杏的全网营销活动，通过策划和推广，使他们在不到 7 个小时的时间里在网上卖出 2 万斤杏子。这样的例子还有很多，"互联网＋"已经、正在、还将不断创造奇迹。

吴晓雨（果真了得创始人）：2009 年开始创业，通过淘宝经营深山里的野生核桃，从 2000 元起家到即将上市，从阿里巴巴·郑州产业带到淘宝特色中国河南馆，一路走来，"互联网＋"带来太多变化。我对"互联网＋"的理解是，无论对一个品牌还是一个公司，它都不仅是一个渠道的增加，更是一个创新的开始。通过互联网，我可以让顾客看到山里大婶家的核桃树，看到山菌生产的全过程，让一个品牌变得家喻户晓，因为互联网改变了信息交流的核心。

3．插上"互联网＋"的翅膀推进两化深度融合

张丽辉（郑州悉知信息技术有限公司运营总监）：在互联网大数据时代，"互联网＋"不在于创造了多少东西，而在于对于行业潜力再挖掘，用互联网思维提升企业。对传统企业来说，应该站在"互联网＋"的角度，以企业为核心融合互联网。传统企业在实际发展过程中，一个误区是认为传统企业在市场上属于过剩经济，还有一个误区认为我们的技术与欧美国家竞争是非常难的一件事情。但我认为，针对某个区域

是过剩的，放在全球范围内则不一定过剩，放眼全球很多发展中国家需要我们中国的高性价比产品，"互联网＋"刚好把这些问题解决了，帮助传统企业通过互联网把产品推销到全球，成为一个非常重要的平台。

李洋（省工业和信息化委员会产业信息化处）：从2015年开始，我们省把互联网＋智能制造当作下一步推进信息化和工业化融合、打造先进制造业大省的主攻方向。目前，正依托专业研究机构在做互联网＋智能制造规划，并以大型企业为重点，根据制造业的特点分别推进数字化示范和数字工厂试点项目，针对中小企业建立大数据平台，发挥云计算作用，面向中小企业进行从研发设计到生产过程、项目服务、经营管理的全方位多层次信息化服务。再有就是推动互联网运营创新，进一步探索"互联网＋"工业创新新模式。

赵凌志（中国联通河南分公司中原数据基地运营中心副总经理）：大家都知道，最初的网络传输是依靠电话线来实现的。电话线是由铜线构成，我们发明电话的时候主要是用来传输语音的，没想到20年、30年后网络的需求会出现爆发式增长。可以向大家透露的是，通过这几年的改造，我们的通信网络正快步迈向光纤化，而且有了明确的时间表。光纤化的优势在于传输效率更高，用户体验更棒。除了网络畅通，"互联网＋"还需要数据支撑，中国联通的中原数据基地，已经有了百度、腾讯、阿里巴巴的服务器。

赵书贤（郑州高新技术开发区党工委书记、管委会主任）："互联网＋"时代，我们政府应该做什么？正如美国一个经济学家所说的，一个地区经济起飞，必须具备可靠的产权制度、科学决策、发展融资环境和便捷的交通、通信四个条件，这也是降低交易成本必须要做的事。下一步，我们为产权制度的保护也好，便捷的交通和通讯也好，发达的融资环境也好，都需要利用"互联网＋"进一步提高我们的服务能力和决策水平，为企业提供更好的服务发展环境。相信随着认识不断提升，环境不断优化，"互联网 +"一定会在高新区继续结出更大的硕果，为河南传统产业提升起到示范引领带动作用。

4. "互联网 +"连着你我他，幸福生活扑面而来

王亚伟（郑州创客暨互联网智能家居负责人）：当你外出时突然想起来家里还煮着排骨汤，没关系，通过"互联网 +"就可以关闭燃气阀门避免火灾发生。当你上班时老妈从外地过来看望自己，而你又不方便回家，没关系，通过"互联网 +"远程控制就可以开门并给老妈烧上一壶热茶。互联网 + 智能家居正在让这一切变为现实。

李志刚（河南汉威电子有限公司副总裁）：什么是"互联网 +"？比如汉威正在与郑州高新区合作探索的智能水务，家家户户水龙头里都会安装专用芯片，用于感知即时水压。如果发现过低，则将数据传递给云端，云端再自动反馈给小区泵站要求加压。如此智慧的生活，是不是很科幻？再比如婴儿用的尿不湿，如果能在尿不湿里放上传感器，通过物联网感知，就能知道小孩什么时候尿了该换尿不湿，这些数据还会传到云端进行分析，就是数据挖掘，他今天什么时候尿、明天什么时候尿、隔多长时间尿等，以此预测下一次尿的时间，从而得出小孩的作息规律，把这些数据传到手机客户端实时监控，这就是移动互联网。

郭凯（河南云和数据信息技术有限公司总经理）：在大众创业、万众创新的背景下，需要有坚实的技术和人才基础来支撑我们的梦想，这就倒逼教育改革，为互联网 + 教育提供了机遇。随着 IT 技术的发展，未来我们的教育，可能不会是现在小学、初中、高中、大学这样的固有概念，而是根据我想从事什么工作、关注什么领域，倒过来思考我需要什么知识结构，从而选择相关的线上教育、实体教育。这样基于人的、基

于职业需求去构建整个的知识结构，这对当下的教育是一种颠覆。

杨永生（腾讯·大豫网总裁）：前段时间，河南省和腾讯签署了"互联网+"的协议，在包括郑州在内的5个城市打造智慧城市，未来出入境、医疗挂号、违章查询等业务都可以在手机上办理，这可以大大提升办事效率，"互联网+"之所以可以优化我们的生活，我认为就是提高重组效率。下半年，腾讯打造的创业基地也将在河南落地，这是互联网+创业，将把我们的一些中小合约企业、中小创业团队融合在一起，跟政府包括运营机构、外界资金、腾讯的流量支持进行对接，从而起到全方位的服务和支撑。

嘉宾妙语

王亚伟："互联网+"正在袭来，借用雷军的一句名言，台风来了猪都会飞，但是请不要等到找到台风口的时候发现那里挤满了猪，所以乘着"互联网+"的东风，赶紧将自己的事业做起来。

何丽丽：许多产业一旦与"互联网+"融合，"duang！"地就会产生非常惊奇的变化，不管是企业或者个人，都应该抓住"互联网+"的先机。

罗伟：如果某个领域还没有和"互联网+"联系起来，那这个领域就有巨大的商机。

赵凌志：互联网+你我他，未来的精彩由我们来塑造。

微评

互联网像电一样改变着世界

站在"互联网＋"的风口能让你飞起来，信吗？不管你信不信，我是信了。80后女孩做淘宝卖核桃，从2000元起家做到即将挂牌上市；正在研发的智慧家居，回到家中空调就能自动调节温度……在高新区，这些热血沸腾的创业故事、令人心驰神往的未来科技，让"互联网＋"的神奇魔力完美展现。"互联网＋"正让一个个梦想的种子，在现实生活中发芽长大。

"互联网＋"成为时代发展的风向标，绝非偶然。正如有人描述的那样，互联网犹如电力一般渗透到日常工作生活的每一个角落，何以如此？因为"互联网＋"的效果，始终充满了推动正向发展的能量，让人们的工作生活越来越便捷。哪里没有互联网，哪里就是效率洼地，传统行业拥抱互联网，就是要提升效率，找到自身发展的新模式和新途径。

由"互联网＋"引发的新兴业态不光是吸引人们注意力的兴奋点，更是经济发展新的增长点。对于经济结构调整和转型升级任务艰巨的河南来说，抢抓"互联网＋"发展新机遇，加快推动以云计算、大数据为代表的信息技术发展，是河南实现又好又快发展的主导力量。

"互联网＋"这么大，不妨来试试。"互联网＋"所创造的广阔舞台，让许多创客早已摩拳擦掌、跃跃欲试，你准备好了吗？面对涌动的创业潮流，政府再也不能墨守成规了，而是要积极融入"互联网＋"的发展之中，在打造诸多发展硬件的同时，注重服务的质量和内涵，提高管理的效率和水平，激发更多创客和企业的热情，让"互联网＋"的发展在中原大地开出鲜花、结出硕果。

"四个全面"大家谈 ⑫

走进郑州高新区

"互联网+"——机遇与变革

①
站在"互联网+"的风口
新业态孕育新机遇

②
电商时代顺势而为
传统商贸创新发展

③
插上"互联网+"的翅膀
推进两化深度融合

④
"互联网+"连着你我他
幸福生活扑面而来

发言人

赵书贤　郑州高新技术开发区党工委书记、管委会主任

曲庆辉　河南省电子商务产业园副总经理
杨永先　腾讯·大豫网总裁

何丽萍　河南省.云网信息技术有限公司总经理
赵速志　中国联通河南分公司中原数据基地运营中心副总经理

李洋　省工业和信息化委员会产业信息化处
罗伟　郑州高新区经济发展局副局长

李志刚　河南嘉威电子商贸有限公司总裁
李凯　河南云和数据信息技术有限公司总经理

侯诏彬　郑州泰驰信息技术有限公司运营总监
李苏　河南杰夫电子商务有限公司副总经理

王亚伟　郑州创客暨互联网智能家居负责人
吴晓雨　紫昙了体验创始人

主持人——
娄烟　河南日报记者

（本刊图片均为本报记者 史长来 摄）

嘉宾微语

微评

互联网像电一样改变着世界

以制度的刚性约束把全面从严治党落到实处

（上接第一版）

"四个全面"大家谈

走进河南机电职业学院

访谈时间 ／ 2015 年 06 月 02 日

学习技能，活出不一样的精彩

1. 职业教育为我省经济社会发展输送了大批人才

王圣方（河南机电职业学院机电工程学院 2012 级学生）：高考结束后，在老师和父母的建议下，我选择了自己并不太了解的高职院校。入学后，与本科院校截然不同的教学模式，让我逐渐爱上了我的学校和专业。特别是在实训实习期间，经过老师的反复示范和一次次的动手练习，我做出了自己的第一个工件，特别有成就感。这件事让我明白，只要肯下工夫学习，我就可以拥有一技之长，活出不一样的精彩。

王长欢（河南机电职业学院电子工程学院 2012 级学生）：我从小就有很强的好奇心，动手能力比较强，所以直接报考了职业院校。刚到学校时，我看到学长们研制的飞行器，一下子就被它迷住了。三年的时间过去，我终于自己研制出了六轴飞行器，它拥有最新的 GPS 系统，能上升到 100 米，在空中悬停。我喜欢职业教育这种在老师带领下，由学生自己发现问题、解决问题的教学模式。我们在学习时一旦发现难以理解的问题，能到工厂实地查看、操作机器，不仅掌握了实际操作技能，对书本上抽象的理论知识也有了更深的理解。

赵素霞（学生家长）：我是做汽车配件生意的，由于我对相关知识一窍不通，在创业阶段就吃了很多亏，赔了不少冤枉钱，那个时候我就真切地体会到了知识和技术的重要性。因此在女儿考大学时，我建议她选择职业院校，掌握一技之长。女儿听从了我的建议，选择了汽车营销专业，并逐渐对专业产生了兴趣，经常问我很多汽车专业的知识，我就拿出产品来给孩子一一解答。每到放假，她都会到店里帮助我配发产品，把学校学到的知识全部应用到实践中。

胡全胜（省教育厅职业教育与成人教育处副处长）：这些年省委省政府高度重视职业教育发展，我省从 2008 年开始实施职教攻坚计划，2014 年省政府又启动实施职教攻坚二期工程。截止到 2014 年底，我省的职业院校一共有 962 所，高职 77 所，在校生达到 210 多万，累计培养毕业生 470 多万，培训技能型人才达到 3300 多万次。职业院校为我省经济社会发展和产业集聚区的建设输送了大批的技术人才，职业院校培养的学生已经成为我省产业大军的主要来源和实体经济的中坚力量，并为全省开放招商和产业升级提供了强有力的保障。近几年，富士康、腾讯、格力电器等一些知名企业先后入驻河南，说明我省的人力资源的竞争优势已经凸显，正在由人力资源大省向人力资源强省转变。

2．抓职教就是抓经济、抓就业、抓创业、抓民生：深化改革落实《中国制造 2025》

胡全胜（省教育厅职业教育与成人教育处副处长）：借助国家职业教育改革试验区这个平台，几年来我们进行了一系列改革，增强职业教育办学活力。改革封闭的办学模式，大力推进校企合作。2012 年省政府出台了职业教育校企合作办法，到目前为止已经成立了 15 个由政府部门、行业协会、企业以及院校参加的行业指导委员会，先后成立 62 个行业型、区域型职教集团。改革人才培养模式，引进德国职业教育的"双元制"模式等，提高人才培养质量。改革体制机制，建立公办民助、民办公助、股份制等多元投资办学机制，目前我们已经在 110 所职业院校开展了这项工作的试点。

国务院日前印发了《中国制造 2025》，这是我国实施制造强国战略的第一个十年行动纲领。技能型人才特别是高技术人才将成为中国制造的核心力量，对职业教育提出了更大的挑战。我省明确了职业教育发展目标，力争 2020 年形成适应发展需求、产教深度融合、中职高职衔接、职业教育与普通教育相互沟通，体现终身教育理念的现代职业教育体系。

张震（河南机电职业学院院长）：抓职教就是抓经济、抓就业、抓创业、抓民生、抓全面建设小康社会。河南机电职业学院就是在全省职业教育好的发展背景下成长和壮大起来的。在河南省职教攻坚的第一期，我们学院实现了三大跨越：从老校区到新校区、从中职到高职、从区级文明单位到省级文明单位。在全省职业教育攻坚的第二期，学院又实现了新的三大跨越，从千人规模向万人规模、从高职向河南省品牌示范性高职以及从单打独斗向集团化办学。我们学院采取了引厂入校、校企共建等多种形式，推进校企合作。目前已经形成了建工厂式学院、办产业式专业、开发技术式课程、培养应用型人才这样"三式一型"的办学模式。上个月全国人大常委会委员长张德江来校视察时，对我们学校这几年取得的成绩特别是"三式一型"的办学模式改革给予了高度评价，认为抓住了校企合作这个方向、给学生一技之长这个关键、让学生就业创业这个根本。

张黎燕（河南机电职业学院机械工程学院专业带头人）：《中国制造 2025》已经发布，职业院校一定要抓住这个机遇，抢占人才培养的制高点。2013、2014 年我分别到德国、新加坡参加职业教育教师研修，启发很大。一是他们职业教育的定位很准，必须和社会经济发展紧密结合，要随着产业调整、企业升级而调整；第二点就是在教育体系中学术和技术这两条路径非常清晰，同时各类型教育之间又架起了互通的立交桥；第三点就是职业院校的老师门槛很高，需要 5 年以上的实际技术工作经历，对教师实际工作能力看得特别重。

2．校企"两头热"，走得更扎实：围绕企业需要和学生实际能力提升开展校企合作

孙忠良（龙瑞新能源汽车有限公司总经理）：校企合作已经是一种常态，也应该是一种新常态。新常态下的校企合作中，企业要承担一定的社会责任。校企合作只有"两头热"，才能走得更扎实、更实在。我们首先组织企业工程师和学校教师共同搭建联合创新服务平台，围绕核心技术和核心需求开发了一系列的产品，帮助教师进行能力提升。同时，根据企业对人才的需求，与学院合办了两个专业，由学院和企业工程师联合制定培养目标和培养方案，共同编制更有针对性的教材，并让工程师为学生上课，让企业与学校在教学方面实现真正融合。此外，我们的生产车间也是学生的实训车间，由企业工程师带领学生动手组装车辆。通过校企合作，学生的竞争力增强了，企业的创新能力也得到了提升。

李端中（河南龙翔电气有限责任公司董事长）：龙翔电气2009年入驻河南机电职业学院，和学院合作成立了河南机电职业学院电气工作学院。我们与学校共同搭建了涵盖研发、设计、生产制造、安装服务、市场、销售等内容的综合性平台，学生可以从研发开始，跟着产品走向社会。可以说产品走到哪里，学生就跟着做到哪里，不仅仅学到了制造业知识，还学会了抢修、安装、研发，甚至以后的运行维护。

刘彭伟（河南龙翔电气有限责任公司员工）：我毕业于河南机电职业学院电子系电力自动化专业。校企合作，对我个人来说就是一个工学结合的过程。我在校第一年主要进行专业理论学习，从第二年开始，我们一部分时间在教室里，另一部分时间就到龙翔电气的工厂里按照顶岗实习的模式进行实训学习，由师傅手把手教学。第三年我在公司实习，动手能力得到提升。毕业后我直接与公司签约，实现了零距离就业。因为熟悉企业环境和工作要求，我只用了一年半的时间就从一线员工成长为管理

人员。现在，我与同事已经合作申请了三个专利项目，为企业节省了大量人力物力。作为一名职业院校毕业的学生，我感到非常自豪。

4. 上得了讲堂，开得了机床：双师型教师队伍建设支撑起职业教育

张震（河南机电职业学院院长）：双师型教师队伍建设是个重中之重的问题。我院人才强校工程始终把双师型教师队伍建设作为重点。面向校外，聘请上百名工程技术人员到学校任专职或兼职教师；加强教师的校内培训，并把教师送出校园顶岗实习；选择一部分高水平双师型教师进行国内外、省内外的高水平研修和培训等。

同时，学院在评价机制方面也进行了探索。在招聘教师时，优先选择双师型教师；来到学校后，经过培训考核获得双师证书，或是经过我们专家委员会、校企合作委员会认可后，才能登上讲台；特别是严把职称评定关，不是双师型教师不能参加职称评定，极大地调动了学院教师成为双师型教师的积极性。

苏全卫（河南机电职业学院机电工程学院院长）：职业教育强调的是教、学、做相统一，这就要求老师能"上得了讲堂，开得了机床"。我原来在企业工作过10年，在给学生上课时讲一些案例，能够纠正同学们不良的操作习惯。2014年省教育厅、财政厅共同发起成立河南省技能名师工作室项目，我们的名师工作室由11人组成，其中有行业专家、企业高级工程师、高级技师和学校的优秀教师。通过技能名师工作室建设，我们的教师不但能进行理论教学，还能进行实践操作；不但能教学生，还能为企业解决一些技术问题。老师对学生考核也不再"一张试卷定结果"，让学生通过制作作品来展示、汇报，还让企业人员来参评，努力培养出真正的应用型人才。

张黎燕（河南机电职业学院机械工程学院专业带头人）：参加工作以来，我不断去机械加工企业实践，2008 年取得了劳动部门颁布的数控车削的技师证。一个人的"双师"是不能培养出高素质技能人才的，需要双师结构合理的教学团队。我们的专业建设团队首先是紧紧围绕市场需求，修订人才培养方案。其次是加快推进产教结合，目前我院的实训中心和国内外多家企业进行合作，加工零配件达 100 多个品种。老师既是一个生产的师傅，也是一个质监员。2014 年学校组建了智能制造的创新创业团队，团队与知名公司合作建造智能工厂，生产有自主知识产权的六轴工业机器人，这是我国智能制造的首创，2015 年 9 月第一台机器人就将下线。

李端中（河南龙翔电气有限责任公司董事长）：我们专门聘请一些来自于上游厂家的制造业工程师和研发技术骨干走进课堂，为同学们上课。此外还聘请了来自电力、发电行业、科研院所等合作单位的技术骨干作为专家顾问，加入教师队伍，培养企业急需的人才。

网友热议

@大菠萝蜜：并不是只有高学历才是顺利就业的敲门砖，实用的职业教育也是明智的选择！

@幽幽青山淡淡烟：崇尚劳动，应该不仅崇尚那些高技能的精英，更要尊重普通劳动者，要让他们在就业、落户等方面得到平等对待。

@雨点叮咚：转变观念，职业教育才会成为成才的热门选择。国外的教育模式是研究学术型和技术技能型教育的无缝结合，我们不妨借鉴一下。

微评

打开成功大门的"金钥匙"

引厂入校、校企共建、产学结合、订单培养；教师上得了讲堂，开得了机床，既是老师又是师傅；学生专业技术教育良好，动手能力强，就业率高，还能继续深造读研读博……现代职业技术教育的魅力，在河南机电职业学院师生身上，展现得淋漓尽致。

发展职业技术教育，和发展普通高等教育同样重要。世界经济的竞争，根本上还是科学技术的竞争，谁能在竞争中占据优势，重要看点是谁拥有更多更好的精密工程师、高级技师、优秀产业工人。职业教育肩负着培养多样化人才、传承技术技能、促进就业创业的重要职责，加快发展现代职业教育，促进大众创业、万众创新，化我省巨大人口压力为人力资源优势，是实现全面小康、全面深化改革的战略之举。

国际上对专业技术人才非常重视，在澳大利亚，80%的高中生毕业后选择职业课程；在新加坡，职业教育和学历教育平分秋色；德国工业4.0全球瞩目，其发达的职业技术教育功不可没。在适应经济新常态、加快产业转型升级的今天，当务之急是全社会行动起来，转变观念，用深化改革加快构建现代职业教育体系。

劳动光荣、技能宝贵、创造伟大。职业教育是广大青年打开通往成功成才大门的一把金钥匙，"中国制造2025"紧缺技术性人才，中原崛起呼唤大批技术精英。崇尚一技之长、不唯学历凭能力，技术技能筑牢强国基石，职业教育成就出彩人生！

2 2015年6月2日 星期二　河南日报 HENAN DAILY　组版编辑 马雯 王伟均　**要 闻**

"四个全面"大家谈
走进河南机电职业学院

变人口大省为人力资源强省

河南日报　"四个全面"大家谈　走进河南机电职业学院

发言人

① 学习技能,活出不一样的精彩
职业教育为我省经济社会发展输送了大批人才

② 抓职教就是抓经济、抓就业、抓创业、抓民生
深化改革落实《中国制造2025》

③ 校企"两头热",走得更扎实
围绕企业需要和学生实际能力提升开展校企合作

④ 上得了讲堂,开得了机床
双师型教师队伍建设支撑起职业教育

主持人
惠婷　河南日报主任记者

网友热议

微评

打开成功大门的"金钥匙"

下期预告
走进大学科技园

大众创业 万众创新

美好的生活属于你们
美丽的中国梦属于你们

全国供销合作总社打造电子商务示范县
我省5家县级供销社入选

"四个全面"大家谈

倾听中原

QINGTING ZHONGYUAN

走进
大学科技园

访谈时间 ／ 2015 年 06 月 05 日

大众创业　万众创新

主持人语

雷路展（河南日报记者）：李克强总理在今年政府工作报告中，明确将"大众创业、万众创新"作为经济增长的新引擎，掀起了全社会支持参与创新创业的热潮。前不久，省政府出台了《关于发展众创空间推进大众创新创业的实施意见》，从载体建设、机制创新、环境营造等方面提出了具体措施，形成了我省全方位支持大众创新创业的工作体系。我省科技工作者如何发挥聪明才智，积极创新创业，为协调推进"四个全面"，推动河南全面建成小康社会贡献力量？本期，我们来到了河南省国家大学科技园，邀请我省的科技工作者、创新创业者，谈一谈他们的想法，听一听他们的建议。

1. 政府送出"大红包"，创新创业热潮兴起

黄布毅（省科技厅党组书记）：习近平总书记指出，抓创新就是抓发展，谋创新就是谋未来。李克强总理强调，要营造大众创业、万众创新的氛围。河南省委省政府高度重视创新创业的发展，5月15日出台了《关于发展众创空间推进大众创新创业的实施意见》，为河南协调推进"四个全面"提供了强有力的科技支撑。

这个《实施意见》在四个方面非常"接地气"：一是扩大开放合作，针对我省创新资源不足的弱点，通过开放式创新，引进国内外优质创新资源。二是降低创新创业的门槛。积极探索一种由企业搭台、政府扶持、高校参与的协同创新创业的机制。三是集中营造全社会创新创业的氛围。要实现从单纯说科研的"小局"，到科技为经济服务"大局"的转变；实现从"小众"精英式创新创业，到"大众"全社会创新创业的转变；实现河南从人口大省红利，到人才大省红利的转变。四是让中央精神在我省扎实落地。我们在《实施意见》中，提出了支持创新创业者的具体政策，针对大学科技园、孵化器、众创空间，一方面从资金上支持，一方面在场地、网络、软件、公共基础设施等方面提供补贴、补助。一句话，政府就是要给创新创业者送出"大红包"！

陶曼晞（省科技厅中小企业办主任）：虽然我省在创新载体建设等方面位于中西部前列，但全省创新创业工作还有较大的发展空间。究其原因：一是市场空间大。我省作为人口、经济大省，为创新创业提供了广阔市场空间，河南是全国重要的物流枢纽，可带动我省电商、航空、物流等新兴产业发展，为大众创业、万众创新带来新机遇；二是有着庞大的创新创业人才群体。2015年我省高校毕业生接近50万，创新创业的人才基础丰厚，大学生创业能力也在不断提升；三是各类创新资源得到了集聚。以建设国家郑州技术转移中心为契机，我们不断整合省内外的各类创新资源，

2014年，洛阳北航大学科技园落成，中科院自动化所、过程所等一批国家级科研院所落户河南；郑州启迪科技园、西安交大济源科技园等一批科技园区相继开工；去年省科技厅还和全国34家"985""211"院校签订了战略合作协议，极大地丰富了我省的创新创业要素。

洛明［河南省国家大学科技园（东区）总经理］：我们把科技企业孵化器发展过程分成三个阶段：第一个叫筑巢，第二个叫引凤，第三个叫助凤腾飞。大学科技园和企业孵化器，应该在企业发展的这三个阶段都起到关键作用。

河南省国家大学科技园的优势，在于它是科技部认定的国家级孵化器，由几所大学共同出资，按照现代企业管理制度共同运营。这样做的好处体现在它能够充分享有股东高校的智力、设施设备及人才等各类资源，拿来为园区的中小企业服务。作为大学科技园，我们也有义务对大学生创业提供支持。举个例子，河南农大的王洋洋在上学期间创业，经过四年孵化，他的公司已在新三板挂牌交易。在1000多家新三板挂牌交易企业里面，他是最年轻的一名董事长，也是我们大学科技园的骄傲。

薛凡（黄淮众创空间负责人）：创客空间是大家关注的焦点。那么，它到底能给创业者带来什么？主要是降低创业成本、提供知识产权保护和打造团队、创办公司。比如专门做机器人的杨昊昕，自己创业时没有专业设备、没有团队配合。如今，借助众创空间的平台，杨昊昕的飞行器项目已经成功入围中国创客大赛；发明"苹果皮"的潘泳，曾被视为中国草根创新的典范，但两次与厂商合作均被对方抄袭仿制，所以我们对众创空间的所有产品都进行知识产权保护；2013年，潘泳开始了二次创业，但由于缺乏管理经验，他最初采取了家族式管理模式，我们后来帮助他组建了团队，聚集了技术、营销、品牌推广方面的专业人才，构建了现代公司管理体系，使他的公司东山再起。

2. 创新创业披荆斩棘，合力破解融资难题

苏智剑（郑州大学机械学院教授、郑州中量测控科技有限公司创办人）：创新创业离不开政府的有力支持，希望政府注重创新、创业环境体系建设，在科技园区不仅引入高科技产业，还要引入相关配套企业。当前，在中小企业项目实施过程中，有的地方还是过多强调了经济效益，其实要把更多精力，放在拓宽产业领域和增强创新性上，要更加重视对符合国家产业政策、顺应市场发展趋势的高新技术领域中小微企业的培育。政府的资金对中小企业来讲非常重要，应该改进资金支持方式，对项目进行分类管理，同时改进资金管理方法，注重绩效，引进资产化管理理念，切实提高资金利用率，把好钢用在刀刃上。

王超（郑州创客空间创办人）：眼下，大学生创新创业热情很高，但我想提醒大家注意几个问题：不少大学生创业的素质能力还不够，普遍存在综合能力、应变能力、分析判断决策能力、经营管理能力不强的现象，对企业的人事管理、运行方式等也缺乏了解，无法有效协调人财物的管理。还有就是大学生的创业环境问题，鼓励大学生创新创业，高校很关键，高校应该开设创业指导课程，成立大学生创业指导服务机构，培养大学生的创业能力，帮助更多的大学生、创客团队越走越远。

张志恒（黄淮学院电子科学与工程系大三学生）：我们在创业中经常遇到的困难有：缺乏创业资金，社会经验不足，欠缺企业注册、市场营销等方面的专业知识和经验，在残酷的市场竞争中，感到压力很大。

杨晏（河南慧谷智库孵化器有限公司 CEO）：我们是为创业者提供服务的创业者。2015 年，我们慧谷公司已经签约了 23 家企业，他们看好的就是我们提供的创业辅导，能帮助他们理清商业模式、

合理进行股权分配等，让他们在投资机构面前有一个很好的表现。风险投资是一个很好的融资渠道，但在河南，市场化运作的程度还不高，政府应该引导更多的成功企业家，积极投身风险投资这个行业。

陶曼晞（省科技厅中小企业办主任）：支撑众创空间发展，首先要加大资本投入。从政府层面讲，一般就是五个字：贷、投、担、保、扶。在贷款方面，省政府和招商银行在2012年底签订了"千鹰展翼"合作协议。3年来，我们有400多家中小科技企业在这个动态授信库里面，授信额度一直维持在60亿元左右。

现在国内外融资市场发展得非常快，今年我们积极和新三板、上海股权融资市场进行沟通和交流，在全省建立一些孵化基地和对接平台，来帮助小微企业挂牌融资。同时，鼓励各个科技企业孵化器大力发展孵化资金。在科技企业孵化器的建设过程中，一个国家级的科技企业孵化器需要300万元孵化资金，省级科技企业孵化器需要100万元孵化资金，这个资金就是为在孵企业打造一个融资平台，降低在孵企业的融资门槛。同时，我们通过知识产权质押、专利担保等措施来拓展中小微企业融资渠道。

3. 从"育种育苗"到"成才造林"，打造完整孵化链条

黄布毅（省科技厅党组书记）：科技型中小微企业因创新而生，为创新而在，我们要积极地培育和扶持其发展，形成科技型中小微企业不仅"铺天盖地"，更要"顶天立地"的局面。政府要通过政策引导，在孵化器建设和科技园区建设中，更加注重企业之间的配套性和相关性，最终形成竞争能力强、配套能力好、成长性高的产业集群，这也是我们"十三五"规划的重要内容之一。

任常山（洛阳市科技局局长）：我个人认为，创新创业实际上是超越现有条件的限制，去追求充满不确定性的战略机会，以获得价值和收获的过程。因此，创新创业的生态环境对创业者非常重要。

近年来，洛阳为打造以创新创业为主的"白领城市"采取了一系列措施：

一是营造良好的政策法治环境，从地方法规方面对创新创业的探索给予一些保护，同时出台有关人才团队建设、产学研等方面的政策措施，鼓励和支持创新创业。

二是加快资源平台建设，经济新常态有新特点，比如，中国制造向中国创造转型，招商引资向招才引智转型等，都需要我们加快资源平台建设。这几年，我们引入了中科院计算所、自动化所等一系列研发机构到洛阳设立研究院，通过产学研平台建设，为洛阳引进了大批人才和技术转化成果。中科院自动化所（洛阳）机器人与智能装备创新研究院成立半年来，先后入驻了4个研发团队，将无版印刷等十多项科技成果实现了转化。

三是拉长创业孵化链条，拓展孵化服务领域。企业的发展在不同阶段有不同的服务需求，一个孵化器难以满足不同阶段的孵化。我们要打造从"育种"、"育苗"到"成才"、"造林"的完整孵化服务链条，在创新创业的各阶段为企业提供个性化服务。

4. 崇尚科学崇尚创新，昂首迈进"创时代"

张占仓（省科学院副院长）：大众创业，万众创新，河南应做好如下工作：

做好舆论引导工作，引导全社会崇尚科学、崇尚创新，特别是引导青年形成创新的价值观；让创业者学会资本运作，创业的核心是资本运作，创业者要懂得把自己的想法跟资本对接；悉心呵护创新萌芽，创新能力最强的年龄段是20多岁，这时候最具创新激情，最容易冒出火花，社会各方要大力支持、合理引导；创新靠一个人很难成功，因为一个人的想法，一个人的创新能力总是有限的，必须要有一个好的团队，这个团队的年龄结构要合理搭配，一般来讲，年轻人应该占六成。因为年轻人了解未来，了解青年人的内心需求。了解了需求，对创新创业者来说，成功的概率就会更大。

李艾笑（黄河科技学院 2013 届毕业生）：作为一名河南的创业者，我感到自己非常幸运。大二上课时，我了解到 SEO 和 SEM 是未来互联网发展的一个大趋势。经过深入研究，我内心的小火焰已经燃烧起来了，这个事情我一定要做！我就找到院长，把创业报告放在他面前。院长当时很惊讶，看完对我说："可以，我们院全力支持你创业。"这是我幸运的开始。之后的创业历程很不容易，但是在学校领导、老师和政府的关心支持下，我的公司生存下来了。我觉得作为一名创新创业者，不能仅仅依靠政府的资金、补助，更多要依靠创新创业的内在原动力。一个鸡蛋，从外打破是食物，从内打破是生命，只要我们保持这种发自内心的原动力，就有奋斗的能量和成功的信心！

李路云（郑州爱家信息科技有限公司创办人）：我是去年刚毕业的大学生，已经享受到了政府的"红包"，目前我们组建了团队，从北京和深圳挖了一批房地产、IT 界精英，在线上搭建了一个网络，使用 U3D 技术做了一个全景看房的项目，接下来我们还会建立一个 3D 素材网站。我比较喜欢的一句话：我相信我是最优秀的，我注定要做不同凡响的事。我要凭借科技创新成就大业，在我最美丽的年华，让青春更加精彩。

网友热议

@王石川：创业是属于青春的。在青春坐标里找到最适合自己的位置，在时代洪流中选择最能释放人生价值的方向，必能活出精彩的自己，不负青春不负卿。

@大音希声：能从1做到N，是本事。但更有本事的，是从0做到1。

@吃葡萄光吐葡萄皮：要掀起"大众创业、万众创新"的高潮，必须具备一个前提——整个社会有宽容失败的氛围和环境。

@帅到黄河边：要说鼓励创新，我觉得最应该从中小学着手，改变目前的填鸭式应试教育，释放青少年身上的创造性思维。

微评

创新创业要敢于"异想天开"

听政府官员梳理创新创业扶持政策，听年轻"创客"们畅谈创业经历，河南省国家大学科技园处处洋溢着创新创业的激情和活力。孵化器、众创空间、创业园层出不穷，中原大地已然成为"大众创业、万众创新"的热土，一派生机勃勃。

"苹果皮""漫聊神器"、光固化3D打印机、全景看房……这些"孵化"而出的新发明、新创造不一而足，让我们充分体会到了创新的魅力和创业的潜力，就像一位"创客"所言，真的是"创意改变世界"。

省实验中学的校训中有一句叫"异想天开"。以突破性的"异想"，达到创造新境界的"天开"，"异想天开"四个字将创造性思考和创新思维体现得淋漓尽致。科技领域的重大成果，无一不是突破前人、发扬"异想"精神的产物。中国科学家至今无人获得过诺贝尔科学奖的重要原因之一，就是我们的原创不足。发扬"异想天开"的精神，用创造性思维推动工作创新，释放"创新红利"，河南这方热土也可能诞生诺贝尔科学奖获得者，也可能走出下一位马云、乔布斯。

沿海发达地区之所以始终走在改革开放的前沿，靠的不仅是区位优势，更是开放的思想、活跃的思维和创新的精神。我省要适应和引领经济发展的新常态，关键是要靠创新催生动力，靠创业激发活力。当创新创业成为每个人的自觉行动时，拥有一亿人口的河南将迸发出何等的能量！

"四个全面"大家谈⑭

走进大学科技园

大众创业　万众创新

① 政府送出"大红包" 创新创业热潮兴起

② 创新创业披荆斩棘 合力破解融资难题

③ 从"育种育苗"到"成才造林" 打造完整孵化链条

④ 崇尚科学崇尚创新 昂首迈进"创时代"

发言人

黄布毅 省科技厅党组书记

张占仓 省科学院副院长

任雪山 洛阳市科技局局长

商爱鸽 省科技厅中小企业办主任

汤明 河南省国家大学科技园东区总经理

苏智渊 郑州大学机械学院教授

李路云 郑州蔓家信息科技有限公司创办人

伴儿 黄牛众创空间负责人

王起 郑州创客空间创办人

杨淼 河南繁谷管理孵化器有限公司CEO

张志强 黄淮学院电子科学与工程系大三学生

李艾灵 黄淮科技学院2013届毕业生

主持人

任俊 （省科学技术局副局长）

雷路展 河南日报记者

（本组图片均为本报记者 史长来 摄）

下期预告

走进信阳市平桥区

美丽乡村我的家

网友热议

微评

创新创业要敢于"异想天开"

"四个全面"大家谈

倾听中原
QINGTING ZHONGYUAN

访谈时间 ／ 2015 年 06 月 12 日

走进
信阳平桥区

美丽乡村我的家

主持人语

陈茁（河南日报高级记者）：党的十八大以来，习近平总书记就建设社会主义新农村、建设美丽乡村，提出了一系列新理念、新论断、新举措，强调中国要美，农村必须美。美丽乡村建设，既是社会主义新农村建设的科学实践，又是生态文明建设的有效载体，更是加快城乡统筹发展、实现全面建成小康社会宏伟目标的必然要求。我省要协调推进"四个全面"，打造美丽河南，必须建设天蓝地绿水净的美好家园、美丽乡村。

本期我们探访的信阳市平桥区郝堂村，在较短时间里，完成了从大别山一个普通小乡村，到"中国最美乡村"的华丽转身，在美丽乡村建设过程中积累了许多好经验、好做法。让我们走进郝堂，开启一趟美丽的旅程。

1. 美丽乡村村民建，众人拾柴火焰高

周祥林（郝堂村村民）：我是郝堂村建设发展的亲历者和参与者。美丽乡村建设之前，我和孩子们在外打工，一年回一趟家，就像候鸟。后来郝堂建设美丽乡村，号召返乡创业，我就义无反顾地回来了。村头那几棵两人合抱的枫杨树下，原来就是我家的两间平房，为支持新村建设，我没要一分钱补偿款，义不容辞地将其拆除，亲手铺上青石砖，现在成了郝堂的一处美景。

胡静（郝堂村党支部书记、村委会主任）：2009年以前，郝堂还处在凋敝边缘。怎么变成美丽乡村了呢？新村庄建设要依靠村民。为发动村民，我们组织大家分批出去学习别人的经验，又请专家来郝堂讲课。实际操作中，要求党员干部带头，率先对村民组长的房子进行了改造。

我们还动员全体村民，义务清理垃圾。有的村民不配合，我们就开展"小手拉大手"卫生创建活动，老师领着小朋友到每个家庭进行环境卫生大检查、大评比。农民也很讲面子，利用这种方法，每一个家庭都收拾得很干净。

王连娥（郝堂村保洁员）：游客到郝堂来，对我们的环境卫生印象深刻。这是大伙的功劳，村民觉悟都很高，家家有垃圾桶，垃圾都进行了干湿分类。游客常说：郝堂山清水秀，人也显得年轻，每次我告诉他们自己60多岁了，他们都不相信。北京科技大学的大学生放暑假就经常到郝堂来，说这里景色美、环境整洁、空气新鲜。我作为一个保洁员，听到这样的话感到非常高兴。

王继军（平桥区委书记）：既然是全面建成小康社会，就不但包括城市，还包括农村。当初在建设美丽郝堂的时候，我们就确立了一个总原则，要充分发挥村民的主体性，让村民建设自己的村庄。不这样的话，建出来之后，老百姓未必就认可。而郝堂村能走到今天，主要感谢的也应当是我们的村民，他们在村庄建设中的主体性和积极性真正发挥出来了。正因为如此，村庄建好之后，村民们也有归属感、自豪感。

苏永华（平桥区五里店办事处党工委书记）：美丽乡村是我们的一个梦想，建设美丽乡村急不得，一定要一步一个脚印、一村一个战役，脚踏实地，因地制宜，用实干的精神去慢慢打造，用人文的情怀去精心雕琢。

2. 城乡发展一体化，共建成果村民享

刘春兴（郝堂村村民）：过去的郝堂是一个近于荒废、十分贫穷的村庄，之前我外出打工时，还想过要在城里买房子。到2011年，郝堂发生了很大变化，道路修宽了，河水变清了，过去村里的小学很破败，现在的新学校非常宽大，非常美丽。城市有的东西，郝堂村也慢慢都有了。我就放弃了在城里买房的想法，在村里建房搞起农家乐，和父母孩子生活在一起，享受天伦之乐，比在外面打工强多了。

王继军（平桥区委书记）：全面建成小康社会，实现城乡公共服务均等化，简单来讲，就是城市有的东西乡村也要有，城市的路修好了，乡村的路也要修好。在郝堂村的建设中，我们建起了学校、医院、图书馆、养老中心，通了电，家家用上了自来水、沼气，我们还建设了公共污水处理系统。通过优质公共产品的提供，鼓励村民建设自己的美丽家园。

李俊友（平桥区农村改革发展综合试验区办公室主任）：在美丽乡村建设中，平桥区着力创新农村公共服务建设模式，主要从农民最关心、最迫切的问题着手，以小财政办大民生，创新了农村教育、医疗、农民技能培训等模式。郝堂小学是平桥区建设的第一所农村寄宿制学校，让农村留守儿童能够像城里孩子一样，享受到均等化的文化教育资源。从 2008 年开始，平桥区采取了政府主导、村医自愿、多方组织的形式，在每个行政村都建起了一所标准卫生室，使农民在家门口就能够享受到高水平的医疗卫生服务。建立公共实训基地，建设了 23 所居家养老服务中心，还建成了 18 所乡镇公共图书馆。

廖东民（信阳市委农办副主任）：全市围绕创新城乡一体化发展这个体制机制，围绕农民生活、农村生态和农业生产，围绕改善农村人居环境、建设美丽乡村进行了一系列探索。目前，信阳市的新农村建设已经全面开花、大量结果。

3. 留住青山绿水老房子，也就留住了"乡愁"

张厚建（郝堂村村民）：以前，郝堂村也曾经为了解决温饱问题，不惜把青山变成荒山，把清水变成污水。后来，政府鼓励我们出去参观学习，解放思想。通过美丽乡村建设，大家的环保意识提高了，村里的环境变美了，我们的生活也富裕了。

吴军（郝堂村村民）：有一次，我父亲看到两个人要砍河边的一棵树，就上去阻拦，他们还是非砍不可。我父亲说："你们要砍树，就先砍了我的腿！"就这么保住了那棵树。我希望大家一直坚持这种精神，保护郝堂的一山一水，保护生态，造福后代。

胡静（郝堂村党支部书记、村委会主任）：我们郝堂有两百亩荷花，这些荷花不但可以美化环境，还可以净化污水。每个小院的下面都有净化池，上面种植花草净化生活污水，村里建有一个大型净化池，这些水流到净化池再进行一次净化，最后达标了再流到河里。通过改水、改厕、改厨、改房"四改"，修旧如旧，保持了这个村庄原有的肌理，保持了村庄的原有风貌。许多游客都说，我过去的老家就是这个样子！

鲍国志（景观设计师）：2011年的时候，整个郝堂村里面两处最破旧的建筑，就是现在的2号院和3号院。可能在其他人眼里，这种土坯房的老院子是最土的、最丑的，但我们觉得很美，这是我们乡村的一个记忆。后来我们把这两个院子留了下来，进行了梳理、修复和改造。我感觉，我们在做的，并不仅仅是对村庄和景观的规划、设计，而是对农民生产生活方式的一种修复。

王继军（平桥区委书记）：在郝堂的建设中，我们尊重自然环境，提出了"四不"：不砍树、不挖山、不填塘、不扒房或是少扒房。在尊重村庄肌理方面，我们提出四改：改水、改厕、改厨、改房。房子拆了，村庄没了，重新规划设计新建出来的村庄，就可能不是郝堂村了，割断了历史传承的脉络。村庄肌理是我们乡土文明、乡土文化，甚至是我们中国传统文化的根的承载，保护村庄的肌理非常重要。

魏贞（郝堂村外来创业者）：我是一名"背包客"，这两年去过的地方也不少，基本上全中国都走遍了，也去过东南亚一些国家。来到郝堂，我感觉这里非常干净、整洁，同时保留下来了乡村原生态，没有刻意开发一些东西，给我的印象非常好。所以，后来我就义无反顾地决定来这边创业、生活。

4. 美丽乡村建设应"各美其美"

李开良（民居建筑师）：郝堂山水优美，民风淳朴，在进行设计时，当地政府要求我们做到"三个尊重"：尊重民意、尊重自然、尊重专家，在这个前提下，保护好原生态，做好民居的修复和传承。根据这里的地域特点，我们确定了房屋的建筑风格以豫南民居为主，突出灰瓦、斜屋顶、石雕、砖雕，力求修旧如旧。一些从老房子上拆掉的原材料，我们都当成宝贝，和其他从周边各地搜集的砖瓦木材料一起，应用到我们的民居当中来，和这里的环境搭配，形成了很有当地特点的建筑风格。

鲍国志（景观设计师）：开始，这个村子的景观设计规划的树种是百日红和樱花，这样的思路我感觉是不对的。因为这两个树种并不是当地本土生长的树种，跟郝堂之间的渊源也并不深厚。在后来的实际工作中，我们把外来的树种进行了清除，全部用本地的植物品种进行绿化装点。

廖东民（信阳市委农办副主任）：小到一个信阳市，大到全省乃至全国，新农村建设下一步该怎么走？是不是只有郝堂这一个模式？就信阳市来讲，我们有两千多个行政村，分布在平原、山区和丘陵地区，资源禀赋不尽相同。建设新农村我认为可以借鉴郝堂的理念，学习郝堂的创新精神，而不是去模仿郝堂的这个模式。其实，郝堂模式最大的特点可以说是"非模式化"。坚持做到因地制宜、规划先行，坚持以人为本，以农民为主体，坚持创新，发挥自身的资源禀赋，建好自己的美丽家园，带领群众共同致富，这才是我们美丽乡村建设的应有之义。

王继军（平桥区委书记）：郝堂村经过几年的建设，村庄变美了、变活了，村民变富了、变得文明了。十几年前曾有一位基层干部感慨，农民真苦、农村真穷、农业真危险。通过郝堂美丽乡村的建设，现在我们有必要重新认识农村，那就是：农村是有价值的、农民是有尊严的、农业是有前途的！

网友热议

@清风五里镇：家乡是线，游子是风筝，即使飞得再高再远，也还是会时刻牵挂着家乡的一草一木；家乡是根，村民是树，即使枝繁叶茂，华盖如荫，也还是需要根来不断地供给养分。

@魔法阿嬷：好山好水郝堂美！曾经去过一次，印象深刻。此次全程观看了河南日报的微博直播，仿佛又游了一次郝堂。改变的是时间，不变的是永恒的风景。

@志昂ing：河南有千千万万的村庄，应该按照自己的资源禀赋，努力做到因地制宜、各美其美、百花齐放！

@枫林晚：希望不管多远而来的游客，都能在此找到自己遗失了的乡村旧情，山水凭文化而厚重，郝堂因你我而精彩。但愿来了，便不想离去；离去，却好似从未走开。花影疏离，这里永远是我们心灵栖息的地方。

微评

留住那抹美丽"乡愁"

听郝堂村的乡亲们聊乡村变迁、谈生活变化，大家对小康生活的期待、对美丽乡村的理解，不仅是工作收入高，也不仅是老有所养、幼有所教，更包括村口有一池田田的荷塘、小河边有一群葱葱的老树，树荫下流水潺潺、猫狗相戏，黄发垂髫怡然自乐。

郝堂之美，美在尊重自然，美在原生态。就在很多地方的乡村建设大拆大建、整齐划一的时候，郝堂村修旧如旧，保持村庄原有肌理。正因如此，我们在这里可以看到近20棵百年树龄的古树，看到村口诗意优雅的大片荷塘，看到废弃的土坯老宅化腐朽为神奇，凝固成一个个隽永的"乡村记忆"。

2015年中央一号文件强调，"中国要美，农村必须美"。作为全面建成小康社会和推进生态文明建设的重要载体和实践，"美丽乡村"建设举足轻重。留住美丽的"乡愁"，不仅需要资金上扶持、完善城乡公共服务，更需要在建设过程中，以村民的利益和福祉为出发点，延续乡村记忆，守住文化根脉，为幸福生活找到一份精神寄托。美丽乡村建设，应该是一种生活方式的"修复"。

"外出打工时，总有一种漂泊无依感。现在回家当起了老板，父母孩子都在身边，其乐融融，我觉得这就是幸福！"村民朴实的话语，寄托着人们对美丽乡村的期许和深情。民之所居、情之所系，勾连古今、天人合一，自然，乡愁可寄。

"四个全面"大家谈⑮

走进信阳市平桥区

美丽乡村我的家

发言人

王继军　平桥区区委书记
李伟龙　平桥区农村改革发展综合试验区办公室主任
苏永华　平桥区五里店办事处党工委书记
廖东民　信阳市委农办副主任
靳锋　郝堂村党支部书记 村委会主任
施国志　景观设计师
李开良　民间建筑师
吴军　郝堂村村民
周祥林　郝堂村村民
王继诚　郝堂村保洁员
张厚建　郝堂村村民
刘春兴　郝堂村村民
姚员　郝堂村外来创业者

主持人
陈苗　河南日报高级记者

（本栏图片均为本报记者 史长来 摄）

① 美丽乡村村民建 众人拾柴火焰高

② 城乡发展一体化 共建成果村民享

③ 留住青山绿水老房子 也就留住了"乡愁"

④ 美丽乡村建设应"各美其美"

下期预告

走进焦作竹林
以"群众三评"
践行"三严三实"

省委中心组举行"三严三实"专题教育第一次学习研讨

"四个全面"大家谈

倾听中原

QINGTING ZHONGYUAN

访谈时间 / 2015 年 06 月 19 日

走进
巩义竹林镇

以"三评"践行"三严三实"

主持人语

刘婵(河南日报记者):党的十八大以来,我们党以坚定的决心、不懈的劲头狠抓作风建设,党的群众路线教育实践活动、"三严三实"专题教育等扎实开展,全面从严治党有序推进。基层党组织是党的事业的根基,强化基层党组织的政治引领和服务群众功能,才能让党的路线方针政策落地生根。我省基层党组织在加强自身建设、全面从严治党方面,因地制宜探索出了不少各具特色的好经验、好做法,竹林的"三评"就是其中的先进典型。

1. 干部作风建设的"传家宝"——33 年坚持不懈抓"三评"，始终发挥党委"领头羊"作用

赵明恩（竹林镇党委书记）：竹林原来是个穷山村，如今变成了小城镇，发生了翻天覆地的变化，其中最主要一条原因，就是我们坚持"三评"，一年两次，群众评党员、党员评支部、支部评党委。这个制度起源于 1983 年竹林的"七天七夜"大会。十一届三中全会召开以后，中央允许一部分地区、一部分人先富裕起来。当时在竹林，13 个生产队有七八个队长都办起了小企业，而集体经济不景气，困难群众少人管，怎么办？1983 年 6 月 25 日到 7 月 1 日，我们开了党员群众大会，形成三项决议：坚持两个文明一起抓，大力发展集体经济，坚持走共同致富的道路。会议还以文件形式，正式确立"三评"制度，竹林档案馆保存有珍贵的评议会原始笔录。

徐卫平（竹林镇党委副书记）："三评"，就是党员、党支部、党委进行公开述职，群众、党员以无记名方式进行投票，指名道姓提意见，并提出生产生活中遇到的实际问题。支部、党委对问题进行归纳汇总，给予承诺答复，能够解决的尽快解决，暂时不能解决的耐心解释。30 多年来，"三评"共接到上万条意见建议，件件有着落，事事有回音。这项制度使党委、党支部、党员都置于群众的监督之下，事情不论大小都听听大家伙儿怎么说，群策群力，集思广益。

李荣普（太龙药业代表）：在"三评"活动中，一些党员干部群众提出来，我们能不能上一些科技含量高、市场潜力大、污染小的企业。大家讨论，人吃五谷杂粮都会生病，还不如办制药厂。党委政府依据这些意见，经过考察与专家的论证，1987 年建起了全镇第一家制药厂，1992 年我们又在郑州高新技术产业开发区建了两个制药厂，就是现在的太龙药业。1999 年太龙药业在上交所成功上市，成为河南省医药行业的首家上市企业。2015 年又收购了北京新领先和浙江桐君堂两家药企。

郑丽萍（镇东街支部副书记）：我们孙寨村 2006 年划到竹林镇，看人家竹林是楼房成片，我们村破破烂烂。第一次参加"三评"，支部汇总群众意见：能不能建议党委政府给我们进行整体改造。一些群众说，你想哩美，咱们来了啥都没干，还给人家提意见。没想到的是，镇上非常重视，很快着手规划，这个新区不到一年时间就完成了从拆迁到回迁。镇里又为两户低保家庭免费各提供了一套住房，免费配备了生活用品。

2. 当党员像党员，当干部像干部 ——"三评"强化了从严要求，让党员干部有威信有形象有感召力

付强（竹林镇入党积极分子）：我在竹林工作时间不长，感受却很多。竹林的大道上有个标牌："当党员像党员，当干部像干部"。在这儿的党员干部身上，能真真切切感受到一种干事创业的劲头。党员平时都穿着统一的蓝色党员 T 恤，戴着党徽，清清爽爽，也便于群众监督。在竹林，党员干部在群众中威信很高，入党也是一件很光荣的事情。在这种氛围感召下，我积极提交了入党申请书，无论经受多少考验也要入党。

孙改军（镇西街支部书记）：党支部是"三评"中非常重要的一环，前面有群众看着，后面有党委盯着，问题不解决，对上对下都没法儿交代。这些年，光我们一个居委会就在党委政府的支持下，修了 6 公里 6 米多宽的公路，安装了近两万米的水管，群众从此一不用担水，二不用踩泥，可美气。

赵冬彩（农家乐经营者）：以前俺老公在山里打石头，出力又挣不了几个钱，还破坏环境。镇里鼓励我们开办农家乐，为我们解决了很多的难题，比如免费给我们提供烹饪、礼仪培训，免费统一配备了餐具、被褥，镇干部一对一地进行帮扶。就这，镇干部吃我们一碗手擀面，拿一袋"碾馍儿"，都要撒下钱。说实话，我们打心眼里拥护"三评"。

李京周（竹林镇党委副书记）："三评"是竹林镇党委自觉接受群众监督，进而达到从严治党的一个有效手段。"三评"的内容非常多，监督也很细，涉及党委成员、支部委员遵纪守法表现、决策水平，普通党员工作生活作风。连开会迟到、打瞌睡，群众都会提意见。在树立先进的同时，也处理落后，仅 2013 年就评出来 14 名不合格党员。监督严，标准高，才出好作风。

3. 凡是群众想干的事，我们就去做 ——"三评"促进了务实为民，推动了经济社会发展

赵明恩（竹林镇党委书记）：竹林发展的每一步都得益于"三评"，众人拾柴火焰高。我们从村办小企业起步，那时候生产耐火砖，我们披着湿棉被、套着破鞋底进高温窑里，往外搬砖，每个人都烫了一身伤。从艰苦创业，发展到有企业上市，实现产业转型。根据第二产业的发展，这几年我们又转向第三产业服务业，也就是旅游业。1994 年，竹林由村建镇，范围不断扩大，先后有 8 个村划入竹林，人口由原来的 2000 多人增加到近 2 万人，也是为了更好发展造福群众。目前竹林拥有产值超亿元企业 10 多家，"高精尖"产品横跨 10 多个产业，去年全镇生产总值达到 56 亿元，有两家公司正积极准备上市。这些年最大的感受是，"风风雨雨，寻寻觅觅，坎坎坷坷，忧忧喜喜"。竹林人最满意的是三件事：一是 1983 年以来免除了农业税；二是引黄入竹，解决了群众吃水难；三是这些年我们搞长寿山"孝拜活动"，尊

老敬亲。每项工作都是多数人同意了，党委政府负责去落实。

李培涛（竹林镇水厂代表）：吃水是"三评"中间群众提得时间最长、提得最多的一个问题。过去我们这儿有个顺口溜，"有女不嫁竹林沟，竹林缺水贵如油。不串亲戚不洗脸，一年难洗几回头"。刚开始，我们组织专业的打井队打井，后来尝试从邻村引水，我们还打了十几眼500多米深的井，由于客观原因都没有成功。2003年，在上级帮助下，我们投资上亿元，跨越32公里、经过几十个村庄四级提灌，终于把黄河水引到了竹林，圆了竹林人的吃水梦。

孙春花（长寿山旅游公司代表）："三评"活动中，党员群众屡次向党委政府提建议开发长寿山。党委政府及时调整产业结构，从第二产业向第三产业转型。发动群众对长寿山进行了绿化改造，投巨资打造了五连池，拓宽了25公里旅游大道，又修建步道35公里，打造人文景观80多处，购置了一批观光车，还扶持了100多家农家乐，为旅客悉心服务的同时，解决了上千群众的就业。

韩东亚（竹林镇副镇长）："三评"33年，就是为全镇老百姓办实事、办好事的33年。每年党委政府都把广大群众想干的事、要干的事，归纳整理，认真研究，拿出方案，答复承诺，一一落实。先后投入巨资建成了高标准的学校、幼儿园，解决了孩子们的上学问题。新修道路23条，拓宽改造道路15条，竹林公路通车里程达到100多公里，基本解决出行问题。新建南山公园、北山公园、凤鸣园等大型公园，同时还建设了许多小游园、健身园，解决了老百姓休闲健身问题。建成了高标准的镇级卫生院，新农合费用由政府拿大头，解决了老百姓的就医问题。春节给老百姓免费供应年货，给全镇80岁以上的老人每月发生活费，免除全镇居民的有线电视收视费等，让老百姓真正得到实惠。

4. 人是众乡亲心是赤诚心 ——党风正、民风淳、家风好，社会自然就和谐了

李花荣（竹林镇居民）：以前红白事，很多人喜欢大操大办，礼金飙到 200 元、500 元，用车有时十七八辆，相互攀比让人叫苦连天，家里吵嘴闹矛盾。群众在"三评"中希望能刹刹这股风。竹林镇党委出台了 20 条《新风公约》，要求大家红白事请客最多 10 桌，上礼不超过 100 元，婚车不超过 10 辆，镇里组织暗访，超标的一律曝光、处罚，大家拍手欢迎。

苏新贞（竹林镇居民）：根据"三评"群众意见，这些年镇里选出"十好"榜样，比如好干部、好家庭、好媳妇。我家里上有公婆、老奶奶，下有弟弟妹妹五男二女，人多地少，多灾多病。作为长嫂，我勤勤恳恳、任劳任怨，孝敬公婆、关爱弟妹，在"三评"中被选为好媳妇，镇里到我娘家游街报喜，让我受到很大鼓励，也影响带动了更多人。

李虎山（竹林镇老党员）：我今年 87 岁，九九重阳节"孝老敬亲"活动，我们老两口参加过好多次。每次我们都穿唐装、戴红花、坐花轿，镇上组织敲锣打鼓、儿孙簇拥，大家欢欢喜喜登上长寿山。我们老两口坐上孝拜台，接受家里 40 多个晚辈的跪拜，感动得掉眼泪。这个活动太好了，感染教育下一代知恩图报，家庭和谐了，社会咋能不和谐？

赵明恩（竹林镇党委书记）：竹林 "三评"和"三严三实"一脉相承，也是"从严治党"的竹林经验，为竹林协调推进"四个全面"培育了良好土壤，筑牢了坚实根基。"三评"，通过开门搞党建，把权力运行置于群众监督之下，践行了群众路线，拉近了干群关系，树立了党员干部良好形象。党风政风转变，带动社风民风家风好转，有力促进家庭和谐、邻里和谐、社会和谐。教育一个带动一群，表彰一家鼓舞十户。

竹林要发展、要前进，社会要进步、要和谐，我们就是要把"三评"持之以恒地坚持下去，一百年不变！

网友热议

@李明-社会观察员：竹林吃水问题的解决，靠的是集体的力量。看问题应该全面，市场经济也需要集体力量。农村要发展，农民走市场，要像竹林那样发挥党员干部的领导示范作用，发展农民自主的各种经合组织，发挥集体的力量。

@萨瓦尔多：推进城镇化既要有"名"，更要有"实"。步入城镇化，不仅仅是外在表现为住楼房，更要在深层次文化习俗上求改变。竹林引导礼仪新风，迈出了"深耕"城镇化的步伐。

@小舟听雨："知屋漏者在宇下，知政失者在草野。"群众意见是一把最好的尺子，量出党员干部水平高低；群众的意见也是一杆最好的秤，称出党委工作实绩的斤两。

小镇"富而美"的奥秘

竹林，镇富人和，山美水碧，名列河南百强镇前茅，是全国可持续发展实验区，还被联合国授予改善人居环境最佳范例奖。谁能想象，竹林30多年前还是"地瘠水寡石头多"，被公认不适合人居。翻天覆地的变化，奥妙何在？

沧海桑田，岁月如歌，这首歌的永恒主题，就是发挥党员先锋模范作用，就是发挥党组织的战斗堡垒作用。小小竹林，33年如一日坚持"三评"，权力运行放在阳光下，大家伙的事，让大家来说、来议、来评，"众人拾柴火焰高"，不仅因地制宜落实了从严治党，而且让竹林充满发展的动力和活力。

"三评"给党员干部戴上了"金箍"。身着天蓝色"党员服"的竹林党员干部，一言一行，都在群众的监督下。打"好、中、差"，笔捏在群众手里，表现不好"三评"见真章。所以，才有了吃群众一碗手擀面都要付钱，才有了尽心尽力为群众办事不敢打马虎眼。"当党员像党员、当干部像干部"，这句朴实的竹林名言，正是他们从严要求的真实写照。

"三评"给党委工作提供"指南针"。群众的要求，就是党员干部的努力方向。修油路、建社区、引黄河水、改造环境、发展产业富民强镇……招招务实，件件做在群众心坎上。人心齐、泰山移，再难的事，只要围绕群众转、带着群众干，就没有干不好的，就能真正把执政为民落到实处。

"三评"真正让党员干部践行"三严三实"，是加强基层党建的有益探索，是落实基层民主的有效载体。竹林美，美在山，美在水，更美在奋进不已的探索与智慧！

"四个全面"大家谈 ⑯

走进巩义市竹林镇

以"三评"践行"三严三实"

河南日报 "四个全面"大家谈

发言人

赵明恩 竹林镇党委书记

徐卫平 竹林镇党委副书记

李家周 竹林镇党委副书记

韩东亚 竹林镇副镇长

郑丽萍 镇东南支部书记

李爱香 太束商业代表

李培涛 竹林镇水厂代表

孙茂军 镇西南支部书记

孙春花 长寿山旅游公司代表

李走山 竹林镇老党员

付强 竹林镇入党积极分子

李花蒙 竹林镇居民

赵冬彩 农家乐经营者

苏新贞 竹林镇居民

主持人

刘林 河南日报记者

（本栏目图片均为本报记者 史长来 摄）

网友热议

微评

小镇"富而美"的奥秘

① 干部作风建设的"传家宝"
——33年坚持不懈抓"三评"，始终发挥党委"领头羊"作用

赵明恩（竹林镇党委书记）：竹林镇发生了小城镇、发生了翻天覆地的变化，究其原因，就是得益于"三评"。一年两次，群众评党员、党员评支部、支部评党委。

② 当党员像党员，当干部像干部
——"三评"强化了从严要求，让党员干部有威信有形象有感召力

③ 凡是群众想干的事，我们就去做
——"三评"促进了务实为民，推动了经济社会发展

④ 人是众乡亲 心是赤诚心
——党风正、民风淳、家风好，社会自然就和谐了

宇通承建

河南省新能源客车技术重点实验室通过验收

本报讯（记者 杨 凌 6月18日，记者从郑州宇通客车股份有限公司获悉，由省科技厅公布的新一批通过验收的省级重点实验室名单中，宇通承建的河南省新能源客车技术重点实验室成功入列。

"四个全面"大家谈

倾听中原
QINGTING
ZHONGYUAN

访谈时间 / 2015 年 06 月 26 日

走进郏县

看病家门口　医改惠民生

主持人语

屈芳（河南日报主任记者）：没有全民健康，就没有全面小康。贯彻"四个全面"战略布局，重在结合河南卫生计生改革发展的实际，深入推进公立医院综合改革，让老百姓病有所医，让公立医院回归公益性，这是一场必须全力以赴打好的"攻坚战"。按照国家和省委、省政府的部署，我省自 2012 年 8 月已先期在 40 个县（市）启动了县级公立医院改革的试点工作，从 2014 年 11 月起，这项改革在全省全面推开。经过两年多的探索、实践，其进展成效如何？离群众期盼的看病"家门口"的目标还有多远？本期，我们走进首批改革试点县之一的郏县，看看那里发生了怎样的变化。

1. 公立医院如何回归公益性——落实政府责任，让公立医院"轻装前进"

杨志敏（郏县广阔天地乡大程庄村民）：前不久，我父亲得了心肌梗塞，担心县级医院看不好，后来一打听县医院不但机器设备先进，还实行了"先住院、后付费"政策。于是，我们决定到县医院治病，没想到经过大夫精心治疗，我父亲的病不但看好了，还省了不少钱。以前到城里大医院看病多跑路、多花钱，现在家门口就能少花钱看好病，真好！

李广胜（省卫生计生委主任）：县级公立医院是农村三级医疗卫生服务网络的龙头，是城乡医疗卫生服务体系的纽带；县级公立医院的改革是破解群众"看病难、看病贵"问题的关键环节，也是统筹城乡卫生发展的重大举措。

医改涉及千家万户，如何破解老百姓"看病难""看病贵"，让小病在乡、村就能治好，大病原则上在县医院就能看好，是推进县级公立医院综合改革的目标。其中，落实政府办医责任是核心，也是让公立医院回归公益性的关键——政府不投入，医生要发工资，医院要运转，费用都来自于患者，这怎么能让老百姓看病价格降下来？省委、省政府高度重视医改工作，近年来在各级政府的共同努力下，我省很多县级公立医院的规模实现了扩充，硬件大大改善，重症监护室等重点学科建设也得到了加强。下一步，改革的关键仍然是加大政府投入。

李国英（郏县人民政府副县长）：医疗卫生是民生大计，根据上级要求，郏县县政府严格落实了6个方面的投入责任。近年来，先后投资250万元在三家县级公立医院新建了介入科、肾病透析科、重症医学科等重点科室；制定出台了《郏县卫生事业单位公开招聘人员暂行办法》，明确人才招录办法，不断充实县级公立医院人才队伍。在政策性亏损补偿方面，两年来，县财政共补偿公立医院因药品零差率销售减少的合理收入 231 万元。同时，县政府还全面落实对三家县级公立医院的公共卫生服务、紧急救治及卫生支农等方面的政策投入。在财政并不富余的情况下，共投入各项财政补助经费 6613 万元，这些钱是为老百姓看病花的，花得值！

李亚辉（郏县人民医院院长）：医改以来我们感觉到，政府对公立医院的投入明显加强了。2013 年、2014 年，县财政拿出了 100 万元帮助医院用于重症医学科和介入科的建设，近期政府又筹资 2000 余万元，对医院的大型设备进行更新换代。最近，县委、县政府决定对县医院实行整体搬迁，设计床位 1000 张，有望年底之前动工。医院整体搬迁之后，就医环境会得到明显的改善，服务能力会有明显的提高。

周慧敏（郏县政协副主席、县卫生计生委主任）：政府投入到位了，医院没有了花钱扩建病房、买设备的苦恼，退休人员的费用也全部由财政来负担，医院要考虑的就是服务质量和技术水平的提高，如何让公立医院真正回归公益性。

医改后群众得到了最大的实惠，这两年按照零差率销售的药品，县级医院销售了 2.3 亿元，直接让利群众 4600 多万元；乡镇医院销售了 1.9 亿元，直接让利群众 9800 多万元。

2. 百姓"看病贵"如何有效缓解——破除"以药补医"，还要警惕新的"过度诊疗"

张娟（省卫生计生委医改办主任）：以前，由于国家对公立医院的投入补助有限，所以允许在医院药品进价的基础上进行加价销售。长期以来，这种"以药补医"的逐利机制加重了百姓看病负担，绷紧了医患关系，损害了政府形象，所以必须坚决破除。

破除以药补医，切断医院、医生和药品流通领域的各种利益关系，切实减轻百姓看病负担。取消药品加成是第一步。其次，要增加政府的投入。另外，医院要加强精细化管理，节约运行成本，最终要真正建立起一个维护公益性、调动积极性、保持可持续性的运行新机制。

周慧敏（郏县政协副主席、县卫生计生委主任）：我们编制了郏县公立医院药物配备目录，现在基本药物使用比例达80%。其次，为了让药品价格切实降下来，我们又实行了药品集中配送和带量采购。在实行药品零差率销售的基础上，县级公立医院507种基本药物执行与乡、村同目录、同价格，价格平均比同级（二级）医院又下降了31.8%。另外，为了保障低价药品采购供应，又采取协商谈判的方式，确定了260种低价药品的采购价格。同时，实行药品动态监测，遏制不合理用药。

宋楚仙（郏县渣园乡朱庄村村民）：我是个老病号，经常吃药，一个月算起来要花费五六百元，吃药压力很大，孩子们给点钱想叫买点啥我也不舍得。前两年，我在县中医院取药发现一下子便宜了一百多块钱，问医生，他说药品降价了，我心里那个高兴啊。去年，我又办了一个慢性病诊疗卡，现在当天取药当天报销，一个月只花一百多元药费。

李亚辉（郏县人民医院院长）：药价降下来后，不少群众担心其他的治疗费用提高，出现新的"过度诊疗"现象。破除"以药补医"后，要调整医疗服务价格，这其中确实有几项费用提高了，比如住院费、护理费等，但是这些费用全部纳入了医保和新农合的报销范围，不会让老百姓多掏钱。

为遏制过度诊疗，县里和医院也采取了一系列措施。一是病人住院以后，医院要与病人签"拒绝过度医疗"的诚信承诺书，接受患者监督；二是实行了125种的按病种付费，即看病"一口价"；三是对医生实行了绩效考核，规范医务人员的行为，对过度诊疗有一套严格的防范和惩罚措施。

王江定（郏县妇幼保健院院长）：目前，我们医院对防止医生过度诊疗的绩效考核已经修订完善，要把医生的收入与药品收入、检查化验收入彻底脱钩。同时，县政府去年制订了关于县级公立医院绩效考核方案，把抗生素的应用、大型设备检查项目等全部纳入绩效考核，每季度对医院进行一次考核，考核结果与财政补助挂钩，这样就从制度上倒逼公立医院主动规范医生的诊疗行为，防止过度诊疗的发生，真正减轻老百姓看病负担。

3. 医生收入不再和药品挂钩后如何调动积极性——科学绩效考核，让医德好技术高医生受鼓舞

谢守祯（郏县妇幼保健院副主任医师）：从医40多年来，我一直对患者坚持"三不原则"，就是能吃药的不打针，能在门诊治疗的不住院，能用一般药物治疗的不用贵重药物治疗。我认为，作为医务人员第一，必须有良好的医德；第二，必须具备扎实的基本功。只有这样，才能提高疾病诊断率，减少误诊，减少不必要的检查、不必要的用药，同时提高患者的信任度、满意度。

李素姣（郏县人民医院心内科副主任医师）：医生和患者的沟通特别重要。作为一名医生，一定要对自己所接触的每一个病人有足够的耐心，每天上班一定要把一切烦恼放下。同时医生要有很高的医术，能鉴别出来这个病人的风险在哪儿。为此我们总是不断进行业务学习，并把新技术、新知识带回来，共同提高科室业务水平。

林宪军（郏县中医院院长）：医改后，我们医院成立了绩效考核办公室和优质服务办公室，专门出台了一套新的绩效工资方案。这个绩效工资方案，使医生收入不再和药品、开单检查及科室收入挂钩，而是与服务质量、服务效率、服务人次、病人满意度以及中

医特色诊疗挂钩。按照新的薪酬方案，收入分配向临床一线倾斜，向核心岗位倾斜。目前，我们医院一线医生工资比全体人员平均工资高出2.6倍。

柴静芳（郏县中医院治未病科主治医师）：医改前，我的月平均工资是2300元，医改后，月平均工资是5000元左右。我上个月工资是5370元，是按照门诊917人次、中医特色非药物疗法治疗1120人次、患者满意度回馈评价99%而综合核算出来的。实行新的绩效考核方案后，医生不再考虑科室创收问题，精力都用于如何提高医术、如何使患者更加满意上。

4. "家门口看病"如何让百姓更安心——探索分级诊疗，破解"看病难"还要强基层

李海涛（郏县薛店镇卫生院院长）：乡镇卫生院作为老百姓家门口的医院，目标是成为大多数患者的首诊医院。为此，郏县出台了很多好政策：如参合群众在基层医疗机构就诊，可以享受门诊统筹报销60%的费用，慢性病病人享受报销70%的费用。此外，参合群众在乡镇卫生院住院享受"全报销"政策，就是只需缴纳150元住院起付线费用，其余费用全报销。

一些百姓担心基层医疗机构看病质量问题。其实，现在我们的卫生院已今非昔比，除了硬件设施改善，还通过"派出去"和"请进来"加强人才培养，通过市县级专家坐诊、名医授课培训等方式提高综合服务能力。总之，我们有信心为群众看好常见病和多发病，让百姓在家门口看病更安心。

林宪军（郏县中医院院长）：提升基层医疗服务能力很重要的一点是加强学科建设，具体到郏县中医院，我们选择县外转诊率较高的肾病、心脑血管病、颈肩腰腿痛等病种，重点加强肾病透析科、重症医学科建设。为让重点学科建设落地开花，我们选派精干医务

人员到省级医院进行半年至 1 年的培训。目前，针灸理疗康复科已成为国家级特色专科，肾病透析科与重症医学科已成为省级重点专科。重点专科的建设实施，大大降低了患者的外转率，我院县外转诊率从 2010 年的近 10% 降低至如今的不足 4.7%。

周慧敏（郏县政协副主席、县卫生计生委主任）：今年我们将建立规范分级诊疗制度。第一，明确县乡两级基本诊疗病种，包括县里要看的病 500 多种，乡镇卫生院要看的 180 多种，将来哪些病人需要到县里，哪些病人需要到乡里就明确了；第二，落实基层首诊就是乡镇卫生院首诊、双向转诊，建立便捷的转诊通道；第三，实行按病种付费，今年力争县乡两级按病种付费的病人达到 70%。还有就是继续实施基层医疗机构服务能力提升工程，县里三家公立医院和乡镇卫生院建立医疗联合机制，全方位帮扶、支持、指导乡镇卫生院。

我还有两个期盼特别想说一说：一是期盼在国家和省级层面尽早出台分级诊疗相关办法和标准，通过分级诊疗逐步解决群众在大医院"看病难""看病贵"；二是期盼政府扶持基层医疗建设的政策能够长期不变。

李广胜（省卫生计生委主任）：对于县级公立医院改革，我们设计的模式是基层首诊、双向转诊、急慢分治、上下联动的分级诊疗模式，通过有序就医、合理分流解决"看病难"。但我们不能靠强制手段把患者留在基层、不去扎堆大医院，要实现分诊，基层得具备条件、要有人才。从 2015 年起，我省将采取 3 种途径，利用 6 年时间，实施 9 项计划，累计投入 15 亿元加强基层人才培养，从根本上解决人才瓶颈问题。同时，还要提高县级医院临床技术水平，要重点加强县级公立医院重症监护、血液透析、新生儿以及近三年县外转诊率较高的病种所在临床专业科室建设，努力降低县外转诊率。

同时，我们还要通过不断深化人事分配制度、医保支付制度等各项综合改革措施，力争到 2017 年，县级医院看大病、解难症的水平明显提升，基本实现大病不出县，努力让群众就近、方便、放心、舒心就医。

网友热议

@菱角：看病可别贵，看病不作难。深化改革，让县域居民在家门口也能享受到优质高效的医疗服务，"病有所医"的梦想就不遥远。

@海上梅纾：如果老百姓得不到实惠，医务人员没有积极性，医院入不敷出难以为继，医改就不算成功。

@仁者无敌：老百姓得了实惠，医务人员待遇也不能减少。别让医生的心总是悬着，得叫握听诊器的手更加淡定从容。深入推进医改，让医生靠技术吃饭，拿"阳光收入"，才能重塑职业价值，建立起和谐的医患关系。

"广阔天地"看医改

有人说，医改是在鸡蛋上跳舞的艺术，难度大、风险多、期望高。跳得好，是职责和本分；跳不好，群众不满意不说，稍有差池，就可能踩破蛋壳，群众同样受损失。

全面深化改革，尤其是推进医疗改革，关键是要找到最大公约数，形成健康合理的利益格局，汇聚起破解看病"难"与"贵"的合力。医改成效如何，要看"看病难""看病贵"有没有真正缓解，医患关系和环境是否有效改善，医务人员的积极性有没有调动起来。

哪里有改革，哪里就能打开新局面。加大政府投入力度，破除以药补医顽疾，实施"先住院、后付费"模式……近年来，郏县落实政府办医责任，统筹推进医保、医药、医院改革，打好公立医院补偿机制、人事薪酬、医疗服务价格、绩效评价等一系列改革"组合拳"，斩断不合理的利益链，创新改革基层卫生管理模式和服务方式，确保公立医院的公益性，祛除逐利性，呈现出政府有作为、百姓得实惠、医务人员受鼓舞、医院发展添活力的良好态势，让我们看到了县级公立医院改革的活力和希望。

没有健康就没有小康，拥有健康才能更好地追逐梦想。"我们有个梦想，医院不是市场，医生能专心看病，不用再考虑经济指标的升降；医院不是战场，病人和家属没有那么暴躁；医院是个圣洁的殿堂，医患之间只有真诚和期盼的目光……"这是医护人员的梦想，也是广大百姓的福祉。

"广阔天地"美，"大有作为"时。期盼各级政府、有关部门能迈开步子，甩开膀子，齐心协力搬走百姓头上看病难、看病贵的大山，让医院和医生轻装上阵，让全面深化医疗改革的各项部署落地生根，给人民群众带来实打实的改革获得感。

"四个全面"大家谈

走进郏县

看病家门口　医改惠民生

河南日报 "四个全面" 大家谈

发言人

李广胜
省卫生计生委主任

杨志敏
郏县广阔天地乡
大程庄村民

辛国英
郏县人民政府
副县长

李卫辉
郏县人民医院
院长

周慧敏
郏县政协副主席、
县卫生计生委主任

张娟
省卫生计生委
医政处主任

宋晃仙
郏县渣园乡
朱洼村村民

王江发
郏县妇幼保健院
院长

谢守峰
郏县的协保健院
副主任医师

李孝政
心内科副主任医师

林宪军
郏县中医院院长

奥孙芳
郏县中医院
检查科主治医师

李海涛
郏县疾控中心
卫生防疫科

主持人

瓜菁
河南日报主任记者

（本栏国片均为本报记者 史长岛 摄）

1　公立医院如何回归公益性——
落实政府责任 让公立医院"轻装前进"

2　百姓"看病贵"如何有效缓解
破除"以药补医"还要警惕新的"过度诊疗"

3　医生收入不再和药品挂钩后如何调动积极性——
科学绩效考核 让医德好技术高医生受鼓舞

4　"家门口看病"如何让百姓更安心——
探索分级诊疗 破解"看病难"还要强基层

"广阔天地"看医改

"四个全面"大家谈

走进新县

访谈时间 ／ 2015 年 07 月 03 日

扶贫攻坚　共奔小康

主持人语

陈茁（河南日报高级记者）：习近平总书记强调，全面建成小康社会最艰巨最繁重的任务在农村，特别是在贫困地区。各级党委和政府要把握时间节点，努力补齐短板，科学谋划好"十三五"时期扶贫开发工作，确保贫困人口到 2020 年如期脱贫。为打好扶贫开发攻坚战，实现全省人民一道携手奔小康，我省扶贫开发瞄准贫困人口较多的大别山、伏牛山、太行山和黄河滩区"三山一滩"地区。新县地处大别山腹地，是全国著名的革命老区和典型的深山区，也是国家级贫困县。新县的扶贫脱困之路，是全省"三山一滩"脱贫致富的一个缩影。本期，我们走进新县，看看他们走过了怎样的扶贫开发历程。

1. 合力扶贫，从挨苦日子到过上好生活

杨明忠（新县县委书记）：新县是全国著名的革命老区和河南唯一的"将军县"，在革命战争年代为中国革命做出了巨大贡献和牺牲。但由于长期的革命斗争和历史原因，新县经济社会发展一度十分缓慢。这些年来，在上级党委政府的大力支持下，全县经济社会取得长足进步和发展，主要经济指标比扶贫开发前翻了很多倍，人民群众的生活也发生了很大变化，共实现近 5 万人基本脱贫。党的群众路线教育实践活动开展以来，省委副书记邓凯将新县作为联系点，多次到新县调研指导工作，给我们鼓足了干劲，增添了信心，我们将抓住扶贫开发的大好机遇，努力打好扶贫开发攻坚战。

叶德朝（新县副县长）：新县扶贫开发到了一个关键的时期。截至 2014 年，新县还有 73 个贫困村，1.2 万贫困户，4.28 万名贫困人口，这是一块硬骨头，但必须要啃下来。我们坚持两轮驱动，一是开展保障性扶贫，对特困人员、特殊群体给予保障。一是开展开发式扶贫，汇聚各方力量搞扶贫开发。比如，中直、省直、市直单位纷纷对口帮扶新县，为新县发展理清了思路，制订了产业规划。

要如期完成扶贫任务，需要"四个一"：一个好的思路，大力开展精准扶贫；一个长效机制，通过科学的机制把资源整合起来，把方方面面的积极性调动起来；一种良好的风气，扶贫开发不能等靠要，不能养懒汉；一个好基层党组织和村两委班子，群众富不富，关键看支部，看支部书记。

张庆安（河南日报报业集团驻七龙山村扶贫干部）：我到新县驻村开展扶贫工作，目前已有两年零六个月了。依靠报业集团的资源和优势，首先把重点放在村里群众急需解决的问题上。我不厌其烦地一次又一次向有关部门反映，县里不行跑市里，市里不行跑省里，先后落实了整村推进项目和水塘整修项目。这些项目落地以后，解决了部分村庄的饮水、灌溉问题和所有自然村的道路出行问题，群众非常高兴，村两委也增强了带领大家脱贫致富的信心。

只解决道路这些硬件还不行，农民还是脱不了贫、致不了富。我就组织村两委和部分村民出去参观，开拓思路和视野，依靠资源优势发展产业。依托报业集团投入的先期资金和招来的社会资金，村里引进了小龙虾、梅花鹿养殖项目，通过"公司＋农户"的模式，让村民不离开土地，在家门口创业，增加收入，脱贫致富。

胡安舒（新县八里畈镇七龙山村党支部书记）：近几年，村里争取了水利、交通等部门的扶贫项目资金 400 余万元，新修了村组道路 16 公里，完善了基础设施，改善了群众的生产生活条件。依托村里资源，瞄准市场，调整农业产业结构，加大土地流转力度，大力发展特色产业。通过产业发展，为村里 55 户贫困户、120 余人找到了就业门路，贫困户每户每年收入增加 4000 元。

余长有（新县八里畈镇七龙山村村民）：以前家里生活困难，兄弟姐妹五个，吃饱饭都困难。后来到浙江打工，不仅辛苦，还把手弄伤了。看到家乡的基础设施变好了，去年我回家创业。村里帮我协调流转了土地，建起了占地 300 多平方米的蛋鸡养殖场，不仅脱了贫，还带动其他贫困户脱贫。现在养殖场发展势头很好，村里又帮着扩大养殖规模，积极争取扶持项目。

2. 产业扶贫，从被动"输血"到主动"造血"

杨明忠（新县县委书记）：我们按照省委省政府的要求，大力办好产业集聚区和商务中心区，这一举措能为父老乡亲创造更多就业机会。有了产业的发展，大家就不再到县外打工，在家门口就能上班。这样不仅有固定的收入，也能一家人享受天伦之乐，较好地解决了目前农村的"留守"问题。

涉外劳务输出也是新县的品牌产业，是新县新时期探索的一个成功的扶贫开发途径。全县 36 万人有 6 万多人持有出国护照，到国外务工，人均年收入 10 万元左右，可以说一人出国全家脱贫。他们增加了收入，增长了见识，更新了观念，不少人挣得第一桶金后返乡创业，为老百姓提供更多就业岗位。大家总结说，新县年轻人漂洋过海打洋工、挣洋钱，回来后盖洋房、办洋厂，日子越过越好。

吴希振（河南羚锐制药股份有限公司党委副书记）：羚锐公司依靠党的扶贫开发政策发展壮大，更要在发展中回馈扶贫事业，主要体现在产业扶贫上。公司在新县常年用工近 5000 人，可以直接帮助上万个家庭脱贫。现在，我们又依托当地资源，发展中药材种植、淮南猪的养殖、香菇酱生产等，带动一大批种植养殖户脱贫致富。此外，不少公司员工学到生产技能、积累管理经验后，走出公司到社会上再创业，可以说为新县发展培养了一批技术管理人才。通过产业发展，公司税收每年都在增加，2014 年公司在新县交税 1.07 亿元。

余明元（河南福华农业生态科技有限公司副总经理）：扶贫济困是民营企业义不容辞的责任。去年，公司在七龙山村流转土地 2000 亩搞生态种植，预计投资 6000 万元，分三批进行规划。目前已经种植美国车厘子 300 亩，突尼斯软籽石榴 200 亩，还有苗圃、鱼塘。通过产业发展，这个贫困村荒山变绿了、村庄变美了、群众收入增加了。

张军（新县八里畈镇出国务工、返乡创业村民）：2006 年参加半年培训，学习了韩语和电焊，到韩国务工。新县人不怕苦不怕累，每月收入都在 300 万韩元左右（相当于人民币 1.8 万元）。两年合同期满挣了 20 万元人民币，我回乡办了个工程公司，目前公司已经走上正轨，效益不错。我们优先招聘家庭条件差、不方便外出打工的人

走进新县

175

员到公司打工。平常农村孤寡老人家的水管坏了，我们都免费上门维修。

陈良应（新县七龙山生态养殖农民专业合作社会员）：在河南日报报业集团驻村干部的帮扶下，2013年我们养了30亩小龙虾，亩均产值3000多元。2014年成立养殖专业合作社，带动村里50户贫困户、100多人养殖小龙虾。目前合作社生产经营情况较好，明年准备扩大规模。

3．精准扶贫，从"大水漫灌"到精确"滴灌"

聂应斌（新县农开扶贫办主任）：前期基层开展扶贫工作，大部分是救济式扶贫、输血式扶贫和普惠制扶贫，针对性不强，贫困群众增收脱贫比较慢。去年，按照公正公开的原则，我们对全县的贫困村、贫困人口进行了重新识别，在全省率先完成贫困人口建档立卡任务。下一步，我们将对全县贫困人口，根据不同的致贫原因分类进行扶贫：有劳动能力愿意发展产业的，通过产业扶贫政策扶持一批；有劳动能力不愿意从事农业生产、年纪轻的扶贫对象，通过雨露计划培训和涉外劳务促进就业；对因上学致贫的，通过扶贫助学工程，慈善救助扶持一批；对因病致贫的，通过医疗救助帮助一批；对于没有劳动能力的低保、五保、残疾户，主要通过政府兜底的方式予以保障。

叶德朝（新县副县长）：结合实际情况，县里制定了一个扶贫开发意见，提出了3年扶贫，5年建成全省扶贫开发示范县，7年全面建成小康社会的目标。我们要求乡、村也要制定具体的扶贫开发计划，包括贫困户，我们也要求他有一个打算，今年发展什么，明年怎么增收，后年怎么脱贫。

胡峰（新县八里畈镇党委书记）：2014年，镇里也做了扶贫规划，针对每一个第三产业地块做产业规划，每一个村组做发展规划，每一户贫困户制订扶贫计划，确定脱贫项目。新县县直9个局委、部门和公司的700多名干部职工，加上镇里的干部，帮扶全镇1117户贫困户，一户一户结对子，针对每一个贫困户开展精准的帮扶工作。

余明元（河南福华农业生态科技有限公司副总经理）：在七龙山村种植基地，我们有针对性地帮扶贫困弱势村民。比如一个30多岁的年轻村民，身体不是很好，与母亲相依为命，家里生活非常困难。他家的土地全部流转给公司，每年大概有5000元的收入。公司还把他招到种植基地做工人，做一些力所能及的工作，每年能挣7000多元工资。

4. 改革攻坚，从脱贫致富到全面小康

吴希振（河南羚锐制药股份有限公司党委副书记）：最近国务院出台了《大别山革命老区振兴发展规划》，我们希望国家在这个基础上进一步出台更多举措。首先是进一步创新性地解决中小企业融资难的问题。其次希望加大公共财政对涉农企业配套基础设施的投入力度。另外，希望国家对中小企业应用新技术提供支持，对企业培育技术人才、培训农民工给予资金扶持和补贴。让企业和老区发展得更快。

叶德朝（新县副县长）：2020年全面建成小康社会，对新县来讲时间紧任务重。信阳市是河南省农村改革实验区，新县是扶贫开发的实验区，下一步我们的扶贫开发要大胆地闯，大胆地试。要把涉农项目整合起来集中使用、提高效率，要尝试打造一些扶贫开发的示范村、示范乡。省里出台的扶贫开发新考评办法把各级的责任、奖惩明确到位，新县要围绕新的考评办法，出台具体措施，把全县上下的积极性都调动

起来。

杨明忠（新县县委书记）：《大别山革命老区振兴发展规划》提出，要把新县尤其把大别山革命老区建成全国重要的旅游目的地，成为长江和淮河中下游地区生态屏障，这是又一次难得的机遇。新县具有丰富的红色资源和绿色资源优势，是老区、将军故里、红军故乡，我们要抢抓机遇让红色旅游资源发挥更大作用。新县森林覆盖率达到76.7%，植被覆盖率93%以上，2014年全年的优良天数353天，如何让青山绿水变出金山银山，我们在积极探索。

在借助方方面面力量的同时，新县将充分发挥老区人艰苦奋斗、自力更生的传统，不等不靠，全力开展产业扶贫、旅游扶贫、涉外劳务扶贫等，努力让扶贫开发工作走在全省的前列，真正使红色更红、绿色更绿、新县更新，让我们老区人民能够生活更幸福、更体面，早日实现全面小康。

网友热议

@楚豫淮源：一些连片特困地区，自然灾害多发、生存条件恶劣，就地扶贫收效甚微，这就需要转换思路，将这些贫困百姓搬迁出来。

@风铃刀声：给钱给物，只能解一时之困，合理安排扶贫项目和扶贫资金，增强贫困地区的"造血功能"，才能拔掉穷根、走上富路。

@大别山人：有的地方扶贫之所以总是"涛声依旧"，与找不准"穷根"大有关系。有的是没技能，有的是缺乏资金，对此不能"眉毛胡子一把抓"，而要"一把钥匙开一把锁"。

不负乡亲期盼的眼神

　　青山、绿水、蓝天、红城。大别山怀抱中的新县，红绿辉映，红得耀眼，绿得醉人。这是一片红色的土地，这是一个绿色的海洋，红色资源令人敬仰，绿色生态叫人艳羡，但长期以来大别山区相对贫穷落后的面貌也让人揪心。作为国家级扶贫开发工作重点县，时至今日，新县仍有 4.28 万群众还没有脱贫。

　　面对贫困，有两种态度：一是"等靠要"，一味指望国家援助，自身缺乏主动性，贫困的枷锁就会愈加沉重；二是不甘落后，"弱鸟先飞"，奋起直追，增强自身"造血"功能，逐步甩掉贫困的帽子。

　　贫穷不是老区宿命，落后有负先烈遗愿。新县老区群众发扬宁愿苦干、不愿苦熬的精神，拿出先辈干革命的那股劲头，在政府引导和帮扶下，打开山门闯世界，漂洋过海打洋工，回乡创业掀热潮，产业扶贫、旅游扶贫、劳务扶贫、驻村扶贫……多管齐下、风生水起，做活了扶贫开发、脱贫致富奔小康这篇大文章。经过多年的扶贫攻坚，从输血到造血，从"大水漫灌"到"精准滴灌"，这片红色土地发生了翻天覆地的变化。

　　新县是我省扶贫攻坚的一个缩影。当前，我省还有 500 多万贫困人口，主要集中在"三山一滩"地区。到 2020 年，确保这些父老乡亲们如期脱贫，时间紧、任务重，我们要站在全面建成小康社会的高度，抓住落实《大别山革命老区振兴发展规划》等大好机遇，统筹好方方面面的力量，加大扶贫开发的力度，创新扶贫工作体制机制，按照"精准扶贫"的要求，因地制宜、对症下药，把资金真正用在"刀刃"上，不让一个困难群众掉队。

"四个全面"大家谈

走进新县

扶贫攻坚　共奔小康

发言人

杨明忠　新县县委书记

叶德祖　新县副县长

张庆安　河南日报报业集团驻七龙山村扶贫干部

聂应斌　新县农办扶贫办主任

吴夺涿　河南省铁制药股份有限公司党委副书记

胡涤　新县八里畈镇组委书记

胡安群　新县八里畈镇七龙山村党支部书记

余明元　河南福瑞华农科技有限公司副总经理

陆良点　新县七龙山生态养殖农民专业合作社会员

张茅　新县八里畈镇务工、返乡创业村民

余长有　新县八里畈镇七龙山村村民

主持人

陈茁　河南日报高级记者

（本版图片均为本报记者 走长兵 摄）

① 合力扶贫　从挨苦日子到过上好生活

② 产业扶贫　从被动"输血"到主动"造血"

③ 精准扶贫　从"大水漫灌"到精确"滴灌"

④ 改革攻坚　从脱贫致富到全面小康

不负乡亲
期盼的眼神

下期预告
走进淅川
一渠碧水北上
责任重于泰山

"四个全面" 大家谈

访谈时间 ／ 2015 年 07 月 13 日

走进淅川

一渠碧水北上　责任重于泰山

主持人语

李铮（河南日报驻南阳记者站站长）：世纪工程艰巨浩大，惠及当代造福子孙。南水北调关系国计民生，保持青山绿水，确保一渠清水永续北送，是渠首人民的责任担当。为南水北调中线工程迁安移民，淅川人民做出了巨大牺牲。既要保生态、保水质，又要保发展、保民生，这对于国家级贫困县淅川来说，确实是一道难解的题。坚持绿色发展、可持续发展，淅川人先行先试，逐步探索适合本地的发展方式，走出了一条"水清民富"的新路子。这种因地制宜、创新发展的思路，对推动全省其他地区加快转型发展，协调推进"四个全面"，有着积极的借鉴意义。

1．一渠清水、使命担当，像呵护自己的生命一样呵护丹江水

监测人员：刚才大家从短片中看到的，是我们水质采样人员在丹江口水库宽水面下 20 米左右取水的画面。经检测人员分析，丹江口水库的水质，长期保持在地表水环境质量标准二类以上。

赵鹏（淅川县县长）：二类水这个标准，就是我们常说的，端起来能直接饮用。我们这个地方是淅川县陶岔村，也就是南水北调中线源头、核心水源区，相当于家里自来水的水龙头。水是生命之源，丹江口水库是京津冀人民的大水缸，爱护好水、保护好水，是我们的政治勇气、责任担当，也是我们的特殊使命、第一选择。

王新会（南阳市委常委、宣传部长）：咱们脚下的这块土地非常特殊，它是人类历史上迄今为止最大的综合利用自然资源的工程。南阳淅川人民为南水北调中线工程建设了半个多世纪，做出了杰出贡献。这里是全国最大的移民搬迁地，南阳市也是中线建设过程中最大的移民安置点。怎么样保护好生态，怎么样实现绿色发展，是南阳市的一份使命担当，这个责任义不容辞。

李进群（渠首工程见证者）：1970 年施工的时候，出了事故，我的右臂被切断了，当时也就一二十岁。45 年过去了，渠首发生了翻天覆地的变化，原来陶岔工程小，只是为了灌溉。南水北调大坝开工以后，变化更大，原来水位最高 157 米，现在 170 米，水位相差很大。如今我的右臂没了，干不了重活，就干点义务工。说实话，生在渠首，长在渠首，我爱这条江，要用一生来守护它，把垃圾捡好，把环保搞好，看好花草树木，把清水送到北京，让北京人民喝到咱们渠首的水。

刘爱江（护水队员）：从小在丹江长大，喝惯了丹江水，听惯了丹江的浪涛，摸鱼捉虾都是我的强项。后来我家搬到了社旗，但心里一直空荡荡的。2013 年 6 月，得知淅川要成立千人护水队，我立即赶回来报名参加。现在，我的工作有四个程序：第一项是清理斜坡和地面上的杂物，大到树枝小到烟头、瓜子皮；第二项是打捞水面上的漂浮物，包括杂草、枯叶、河水沫等；第三项是为了防止大家乱抛弃垃圾，进行拉网式的捡拾；第四项是守在河边，禁止观光行人往河面上投放漂浮物，也向行人宣传保护丹江水的重要性。做这些工作，要在河堤上爬高爬低，很危险，但我还是克服种种困难，保护好这一渠清水。

2. 忠诚奉献、大爱报国，牺牲再多我们也能承受

马欣（护水队员）：我过去开船上餐厅，自己投资有二三十万，一年收入大概在三四十万。后来为了保护丹江水，饭店关闭了。现在收入少多了，一年也就五六万块钱。刚开始想不开，饭店不让开了，网箱养鱼也不让做了，一家人靠啥吃饭呢？我感觉像天塌下来一样，随后想想这么大个工程，在政府领导的开导下，也慢慢想开了。现在虽然收入少多了，一年也就五六万块钱，但北京人民能喝上甘甜的丹江水，也值了。

赵鹏（淅川县县长）：像他这种情况很多，而且这些年淅川还关停了一大批企业，2003 年以来，我们先后关停并转了 350 家企业。人迁了，地淹了，厂还要关，为的是啥？为的是保护好生态、保护好水质。2002 年，工业对财政的贡献率占 70% 以上，2003 年大批企业关闭，来自企业的财政税收下滑在 40% 以上，经济损失大概在 150 亿元以上。

徐虎（淅川县副县长）：在关停企业的背景下，招商引资也受到很大影响。首先我们地处豫鄂陕交界，位置比较偏僻，招商本来就有点困难。第二，我们还是国家级贫困县，各种资源并不像其他县那么优势凸显。第三，我们这儿是核心水源区、渠首所在地，生态要实行最严格的环境保护制度，其他地方能够上的项目，我们这个地方可能就不能上。企业首先是解决就业，这也是民生之本，像泰隆纸业，这个企业当时员工有1500多人，财政税收在2000万元以上，如果从2003年算到现在，静态财政收入1亿多元。关闭以后，有些企业职工自谋出路，还有几百人需要我们政府来进行救济，需要生活最低保障，一反一正，大家可以想出淅川是一个什么样的状况。

李兵（评论员、河南日报高级编辑）：淅川人身上集中体现了我们河南人舍己为人、大爱担当的优秀品质。一是感动，像李进群这样的淅川人，几乎把一生都献给了这片青山绿水，这让所有的人都很感动；二是感恩，我们常说饮水思源，喝着丹江水不要忘了那些"人造母亲河"的建设者、看护者所付出的牺牲、艰辛和努力；三是感佩，老百姓为了一渠清水离家别舍，确实是真奉献，这就应了南阳市委书记穆为民讲的一句话：忠诚担当、大爱报国。

3. 转型发展、民生为大，生态农业让群众日子红红火火

高敬森（生态农业产业工人）：我家里6口人，现在家里的土地流转给福森药业之后，土地租金按小麦一块钱一斤的时候，是每亩地五百块钱。签合同的时候就说，小麦涨一毛，土地价钱涨一百元。去年成六百元了。土地流转了，老百姓每亩地一年有固定的600、800、1000元不等的收入。同时每天在这里打工还有几十元，干完就给。我们村耕地面积少，荒坡面积大，全村有12500多亩地，都流转给了福森药业，作为金银花种植基地，现在老百姓都变成了产业工人，不出门打工，在家门口就

能挣钱。

李兵（评论员、河南日报高级编辑）：老高谈了农民致富的问题，我听出了画外音，是什么呢？在淅川，不种粮承担的担子比种粮还要重，责任还要大。

侯太升（福森药业常务副总裁）：作为一家制药企业，我们投资农业产业，一是因为淅川气候土壤条件适宜金银花生长，而且产量高、质量好。二是金银花本身的特性是一年四季常青，可以美化绿化环境，金银花的根系比较发达，容易护土护肥，保护水土，减少水土流失。在种植过程中我们要求有机化种植，严禁使用化肥农药，保证金银花质量，保护生态环境。

福森集团金银花基地有 15000 亩，同时我们给群众签订合同，实行供应苗木和技术指导一条龙服务，并且进行保底价的收购，这些措施带动农户又种植了 4 万亩，加起来有 5 万亩，种植大户有近 600 户，算到整个用工的话，有三四万人参加到这个里面。种植金银花还可以延伸和发展福森集团的品牌效应，拉长产业链条，我们在厚坡镇投资 8 亿元建立金银花加工生产企业，主要上马建设了夏凉茶、功能饮料、果汁饮料这些项目。这些项目上马以后，一年可以增加 60 亿元的销售收入。我们总结，种植金银花一是保护了生态，二是农民增收，三是企业增效。

赵鹏（淅川县县长）：南水北调正式通水之后，保水质、保生态成为常态。而促增收、为老百姓谋福祉是我们的价值追求。这两点似乎矛盾，但是我觉得它恰恰是生态文明的内涵所在，为了保证一渠清水永续北上，全县上下树立"水质至上、生态为先、绿色发展"的理念。同时，倡导把丰碑铸在青山上，把政绩融入清水里，在水清民富、转型发展方面找结合点。2014 年，淅川县农民人均纯收入达到了 8057 元。

4. 生态为先、泽被后人，一条充满希望的阳光之路

闫虎成（源科生物董事长）：我有一个梦想，好山好水种好庄稼。只要我们淅川生态环境保护好了，在这里种的有机农副产品，肯定能卖个好价钱。我们可以减产，但是农民一定要增收。普通食品和有机食品的价格正常是相差 5 倍，有的甚至十几倍，即使一亩地的小麦减产了二三百斤，因为不使用化肥，它的价格能翻几番。我的下一个梦想，就是让一线城市都能吃上水源区的有机五谷杂粮，待客用的是水源区的各种有机农产品。

现在淅川以生态招商，招来的还都是大商。上个月，源科生物与北京北辰集团谈了三个合作项目，一个项目是从红薯叶里面和黄金梨的树叶里面提取抗癌素。第二个项目是在水源区大力发展苦莲子，这是我们当地的一种中药材，能够起防辐射作用，同时能预防 43 种病虫害。第三个项目是肥料，原来我们的生态肥料没有国标、没有行标，现在我们制定了一个肥料标准，还申请了三项发明专利。

徐虎（淅川县副县长）：淅川是南水北调的核心水源区，在这里如何确保水清民富县强，我们进行了一些探索，走出了一条符合实际的路子，像源科生物这样的企业，目前已经发展到十几家，农业专业合作社近百家。全县无公害农产品种植基地面积达到 98.7 万亩。在农产品的认证上，也实现了较大的突破，无公害农产品的认证 19 个，绿色食品的认证 2 个，有机食品的认证 17 个，香花小辣椒获得国家农产品地理标志的认证。

王新会（南阳市委常委、宣传部长）：生态至上、绿色发展，是南阳市的现实要求，南阳是全国五个人口过千万的"非省会特大城市"，七百万农业人口还是全国农业人口最多的城市，发展的任务非常艰巨，怎样后来居上，怎样与全国同步建成小康，这个压力非常大。但是，坚持走传统的老路、以牺牲资源为代价行不通。所以，南阳

在 2012 年提出建设高效生态示范市，确定了今后经济社会发展的大方向。2015年 1～5 月份南阳经济发展速度位列全省 18 个地市第一位，这个成绩从一个侧面证明了咱们在转型跨越，在保水质、保生态，绿色发展这个过程中走对路了，这是一条充满阳光的路，在这条路上继续探索，可为其他地方转型发展提供生动的样本。

李兵（评论员、河南日报高级编辑）：南阳淅川以高效生态为抓手，走出了一条生产发展、生活富裕、生态优美的路子。我觉得有两点启示，第一，新问题要有新办法。面对封山护水这样一个新课题，就要有走高效生态农业之路这样的新办法。第二，新常态要有新状态。经济发展进入新常态了，党员干部的精神状态也要进入新状态，现在开展的"三严三实"专题教育，以及省委省政府正在抓的"三查三保"，保民生、保稳定、保发展，党员干部都要往前冲，多为群众谋福祉。

背景链接

淅川是南水北调中线工程核心水源区，水源区面积 2616 平方公里，自 20 世纪 50 年代修建丹江口水库，淅川先后分六批搬迁移民 20.2 万人，南水北调中线工程实施，再次动迁移民 16.5 万人，新增淹没面积 144 平方公里，各项静态淹没损失近 100 亿元。

为保护一库清水，自 2003 年起，淅川在几乎没有补偿的情况下，以壮士断腕的决心和气魄，对 338 家造纸、冶炼等企业实施关停并转，并坚决否决 40 多个可能给丹江口库区造成污染的大型建设项目，县财政收入为此伤筋动骨，一度下滑 40%。

在坚持生态至上、绿色发展，加强水源地生态环境和水质保护的同时，淅川着力建设高效生态农业，始终坚持政府引导、市场主导、企业主体，走出了一条公司＋基地、公司＋农户的路子；在产业的培育机制上，坚持财政金融的扶持和项目的支持，极大地调动了淅川人民投身于生态产业建设这个热潮当中，共引进 56 家企业投资高效生态农业发展，拉动社会力量投入生态建设资金 5 亿多元，流转荒山、耕地 40 余万亩，新发展茶叶、金银花、湖桑、软籽石榴等高效生态产业 32 万亩，无公害农产品基地达到 98.7 万亩。

淅川人的三重担当

丹江有情润北国。端起茶杯，清澈的丹江水在杯中微微荡漾；喝上一口，丝丝甘甜顺着喉咙润到心间……在享受一渠清水的同时，您是否知道，这小小一杯水里，浸含着淅川人的多少担当？

"移民精神"显担当。前后跨越半个多世纪，从修建丹江口水库，到南水北调中线工程，淅川人离家别亲，无私奉献，舍小家顾大家，赤子情怀满华夏，书写了一段可歌可泣的移民史。彪炳史册的移民精神，凝聚着淅川人的大爱与牺牲。

"一渠碧水"勇担当。南水北调中线工程旨在解决沿线 100 多个城市的用水问题，保护水源地的水质和环境，意义非凡。"效益再好，只要污染环境一概关掉；投资再大，只要破坏生态一概不要。"淅川主动淘汰落后产能，累计经济损失达 150 多亿元，为了一渠清水，可谓壮士断腕，在所不惜。

"水清民富"新担当。水质、环境要保护好，老百姓的日子也得好起来。日子过好了，也就有能力更好地保护水资源和生态环境。"咱不拖全面小康的后腿！"淅川人因地制宜，大胆创新，凭借得天独厚的自然生态环境，发展绿色、有机、生态、安全的现代农业，走出了一条高效生态、绿色富民之路。

大局、大义、大仁、大气，淅川人的三重担当，彰显了中原儿女大爱无私、厚重朴实、自强不息、敢闯敢创的优秀品质。协调推进"四个全面"，就要像淅川人那样，勇担重任、攻坚克难，确保发展的活水清澈通透，汩汩长流！

2 2015年7月13日 星期一 河南日报 HENAN DAILY 组版编辑 王恒昀 马 雯 要闻

"四个全面"大家谈⑲

走进淅川

一渠碧水北上 责任重于泰山

发言人

王新会 南阳市委常委、宣传部长

赵鹏 淅川县县长

徐虎 淅川县副县长

侯太升 福森药业常务副总裁

闫虎成 泽科生物董事长

李进群 渠首工程见证者

高敬森 生态农业产业工人

马欣 护水队员

刘爱江 护水队员

评论员

李兵 河南日报高级编辑

主持人

李铮 河南日报驻南阳记者站站长

（本版图片均为本报记者史长来 摄）

① 一渠清水 使命担当 像呵护自己生命一样呵护丹江水

监测人员：刚才大家从短片中看到的，是我们水质采样人员在丹江口水库宽水面下20米左右取水的画面。经检测人员分析，丹江口水库的水质，长期保持在地表水环境质量标准二类以上。

赵鹏（淅川县县长）：二类水这个标准，就是我们常说的，煮起来能直接饮用。我们这个地方是淅川县陶岔村，也就是南水北调中线源头、核心水源区，相当于家里自来水的水龙头。水是生命之源，丹江口水库是京津冀人民的大水缸，爱护好水、保护好水，是我们的政治勇气、责任担当，也是我们的特殊使命、第一选择。

王新会（南阳市委常委、宣传部长）：咱们脚下的这块土地非常特殊，它是人类历史上迄今为止最大的综合利用自然资源的工程。南阳、淅川人民为南水北调中线工程建设了半个多世纪，做出了杰出贡献。这里是全国最大的移民搬迁地，南阳市也是中线建设过程中最大的移民安置点。怎么样保护好生态，怎么样实现绿色发展，是南阳市的一份使命担当，这个责任义不容辞。

李进群（渠首工程见证者）：1970年施工的时候，出了事故，我的右臂被切断了，当时也就一二十岁。45年过去了，渠首发生了翻天覆地的变化。原来陶岔工程小，只是为了灌溉。南水北调大坝开工以后，变化更是大，原来水位最高157米，现在170米，水位相差很大。如今我的右臂没了，干不了重活，就干点义务工。说实话，生在渠首，长在渠首，我爱这条江，要用一生来守护它，把垃圾捡好，把环境搞好，看好花草树木，把清水送到北京，让北京人民喝到咱们渠首的水。

刘爱江（护水队员）：从小在丹江长大，喝惯了丹江水，听惯了丹江的涛声，摸鱼捉虾都是我的强项。后来我家搬到了社旗，但心里一直空落落的。2013年6月，得知淅川要成立千人护水队，我立即赶回来报名参加。现在，我的工作有四个程序：第一项是清理斜坡和地面上的杂物，大到树枝小到烟头、瓜子皮；第二项是打捞水面上的漂浮物，包括杂草、枯叶、河水沫等；第三项是为了防止大家乱抛弃垃圾，进行拉网式的检拾；第四项是守在河边，禁止观光行人往河面上投放漂浮物，也向行人宣传保护丹江水的重要性。做这些工作，要在河堤上爬高爬低，很危险，但我还是克服种种困难，保护好这一渠清水。⑧3

② 忠诚奉献 大爱报国 牺牲再多我们也能承受

马欣（护水队员）：我过去开船上餐厅，自己投资有二三十万，一年收入大概在三四十万。后来为了保护丹江水，饭店关闭了。现在收入少多了，一年也就五六万块钱。刚开始想不开，饭店不让开了，网箱养鱼也不让做了，一家人靠啥吃饭呢？我感觉像天塌下来一样，随后想想这么大个工程，在政府领导的开导下，也慢慢想开了。现在虽然收入少多了，一年也就五六万块钱，但北京人民能喝上甘甜的丹江水，也值了。

赵鹏：像他这种情况很多，而且这些年淅川还关停了一大批企业，2003年以来，我们先后关停并转了350家企业。人迁了，地淹了，厂还要关，为的是啥？为的是保护好生态、保护好水质。2002年，工业对财政的贡献率占70%以上，2003年大批企业关闭，来自企业的财政税收下滑在40%以上，经济损失大概在150亿元以上。

徐虎（淅川县副县长）：在关停企业的背景下，招商引资也受到很大影响。一方面我们地处豫鄂陕交界，位置比较偏僻，招商本来就有点困难。第二，我们还是国家级贫困县，各种资源并不像其他县那么优势凸显。第三，我们这儿是核心水源区，渠首所在地，生态要实行最严格的环境保护制度，其他地方能够上的项目，我们这个地方可能就不能上。企业首先是解决就业，这也是民生之本，像寄隆纸业，这个企业当时员工有1500多人，财政税收在2000万元以上，如果从2003年算到现在，静态财政收入1亿多元。关闭以后，有些企业职工自谋出路，还有几百人需要我们政府来进行救济，需要生活最低保障，一反一正，大家可以看出淅川是一个什么样的状况。

李兵（评论员）：淅川人身上集中体现了我们河南人舍己为人、大爱担当的优秀品质。一是感动，像李进群这样的淅川人，几乎把一生都献给了这片青山绿水，这让所有的人都很感动；二是感恩，我们常说饮水思源，喝着丹江水不要忘了那些"人造母亲河"建设者、看护者所付出的牺牲、艰辛和努力；三是感佩，老百姓为了一渠清水舍家舍舍，确实是真奉献，这就应了南阳市委书记穆为民讲的一句话：忠诚担当、大爱报国。⑧3

③ 转型发展 民生为大 生态农业让群众日子红红火火

高敬森（生态农业产业工人）：我家里6口人，现在家里的土地流转给福森药业之后，土地租金按小麦一块钱一斤的时候，是每亩地五百块钱。签合同的时候就说，小麦涨一毛，土地价钱涨一百元。去年就六百元了。土地流转了，老百姓每亩地一年有固定的600、800、1000元不等的收入。同时每天在这里打工还有几十元，干完就给。我们村耕地面积少，荒地面积大，全村有12500多亩地，都流转给了福森药业，作为金银花种植基地，现在老百姓都变成了产业工人，不出门打工，在家门口就能挣钱。

李兵：老高谈了农民致富的问题，我听出了弦外音，是什么呢？在淅川，不种粮承担的担子比种粮还要重，责任还要大。

侯太升（福森药业常务副总裁）：作为一家制药企业，我们投资农业产业，一是因为淅川气候土壤条件适宜金银花生长，而且产量高、质量好。第二是金银花本身的特性是一年四季常青，可以美化绿化环境，金银花的根系比较发达，容易护土护肥，保护水土，减少水土流失。在种植过程中我们要求有机化种植，严禁使用化肥农药，保证金银花质量，保护生态环境。福森集团金银花基地有15000亩，同时我们给群众签订合同，实行供应苗木和技术指导一条龙服务，并且进行保底价的收购，这些措施带动农户又种植4万亩，加起来有5万亩，种植大户有近600户，算上整个用工的话，有三四万人参加到这个里面。种植金银花还可以延伸和发展福森集团的品牌效应，拉长产业链条，我们在厚坡镇投资8亿元建立金银花加工生产企业，主要上马建设了夏凉茶、功能饮料、果汁饮料这些项目。这些项目上马以后，一年可以增加60亿元的销售收入。我们总结，种植金银花一是保护了生态，二是农民增收，三是企业增效。

赵鹏：南水北调正式通水之后，保水质、保生态成为常态。而促增收，为老百姓谋福祉是我们的价值追求。这两点似乎矛盾，但是我觉得它恰恰是生态文明的内涵所在。为了保证一渠清水永续北上，全县上下树立"水质至上、生态为先、绿色发展"的理念。同时，倡导把丰碑铸在青山上，把政绩融入清水里，在水清民富、转型发展方面找结合点。2014年，淅川县农民人均纯收入达到了8057元。⑧3

④ 生态为先 泽被后人 一条充满希望的阳光之路

闫虎成（泽科生物董事长）：我有一个梦想，好山好水种好庄稼。只要我们淅川生态环境保护好了，在这里种的有机农副产品，肯定能卖个好价钱。我们可以减产，但是农民一定要增收。普通食品和有机食品的价格正常是相差在5倍，有的甚至十几倍，即使一亩地的小麦减产了二三百斤，因为不使用化肥，它的价格能翻几番。我的下一个梦想，就是让一线城市都能吃上水源区的有机五谷杂粮，待客用的是水源区的各种有机农产品。

现在淅川以生态招商，招来的还都是大商。上个月，泽科生物与北京北辰集团谈了三个合作项目，一个项目是从红薯叶里面和黄金梨的树叶里面提取抗癌素。第二个项目是在水源区大力发展苦蘧子，这是我们当地的一种中药材，能够起防辐射作用，同时能预防43种病虫害。第三个项目是肥料，原来我们的生态肥料没有国标、没有行标，现在我们制定了一个肥料标准，还申请了三项发明专利。

徐虎：淅川是南水北调的核心水源区，在这里如何确保水清民富县强，我们进行了一些探索，走出了一条符合实际的路子，像泽科生物这样的企业，目前已经发展到十几家，农业专业合作社近百家。全县无公害农产品种植基地面积达到98.7万亩。在农产品的认证上，也实现了较大的突破，无公害农产品的认证19个，绿色食品的认证2个，有机食品的认证17个，香花小辣椒获得国家农产品地理标志的认证。

王新会：生态至上、绿色发展，是南阳市的现实要求，南阳是全国五个人口过千万的"非省会特大城市"，七百万农业人口还是全国农业人口最多的城市，发展的任务非常艰巨，怎样后来居上，怎样与全国同步建成小康，这个压力非常大。但是，坚持走传统的老路，以牺牲资源为代价行不通。所以，南阳在2012年提出建设高效生态示范市，确定了今后经济社会发展的大方向。今年1~5月份南阳经济发展速度位列全省18个地市第一位，这个成绩从一个侧面证明了咱们在转型跨越，在保水质、保生态、绿色发展这个过程中走对路了，这是一条充满阳光的路，在这条路上继续探索，可为其他地方转型发展提供生动的样本。

李兵：南阳、淅川以高效生态为抓手，走出了一条生产发展、生活富裕、生态优美的路子。我觉得有两点启示，第一，新问题要有新办法。面对封山护水这样一个新课题，就要有走高效生态农业之路这样的新办法。第二就是新常态要有新状态。经济发展进入新常态了，党员干部的精神状态也要进入新状态，现在开展的"三严三实"专题教育，以及省委省政府正在抓的"三查三保"，保民生、保稳定、保发展，党员干部都要往前冲，多为群众谋福祉。⑧3

（本报记者李 铮 王华宾 夏远望整理）

背景链接

淅川是南水北调中线工程核心水源区，水源区面积2616平方公里，自上世纪50年代修建丹江口水库，淅川先后分六批搬迁移民20.2万人，南水北调中线工程实施，再次动迁移民16.5万人，新增淹没面积144平方公里，各项静态淹没损失近100亿元。

为保护一库清水，自2003年起，淅川在几乎没有补偿的情况下，以壮士断腕的决心和气魄，对338家造纸、冶炼等企业实施关停并转，并坚决否决40多个可能给丹江口库区造成污染的大型建设项目，县财政收入为此伤筋动骨，一度下滑40%。

在坚持生态至上、绿色发展，加强水源地生态环境和水质保护的同时，淅川着力建设高效生态农业，始终坚持政府引导、市场主导、企业主体，走出了一条公司+基地、公司+农户的路子；在产业的培育机制上，坚持财政金融的扶持和项目的支持，极大地调动了淅川人民投身于生态产业建设这个热潮当中，共引进56家企业投资高效生态农业发展，拉动社会力量投入生态建设资金5亿多元，流转荒山、耕地40余万亩，新发展茶叶、金银花、湖桑、软籽石榴等高效生态产业32万亩，无公害农产品基地达到98.7万亩。⑧3

微评

淅川人的三重担当

丹江有情润北国。端起茶杯，清澈的丹江水在杯中微微荡漾；喝上一口，丝丝甘甜顺着喉咙润到心间……在享受一渠清水的同时，您是否知道，这小小一杯水里，浸含着淅川人的多少担当？

"移民精神"显担当。前后跨越半个多世纪，从修建丹江口水库，到南水北调中线工程，淅川人离家别亲，无私奉献，舍小家顾大家，赤子情怀满华夏，书写了一段可歌可泣的移民史，彪炳史册的移民精神，凝聚着淅川人的大爱与牺牲。

"一渠碧水"勇担当。南水北调中线工程旨在解决沿线100多个城市的用水问题，保护水源地的水质和环境，意义非凡。"效益再好，只要污染环境一概关掉；投资再大，只要破坏生态一概不要。"淅川主动淘汰落后产能，累计经济损失达150多亿元，为了一渠清水，可谓壮士断腕，在所不惜。

"水清民富"新担当。水质、环境要保护好，老百姓的日子也得好起来。日子过好了，也有能力更好地保护水资源和生态环境。"咱不拖全面小康的后腿！"淅川人因地制宜，大胆创新，凭借得天独厚的自然生态环境，发展绿色、有机、生态、安全的现代农业，走出了一条高效生态、绿色富民之路。

大局、大义、大仁、大气，淅川人的三重担当，彰显了中原儿女大爱无私、厚重朴实、自强不息、敢闯敢创的优秀品质。协调推进"四个全面"，就要像淅川人那样，勇担重任、攻坚克难，确保发展的活水清澈通透，汩汩长流！○2 （夏远望）

下期预告

走进新乡

适应新常态 借势谋发展

"四个全面"大家谈

倾听中原
QINGTING ZHONGYUAN

访谈时间 ／ 2015 年 07 月 17 日

走进新乡

适应新常态　全力向上拼

主持人语

陈苗（河南日报高级记者）：省委九届十次全会提出，要一手抓党建，一手抓发展，特别是要把稳增长、保态势作为下半年的突出任务来抓，在确保质量效益提高的前提下，实现全年经济增长速度高于全国平均水平1个百分点，为如期实现全面建成小康社会目标打下坚实基础。这是河南协调推进"四个全面"的具体实践，也对全省各地的发展提出了明确要求。

新乡与郑州一河之隔，近年来充分发挥区位优势，借势航空港、共建大都市、承担大功能、形成大合力，着力推进郑新融合发展，努力打造新的发展优势，正在探索走出一条在共建郑州大都市区中推进自身更好更快发展的路子。本期，我们来谈一谈新乡如何以"四个全面"战略布局为指导，适应新常态，借势谋发展，加快区域经济发展的进程。

1. "识"势：河南、新乡发展面临着难得的历史机遇

舒庆（新乡市委书记）：河南最大的优势是区位和交通，随着郑州航空港经济综合实验区这一国家战略的深入实施和米字形快速铁路网的建设推进，河南在全国的优势进一步强化，可以说，当前河南发展、新乡发展都面临着难得的历史机遇，这个机遇抓住了，河南的明天会更好。作为新乡来讲，就是要自觉在全省发展大局中找准自己的位置，在借势航空港中找坐标，在米字形快速铁路网中分担功能，在新常态下跟上结构动力的变化，把我们的发展搞上去。

郭庚茂书记在省委九届十次全会上要求，要认清比较优势。新常态下，速度变了，结构变了，动力变了，用老的思路、老的方法去搞经济，肯定一事无成，必须认清优势、借势而为。新乡的比较优势，一是区位优势。我们是全省唯一和郑州市区直接毗邻的城市，随着郑新互联互通的不断紧密，这个优势会越来越明显。二是科技优势。新乡的国家级、省级科研院所多、高校多，科技型企业多，企业科技创新的动力比较强，科技投入所占的比重也比较大。三是新乡有南太行的旅游资源优势，太行山在新乡境内绵延上千平方公里，自然地貌丰富，旅游资源丰厚。

鹿建宇（新乡平原示范区党工委书记）：省委、省政府一些重大战略的实施，为我们带来了实实在在的发展机遇。我举个例子，2012 年 10 月，郑州黄河公路大桥免费通车，一夜之间，平原示范区的房租由原来的每平方米每月 4 块钱涨到了 10 块钱。每到周末，1800 亩凤湖周边都是豫 A 牌照的车，在郑州居住、到新乡休闲已经成为一个常态，众多郑州的大企业、科研院所选择到平原示范区发展。大家熟悉的郑州外国语学校在平原示范区设立分校，2015 年秋季开始招生；省奥体中心、省全民健身中心，都要到平原示范区落户。

范建华（郑州市发改委副主任）：郑新两市，地缘相近，人缘相亲，这是新乡发展的优势。随着基础设施的建设和交通越来越便利，两市紧紧地连在了一起，形成了融合发展的趋势。新乡优越的地理位置和山水资源，吸引了大批郑州市民到新乡休闲观光。同时，新乡环境的改善，又吸引了大批郑州市民到新乡定居、创业，两市一体化进程加速推进。

沈仕伟（原阳金祥家居产业园总经理）：打个比方，郑州和新乡，就像上嘴皮和下嘴皮的关系，不可分割。我们曾组织 20 个人的专家团队，对新乡的软硬环境包括基础设施、政府作风、当地民风做了全方位的调研，进行数据分析，最后得出结论，这里发展空间非常大。从我做的家居行业来看，2012 年，河南省委、省政府将家居产业定为全省六大产业之一，作为重点发展的一个板块，这是我们企业家的机遇，也是新乡产业发展的机遇。

2.　"谋"势：借势航空港，共建大都市，承担大功能，形成大合力

舒庆（新乡市委书记）：省委、省政府对新乡发展有明确要求，概括来讲就是"发挥更大作用，做出更大贡献。"我理解这句话，一是在量上，新乡经济发展的速度要高于全省平均速度，目前的经济总量在全省的占比要进一步提升。二是在功能上，省委做出了郑州与毗邻城市共同打造组合型大都市区的战略部署，新乡作为重要组成部分，要在整个大战略中定好位，融入到组合型大都市区中去。在这个基础上，我们按照省委、省政府的要求，确定了一个基本思路，就是"借势航空港，共建大都市，承担大功能，形成大合力。"借势航空港，就是借力郑州航空港经济综合实验区，加快新乡发展。共建大都市，就是与郑州及其毗邻城市一起，共同打造组合型大都市区。承担大功能，就是结合新乡区位、科技、旅游、大健康产业等自身优势，以水平分工和垂直分工相结合的方式承接航空港的功能分工，并通过米字形铁路

分担郑州大物流中心的功能，让大都市区更具活力。形成大合力，就是通过共同建设郑州大都市区，打造中原城市群核心圈层，提高辐射带动能力，提升综合竞争力。

张文慧（新乡市发改委主任）：紧靠郑州是新乡最大的区位优势。市委、市政府已经明确，把对接郑州、融合发展，作为重大专项进行谋划推进。目前，我们正在制订完善对接郑州的实施方案，组建了工作机构，明确了工作任务、工作重点和时间节点。我们正在着力谋划公铁两路建设，让新晋高速南延与郑州西环对接，让107国道新线南延与郑州东环连接，让米字形快速铁路网的上两撇（郑州至济南、郑州至太原）在新乡交会，再用轻轨把郑州、新乡、辉县、南太行串联起来，到时候，郑州到新乡30分钟，到南太行50分钟，在郑州工作，下班后到南太行深呼吸，将成为郑州人的生活方式。

鹿建宇（新乡平原示范区党工委书记）：长江上有29座城市，对这些城市来说，长江就是这些城市的内河，黄河能不能成为大郑州的内河？历史上，由于黄河经常泛滥，所以不能够实现；现在小浪底等水利工程建设让黄河长期安澜，再加上交通、信息技术的发展，黄河成为大郑州的内河是完全可以实现的。谋划发展，应该把这一点作为着眼点、发力点。

范建华（郑州市发改委副主任）：郑新一体化，不是郑新"一家化""一样化"，离不开要素支撑，实现人的融合、物的融合。近年来，新乡倾力打造了平原示范区和一批产业集聚区，吸引了一大批郑州的家具、食品、建材企业到新乡创业，这是郑新融合发展的大趋势。当前越来越多的企业，选择把郑州作为消费的基地，把新乡当成产业制造基地，形成了"一个项目两个家"的融合。在省委、省政府战略指引下，两市一体化正走上快车道，在十三五规划中，我们要强化基础设施、电信、金融、人才培养等方面的融合，使郑新一体化上一个更高的台阶。

3．"趁"势：把"三区一带"作为对接郑州的前沿地带

张文慧（新乡市发改委主任）：我们坚持把"三区一带"作为对接郑州的前沿地带，"三区一带"就是平原示范区、原阳产业集聚区、亢村专业园区和三者之间的连接带。新乡和郑州合作项目已达 170 多个，多数都位于这一区域。河南国基集团的中央厨房项目，投资 32 亿元，目前已入驻企业 23 家，建成后可带动新乡的养殖、种植业，并实现标准化生产，充分保障食品安全。原阳家居产业园已入驻企业 57 家，投资达到 40 亿。金水（获嘉）产业新城，是全省首个"飞地产业园"，发展势头很好。

鹿建宇（新乡平原示范区党工委书记）：平原示范区是郑州向北发展的桥头堡，也是新乡对接郑州的桥头堡。我们按照省委、省政府的要求，贯彻新乡市委、市政府发展大健康产业的思路，致力于城乡一体、一二三产业复合发展，重点发展沿黄休闲都市型生态观光农业，努力成为两地的米袋子、菜篮子、果盘子、花园子。发展医疗大健康产业，与央企西部控股合作，推进建设 10 平方公里的健康自贸产业园区。发展软件产业、电子信息、医疗高端产业。我们有信心为黄河两岸的人们创造一个优美的生产生活环境。

毛国安（郑州市金水区飞地经济办公室主任）：金水（获嘉）产业新城，是郑州市金水区和获嘉县合作建设项目。郑州市金水区目前发展空间受限，各种要素都出现了瓶颈，所以，我们适时提出利用"飞地经济"模式，把我们的产业、资金、技术、人才、管理方面的优势，和获嘉的劳动力、土地、资源、生产成本优势结合起来，优势互补、共同发展。目前，项目一期招商工作已经完成，力争 2015 年年底 378 亩的起步区土建基本完工。

陈峰（原阳县产业集聚区副主任）：原阳的主要做法是打造承接平台，集群式承接郑州产业转移。我们着眼郑州的产业溢出、专业市场外迁和对接航空港、发展大物流这种大趋势、大机遇，围绕我们的主导产业，在加快推进郑新融合的最前沿来发出原阳的声音，发挥原阳的作用。目前，原阳产业集聚区 175 个工业项目中，有 135 个都是从郑州转移过来的，其中食品园区、家具园区两个产业集群已经初具规模，形成品牌效应，这两年都有望突破百亿产值。

魏钦（大自然室鑫家具员工）：我家就住在产业园南边的魏店村，2015 年 6 月份刚从新乡学院毕业。临近毕业，我怀着非常忐忑的心情，在家门口的企业投了人生中第一份简历，并最终成为这里的一名正式员工，也成为我们班里未毕业就实现就业的第一人。现在我工作生活都很方便，每天下班回到家里跟父母一起吃饭，感觉很幸福。

4. "拼"势：沉下心、俯下身，一件一件地干

陈峰（原阳县产业集聚区副主任）："原样"一度是原阳县贫穷落后、发展缓慢的代名词。近年来，我们紧紧抓住产业集聚区建设这一机遇，在全县叫响产业集聚区就是特区，产业集聚区的事就是特事，产业集聚区的事必须特办，确保所有签约项目无障碍落地。就是靠着这种拼劲、干劲，原阳发展求变、借势谋变，并在借势中出彩。我们深知如果不主动作为，即使在郑州的大翅膀下，也会成为"灯下黑"。

刘文君（获嘉县亢村镇党委书记）：亢村镇位于获嘉县南边，距离郑州非常近，工业起步比较早，但后来一直停滞不前。郑新融合发展，为我们的发展带来了难得的机遇。我们要紧紧抓住亢村作为新乡市"三区一带"核心区的优势，抓住获嘉县作为全国多规合一试点县的机遇，发挥综合优势，赶上这一班快车，保持并扩大在新乡市专业园

区成长水平第一的势头，真正承担起郑新融合发展排头兵的历史任务。

　　舒庆（新乡市委书记）：郭庚茂书记在省委九届十次全会上部署下半年工作时强调，要"尽全省之力拼上去"。新常态下的经济形势严峻复杂，表面上看是经济下行，更主要的是全球经济在变、中国经济在变，我们遇到的新情况、新问题，可能比近些年来任何时候都要大、都要多。这就更加迫切地需要我们加强学习，把握政策，严守法规，吃透实情，克服能力不足的问题，结合实际创造性地开展工作；更加迫切地需要干部队伍切实转变作风、敢于担当、迎难而上，沉下心、俯下身，一件一件地干，干一件成一件，积小胜为大胜。下一步，我们将主动适应新常态，发挥新乡区位、科技、太行山旅游资源三大优势，实施产业强市、科技兴市、环境立市三大战略，推进"两大一高"战略振兴工程、"三高五板块"招商引资和"以盘活金融资金为突破口做大、做强、做活存量经济"三大任务，强化产业集聚区和中心商务区、特色商业区两大支撑，做活沿黄经济带、大东区、太行山三大板块，加快新乡发展，为全省发展做出应有贡献，为让中原更出彩做出应有贡献。

网友热议

@青分楚豫：郑州新乡地缘相接、地域一体、文化一脉，历史渊源深厚、交往半径相宜，完全能够念好"连城诀"。

@博浪沙：亲望亲好，邻望邻好。郑州北上是新乡，新乡迈腿是郑州，合作不能你唱你的调，我吹我的号，要一起做好一加一大于二、一加二大于三的加法。

@阿汤老爸：新乡谋划建设城际快速轻轨的消息令人振奋，俺们新乡人再也不用羡慕焦作、开封有城际铁路啦，希望尽快落地！

@杨小样：区域经济、产业集聚区的蓬勃发展，为就近就业成为常态、大众创业成为时尚提供了可能。

微评

一起奔跑吧兄弟

新乡和郑州，地缘相接，人缘相亲，是唇齿相依的好邻居，更是焦不离孟、孟不离焦的好兄弟。

新常态下，速度在变，结构在变，动力在变，思路也要转换。新乡和郑州，同样面临着经济下行的压力，也各有各的优势和难处。郑州，繁华现代高大上，但人多路堵空气差，破解"城市病"，推进转型提升，需要"第二空间""更多落点"。新乡，山清水秀优势多，但当前稳增长保态势的担子不轻，期盼"借势航空港，共建大都市，承担大功能，形成大合力"，争取"发挥更大作用、做出更大贡献"。

虽有智慧，不如乘势；虽有镃基，不如待时。时至势成，不主动作为，优势就无法发挥；不积极抢抓，机遇就会失之交臂。如今，行走黄河两岸，触摸发展脉动，郑州、新乡两地谋划推进协同发展的怦然心动中，彼此都听得见对方的心跳。

想要站在风的肩膀上，必须有一双鹰的翅膀，更要具备宽广的视野和胸怀。小镇亢村借鸡下蛋，郑州市金水区借地发展，"飞地经济"风生水起。平原示范区推进基础设施与郑州互联互通，生态、产业共建共享，承接郑州公共服务转移，建设郑新融城的发展共同体。原阳产业集聚区，顺应梯度转移新趋势，筑巢引凤，承接郑州产业外溢，让原阳不再是"原样"。

兄弟齐心，其利断金。携起手，抱成团，打破区划小格局，融入区域大循环，让资源要素在更大范围内优化配置，用尽全力拼上去，郑州都市区、中原城市群的未来会更美。

2　2015年7月17日 星期五　　河南日报 HENAN DAILY　　组版编辑 孙欣 王钰昕　　要 闻

"四个全面"大家谈

走进新乡

适应新常态 全力向上拼

发言人

舒庆　新乡市委书记

鹿建宇　平原示范区党工委书记

范建亭　郑州市发改委副主任

沈仕伟　耀都金律家居产业园总经理

张文龙　郑州市发改委主任

陈峰　原阳县产业集聚区筹建主任

城状　大自然家居家具员工

刘文敏　获嘉县亢村镇党委书记

主持人

陈茁　河南日报高级记者

（本版图片均为本报记者
史长来 摄）

① "识"势：河南、新乡发展面临着难得的历史机遇

② "谋"势：借势航空港，共建大都市，承担大功能，形成大合力

③ "趁"势：把"三区一带"作为对接郑州的前沿地带

④ "拼"势：沉下心、俯下身，一件一件地干

下期预告

走进中信重工

调结构 稳增长
引领新常态

"四个全面"大家谈

倾听中原
QINGTING ZHONGYUAN

走进中信重工

访谈时间 ／ 2015 年 07 月 27 日

调结构　稳增长　引领新常态

主持人语

童浩麟（河南日报主任记者）：在省委九届十次全会上，省委书记郭庚茂强调，全省经济运行抬头见好，经济发展进入新常态也处于非常期，必须保持清醒。要调转结合，加快构建现代产业体系。稳增长的当务之急是调结构、转方式，从而实现经济更健康、更长远的发展。前不久，郭庚茂书记在洛阳调研，要求洛阳市利用工业基础优势，抓住机遇，遵循规律，实干巧干，在转型中崛起；在调研中他了解到中信重工在低速重载大功率变频方面取得突破，高兴地称之为"革命性的跃进"。

适应和引领新常态，是当前和今后一个时期我国经济发展的大逻辑；调结构、稳增长，是大型国企改革攻坚的重要内容。作为曾经的"共和国长子"，中信重工这些年通过坚持创新、不懈转型，栉风沐雨、一路前行，已成为传统制造业脱胎换骨的一个典范。在落实"四个全面"战略布局的今天，我们来谈谈中信重工调结构、转方式、稳增长的那些动人故事，以期对全省有所启迪。

1. 承载光荣传统，改革创新与时俱进，是中信重工成功的两大法宝

俞章法（中信重工总经理）：中信重工机械股份有限公司（简称"中信重工"）的前身是洛阳矿山机器厂，是 20 世纪毛主席亲自批准的共和国"一五计划"156 个重点项目之一。县委书记的榜样焦裕禄同志在这里工作过 9 年。经过多年发展，中信重工已成为中国最大的重型装备制造企业之一、国家级高新技术企业和创新型企业，也成了中国先进装备制造业的代表之一。

中信重工"十一五"实现了"三大转变"，即从工厂制到公司制、生产型到研发型、内向型到外向型的转变。"十二五"期间，正致力于实现"三大转型"。"十三五"期间，我们将顶住多重压力，进一步承担起大型国企的责任、发挥标杆作用，保持可持续的强劲发展。经济新常态，一是增速调整，从高速调整到中高速增长。二是发展方式调整，摒弃高耗能、高污染。三是增长动力转换，从主要靠投资驱动到创新驱动。谁也抗不住大趋势，我们要因势而为、主动而为，认识新常态、适应新常态、引领新常态。

毕少斌（中信重工销售总公司党委书记）："春江水暖鸭先知"，从事营销一线的，对市场新情况感受比较早、也比较深。冶金、煤炭、建材等中信重工重点服务的行业，经过近 30 年高速增长，出现了严重的产能过剩。如果不转型、不创新，还按原来的生产模式和营销模式，我们会非常难。正是基于对新常态的前瞻性认识，我们未雨绸缪，提前进入了转型升级，这是中信重工健康发展的一个重要因素。

肖建中（河南日报报业集团副总编辑）：20 世纪 80 年代中期，我曾到洛矿采访，感受到的是工业 2.0 的气息；30 年后再次来到这里，感受到某种工业 4.0 的气息，老树发新枝。这里是焦裕禄精

神孕育生成的重要地方，我感受到了作为中信重工员工的自豪感，感受到了现代企业的文化和开放的国际范儿，更感觉到了一种干事创业的氛围。无论是适应新常态，还是稳增长保态势，都意味着我们面对不小的压力。但传承厚重的历史和光荣的传统，又能改革创新与时俱进，我想这就是中信重工成功的两大法宝。

王文焱（河南科技大学博士生导师、教授）：60年走过来，中信重工成为国有企业改革转型的典范和标兵。在经济新常态下，中信重工全面贯彻落实"四个全面"，转型谋发展，取得了不凡业绩；把以人为本作为企业发展的出发点和落脚点，凝聚人心士气；多年来坚守传统制造业，并向电力电子行业跨界发展，为河南企业提供了很多启示。

2. 重塑观念，融入新工业浪潮，打造"中信重工版互联网+"，实现三大转型

俞章法（中信重工总经理）：转型是个永远不变的话题。面对新挑战，中信重工坚持做好核心业务并加快融入新的工业浪潮，全力打造以"核心制造+变频传动+智能控制+成套服务"为突出特征的"中信重工版互联网+"，以创新性融合和集成式发展，不断适应经济"新常态"。为此，我们致力于"三大转型"。第一是从一个本土化企业向国际化企业转型，牢牢抓住国际国内两个市场。第二是从主机供应商向成套服务商转型，为客户提供增值服务、项目解决方案，在客户发展中带来自身发展。第三是最核心的，从一个制造型企业向高新技术企业转型，转型让我们一直保持领先，我们也要持续转型。

谈到转型，"四高"战略在中信重工朗朗上口，即以高端技术支撑高端产品，以高端产品服务高端客户，以高端客户来赢取高端市场。这个战略是差异化竞争和核心竞争的体现。装备制造业本身也能产能过剩，但恰恰在高端领域还有很大的发展空间。下一步将打造"第五高"，即全面贯彻行业国际标准和规范，以实际行动落实"中国制造2025"战略。

转型攻坚，关键在人。多年来我们打造了一支宝塔形的人才梯次队伍。顶层包括13名院士和专家组成的顾问团队，在每个行业还有15名首席专家。我们正在打造一支高素质的管理人才队伍，以及以大工匠为代表的"金蓝领"高技能人才队伍。

郝兵（中信重工技术专家）：鉴于产能过剩及新技术的发展，2011年我们就提出要由机械导向转型为控制导向。以提升机为例，当年焦裕禄所在的车间诞生了国内第一台提升机，提升机的主机产值一度占总构成的50%。现在随着先进的控制技术、变频技术融入，降到百分之二三十了。要从几十年的惯性思维转化到控制导向，谈何容易。当时公司就提出，"先换脑袋后换人"，加大对技术人员在这方面的培训，从激励机制上进行引导。

刘新安（全国劳模、重装厂车间党支部书记）：作为一线工人，我对"四高"战略感受最深的就是高端产品。公司高精尖产品日益增多，很多装备用于大飞机项目、军工、核电、神舟系列等领域，对产品质量及检测手段的要求非常高。比如大齿圈，直径达13米，超过四层楼高，其加工精度误差要求确保在10道，即两根头发丝之内。

谭志强（数控镗铣工、中信重工"大工匠"）：随着公司转型，经过公司培训，我现在操作着一个大型数控镗铣床。这台机床是现在国内最大、最先进的，价值2亿，相当于我开四五百辆奥迪车在这儿干活，感到压力很大，也很自豪。2013年我被评为公司的大工匠，不久就成立了大工匠工作室，负责技术攻关、带领培养技能骨干，我带的8个徒弟都成了生产骨干力量，去年完成重大科技课题10项。

3. 紧贴市场需求，加快跨界革命，使中国重型装备拥有"中国大脑"

张其生（中信重工副总经理）：过去我们坐在家里，一年有数百亿订单，很少有人去思考创新问题。现在我们创新的动力来源于两个层面：需求驱动和创新本身的驱动。现在用户对总流程的要求越来越高，我们所做的工作，是围绕着所服务领域的全流程智能装备、智能化生产以及未来的全寿命周期管理去开展的。我们装备制造领域要牢牢把握工业化、信息化两化融合，进行跨界革命，进入电子领域，给磨机加上驱动系统、传感系统、控制系统，实现智能化、自动化管理。我们有个理念：让用户做到省时省钱省力省心——不需要花很多时间，就给用户提供成套解决方案；为用户节省投资，让我们的装备功能最佳化；任何时候都可以通过联网看到设备运行状况。

毕少斌（中信重工销售总公司党委书记）：创新就是让技术和市场高度融合。不能光让大家靠自觉性去融合，我们把和市场结合的程度，作为技术创新绩效考核的重要内容。现在拿到一个项目后，我感觉后方做技术支撑的这些人，欢欣鼓舞，因为通过制度把技术人员和我们销售人员紧紧拴在了一起。中国黄金集团曾采购我们的矿山装备，其中矿用磨机最大直径达到 12.2 米，传递功率达到 2800 千瓦，运输本身就是一种挑战。我们最终提前一个月把这个产品高质量交付给对方，对方当场奖励了中信重工 1000 万元。

黄新明（博士、中信重工变频研发团队核心成员）：变频器能够调节电机转速，堪称工业 4.0 的接口。公司的主打产品提升机、磨机、水泥窑等都是旋转设备，现在加上变频器之后，可以根据需要满足用户对工艺特性的要求。公司将多年来对服务领域生产工艺的深刻理解充分融入变频技术产品的研发实践，研发的 CHIC 系列低速、重载、大功率工业专用变频器，广泛应用于煤炭、矿山、冶金等众多领域，以卓越的机、电、液一体化综合优势，成为中国电力电子行业与国际传动巨头同台竞争的知名品牌，使得中国的重型装备不仅拥有了"中国心"，而且装备了"中国大脑"。

俞章法（中信重工总经理）：只有保持持续创新的活力，才能打造百年老店。我们每年科技投入大概占销售额的 6% ～ 7%，这是比较高的。我们技术创新主要有三个方面的特色：第一个是战略层面，我们每年召开科技大会，明确当年和后期的技术进步方向，对技术创新项目实行招标，总经理和技术负责人签约；第二个是架构层面，中信重工有一个"3241"创新体系，3 是指产品技术研发中心、工程技术研发中心、工艺技术研发中心，2 是指澳大利亚矿山装备研发基地、北美铸锻技术研发基地，4 是指工业实验室平台、数字模拟实验平台、国际标准技术平台、信息化平台，1 是指一支高素质创新团队；第三个是技术营销一体化，考核依据与市场挂钩，把技术人员的研发激情激发发出来。

"互联网 +"行动计划，对中信重工而言，第一个阶段是"+ 互联网"，这一点已全面实现，比如说我们的 ERP 系统、3M 客户服务系统、生产指挥系统等实现了云计算、云存储；第二个阶段是"互联网 +"，在科研开发上，倡导采用"互联网 +"的思维，除了市场引导型的技术研发，还要向技术先导型研发发展，创造消费、引领需求。今后不是简单提供一个硬件产品，还要提供技术、工艺、装备和后期的全数据服务。

4．发挥优势，推进产品技术资本国际化，为"一带一路"战略再立新功

俞章法（中信重工总经理）：国际化战略是中信重工的发展战略。国际化内涵丰富，包括国际化人才、国际化布局、国际化资产和产品技术标准等指标，通过国际化提升我们的产品水平、管理水平、技术水平。进入 2015 年，中信重工国际化喜讯不断：为智利国家铜业公司研制的高效超细磨矿设备完成工厂试车并交付用户；公司承制核心磨机装备的蒙古国额尔登特铜矿扩产项目竣工投产，该国总统额勒贝格道尔吉出席竣工仪式……

在开放引智方面，建立了中信重工北京设计研究院，与中国科学院自动化研究所共建了智能控制系统联合实验室。现在海外有8个子公司，实现了研发、销售、生产和服务四位一体。国际化订单占总额的 50% 左右。下一步要在产品国际化、技术国际化基础上，向产品技术资本的国际化推进。

"一带一路"战略让中信重工面临重大机遇，我们也有独特优势，要借力发展，深耕力作。目前"一带一路"战略涉及的 60 多个国家，我们已经服务了 20 多个国家的项目。下一步我们将在自己走出去的同时，通过中信重工的产品、技术、服务支撑相关服务企业融入"一带一路"，实现合作共赢。

乔文存（中信重工总经理助理、销售总公司总经理）：中信重工现在的矿业产品、水泥产品可以说做到了世界第一，现在我们单机产品遍布世界各地，从非洲到中东地区，从中亚地区到东南亚地区，从南美到澳洲，去年打入了欧洲市场瑞典金矿。中信重工应该说是"一带一路"战略的践行者，又是受益者，我们提出下一步目标——海外市场订单占到 60%。

何淳（中信重工纪委书记、工会主席）：中信重工 60 年的发展历史充分表明，坚持党的领导是决定性成功因素。现在中信重工三名员工中就有一名党员。在"三严三实"专题教育中，我们要继续做到，一个党员一面旗帜、一个支部一个堡垒，坚持和弘扬焦裕禄精神、杨奎烈精神，使其成为中信重工转型发展不懈的精神动力。

微评

挺起崛起振兴的"脊梁"

"只是等待，即使会在途中流连，但英雄终会归来；他去了没有人到过的地方，但是英雄终会归来"。电影《贝奥武甫》的主题歌《英雄归来》，用来形容中信重工走过的风云历程，再恰当不过。尽管关山阻碍、挑战重重，但这个共和国长子企业，持续改革创新，突破自我，雄踞装备制造业龙头，成为名副其实的产业英雄。

习近平总书记在吉林调研时指出，创新是企业的动力之源，质量是企业的立身之本，管理是企业的生存之基；要把装备制造业作为重要产业，奋力抢占世界制高点，使我国成为现代装备制造大国和强国。在中信重工，你始终能感受到一种创新的激情，一种使命的担当。那种激情，我们从中信重工"跨界革命"的铿锵步履中感受得到，从走出去、一半订单在国际市场拿到的豪迈气概中感受得到，从他们敏锐捕捉市场的体制改革中感受得到……他们自觉地传承焦裕禄精神、杨奎烈精神，无私奉献、敢拼会赢；锲而不舍致力装备制造业转型升级、脱胎换骨，勇当打造先进制造业的开路先锋。

"如果说过去中信重工追求的是以最大最重为目标的世界极端制造，那么跨界革命则是将其引领到了以智慧制造为特征的新天地。他们今天制造的是世界上最聪明最智慧的未来之星"，这是一位长期关注中信重工的高级记者的描述。中信重工的主动转型、积极开放，都走到了市场变化、同行业改革乃至国家政策的前面。

当前，新常态遇到非常期，我省稳增长保态势任务艰巨，亟须更多制造业企业及其他市场主体像中信重工这样，勇创新、调结构、转方式，挺起崛起振兴的脊梁。郭庚茂书记在洛阳调研时强调，要发挥优势、抓住机遇，遵循规律、狠抓关键，坚定不移扩大开放，实施创新驱动发展，抓住关键要素、创造聚人才的条件和环境。中信重工的成功经验，生动印证了这一部署的科学性、可行性。在国际国内两个市场的需求中因势而变、抢占先机，推进工业化信息化深度融合、积极融入"互联网+"，以产学研销无缝对接的大科研、"大工匠"为创新提供坚强保障，是企业转型、经济升级的不变真谛。

无论是"燃烧的水面"、抑或"烧毁的桥梁"，都不能阻挡英雄勇往直前的脚步。建设先进制造业大省需要这种精神，稳增长、保态势需要这种精神，实现中原崛起河南振兴富民强省，更需要这种精神。

"四个全面"大家谈

走进中信重工

调结构　稳增长　引领新常态

发言人

俞章法
中信重工总经理

贾建
河南日报报业集团副总编辑

毕少斌
中信重工销售总公司党委书记

王文高
河南科技大学博士生导师、教授

郝兵
中信重工技术专家

刘新安
全国劳模、重装厂车间党支部书记

谭志强
数控楼铁工、中信重工"大工匠"

张其先
中信重工副总经理

黄新明
博士、中信重工变频研发团队核心成员

乔文存
中信重工总经理助理、增信总公司总经理

何泽
中信重工纪委书记、工会主席

主持人

金浩越
河南日报副主任记者

（本版图片均为本报记者史长来 摄）

① 关键词：发展

承载光荣传统，改革创新与时俱进，是中信重工成功的两大法宝

② 关键词：转型

重塑观念，融入新工业浪潮，打造"中信重工版互联网+"，实现三大转型

③ 关键词：创新

紧贴市场需求，加快跨界革命，使中国重型装备拥有"中国大脑"

④ 关键词：开放

发挥优势，推进产品技术资本国际化，为"一带一路"战略再立新功

微评

挺起崛起振兴的"脊梁"

下期预告

走进开封

人民调解
共筑平安和谐

倾听中原
QINGTING ZHONGYUAN

走进中信重工

213

"四个全面"大家谈

访谈时间 ／ 2015 年 08 月 12 日

走进开封

倾听中原

QINGTING ZHONGYUAN

河南日报 @河南日报 河南日报网 www.henandaily.cn 大河网 河南手机报
"四个全面"大家谈
走进开封

人民调解　共筑平安和谐

主持人语

雷路展（河南日报主任记者）：党的十八届四中全会通过的《中共中央关于全面推进依法治国若干重大问题的决定》指出，要健全依法维权和化解纠纷机制。这是从发展和维护人民权益、推进法治社会建设的战略高度提出的一项重大任务。人民调解作为预防和解决社会矛盾纠纷的重要手段，已成为诉讼程序外化解矛盾、消除纠争的重要手段和增强公民法治观念的重要途径，是维护社会稳定的"第一道防线"，是增进团结、和谐的"润滑剂"，也是基层民主政治的重要组成部分。

人民调解制度是具有中国特色的法律制度，是我们国家继承民族传统并结合实际创造的一种诉讼外纠纷解决方式。我省司法行政机关如何发挥人民调解工作的作用，创新载体，为"四个河南"建设贡献力量？本期我们走进开封市司法局，听一听我省司法行政工作者、法学专家、乡镇干部以及基层群众的心声。

1. 有纠纷找调解，调解就在身边

弋振立（省司法厅党委副书记、副厅长）：无论是中央"四个全面"战略布局，还是我省"四个河南"建设，都把依法治国作为重要战略目标，对实现社会治理体系、治理能力现代化提出了非常高的要求。在改革开放的新时期，如何最大限度增加社会和谐因素、最大限度减少社会不和谐因素，是对我们党执政能力的一次考验。在当前形势下，我们在改革发展中遇到的困难、问题、矛盾是前所未有的，而我们的行政资源、司法资源有限，不可能把所有的社会矛盾纠纷都纳入司法程序。我们一直在探索，如何最便捷、最高效、最节约地处理社会矛盾纠纷。

实践证明，人民调解工作是密切党群干群关系、巩固党的执政地位的一项基础工程，是化解社会矛盾纠纷最便捷、最高效、最节约的途径。通过人民调解化解社会矛盾，把大事化小，小事化了，对矛盾双方当事人来说，既节约时间成本又节约经济成本，也节约了司法行政资源，可谓一举多得。

郑中华（开封市人民政府副市长）：开封市委、市政府把人民调解作为一项重要的工作内容，摆上议事日程，从领导力量的配置、基层基础建设到经费保障，全方位支持。我们把人民调解工作作为"四个开封"建设、促进社会和谐、造福民生的一项基础性工作来做，从而促进了人民调解从"小调解"转变为"大调解"，从"一家抓"转变为"多家抓"，从"小作为"转变为"大作为"。开封市司法局创办《宋都调解》法治电视栏目，并把它办成了闻名全省、红遍开封的名牌电视栏目，把人民调解工作开展得有声有色，这档电视调解栏目在"四个开封"建设中发挥了非常重要的作用，深受广大人民群众的喜爱和好评。

文松山（开封市司法局党委书记、局长）：为落实《人民调解法》，2011年12月，在市委、市政府大力支持下，开封市司法局在市电视台创新开办了《宋都调解》栏目，这是一档法治电视栏目，时长30分钟，分为"人民调解""真情对接""普法教育""法治动态"四个板块，每期首播1次，重播5次。电视媒体节目知晓面大，教育群众比较多，普法宣传效果好。截至目前，《宋都调解》已经播出90期，现场调解纠纷近200起，对60余部法律法规进行了普法宣传。节目播出以后，真正起到了"播出一期、调解一期、普及一法、教育一片"的效果：调解了当事人纠纷，化解了基层矛盾，减少了民转刑案件，同时锻炼和培养了很多人民调解员，包括基层司法所的干警，为开封市平安和谐发展做出了贡献。

2．拓宽调解领域让更多群众受惠

汪奇志（省司法厅基层工作指导处处长）：目前，全省有人民调解组织5.7万多个，调解组织形式多样，既有村级调委会，也有乡镇调委会，还有行业性、专业性调委会。同时，在公安机关、检察院、法院、信访部门派驻人民调解工作室，建设了比较完备的人民调解网络。

通过各级司法行政机关的工作，目前，人民调解队伍由专职调解员、首席调解员、兼职调解员组成，是一支结构比较合理、专业知识比较丰富的队伍。2014年，全省一共调解了矛盾纠纷140多万起，调解成功率都在92%以上，达成协议的履行率达到90%以上，化解了一大批矛盾纠纷。

近几年，我们进一步拓宽了调解领域，调解类型越来越多，比如医患纠纷、道路交通事故纠纷、劳动争议纠纷、农民工欠薪问题，还有旅游景区纠纷、消费纠纷、物业纠纷等。凡是纠纷，只要当事人不拒绝，我们都可以介入。

弋振立（省司法厅党委副书记、副厅长）：很多案件没有出村，没有出乡，没有上交，这与基层调解员大量含辛茹苦的工作是分不开的。

下一步，全省人民调解工作准备做到"三个提升""三个强化"。"三个提升"就是：提升人民调解在社会矛盾纠纷化解中的基础地位，提升人民调解对社会的影响力和公信力，提升人民调解的质量和效能；"三个强化"，就是强化队伍素质，强化人民调解与司法调解、行政调解的有机结合，强化保障能力，打造一支能征善战、调解能力强的河南人民调解员队伍。

文松山（开封市司法局党委书记、局长）：开封市人民调解工作有四个特点：一是实现了网络全覆盖。从行政村、社区到基层单位和各乡镇，都建立了调解组织，全市共建立人民调解组织2200多个；二是调解领域不断拓展。我们近年来向专业化、行业化、矛盾点比较多的方向转移，像医疗事故、交通事故、劳动争议、物业管理等；三是加强培训与管理。组织优秀的调解员进行培训，管理上建立了督查通报制度，每个月进行抽查；四是调解案件数量逐年增加。2011年开封市调解总数是1.6万件，2012年达3万件，2013年达4万多件，2014年达5万多件，数量逐年上升，这说明群众对人民调解越来越认可了。

郑金玉（河南大学法学院副院长、博士）：人民调解对和谐社会建设和推进法治建设有四个方面的作用。一是人民调解具有群众性、民间性、自治性等特点，在维护社会和谐稳定方面发挥的作用是其他纠纷解决方式不可替代的；二是人民调解在解决纠纷的时候强调的是抓早、抓苗头，在纠纷刚刚发生的时候就及时介入，可以有效地防止矛盾的扩大化；三是人民调解员了解纠纷双方的诉求，熟悉双方的生活，在解决纠纷的时候不仅就事论事，还可以综合性的利用各方因素，综合性解决当事人纠纷；四是大量的纠纷被人民调解员化解了，减少了司法机关的压力。

3. 完善调解组织网络，最大限度发挥作用

文松山（开封市司法局党委书记、局长）：目前开封市调解员队伍有 9000 多人，囊括了基层行政村和社区专职人民调解员、企事业单位的兼职人民调解员、乡镇司法所的调解委员会、律师、司法行政人员等。同时，许多政法战线的老同志也积极参与到人民调解工作中，让调解更具有威信和说服力。

徐福润（开封市委原常委、政法委原书记）：我担任市委政法委书记后，在基层派出所调研时，发现大量治安事件和刑事案件都是由于一些鸡毛蒜皮的小事引起的。许多基层司法工作人员深入到社区和农村，发现矛盾纠纷的苗头，就及时调解、就地解决。2011年底，开封市司法局开办《宋都调解》栏目，邀请我和一些熟悉政法工作的老同志担任人民调解监督指导员。在参与调解的过程中，我们尽力帮助群众依法合理地解决矛盾纠纷。为了更好地对调解工作进行监督指导，我们还专门总结出一套监督指导办法，实践效果非常不错。

王建（开封市宋都人民调解委员会调解员）：我从公安局退休后，在《宋都调解》栏目担任人民调解员，3 年来我参加调解各类纠纷 80 多起，探索出一套调解工作模式，首先是"三用心"：对社会要有责任心、对工作要有热心、对当事人要有诚心。让当事人感受到你的真诚，他们就会信服你。其次在调解时还要注意"四把握"：把握法律法规和相关知识，把握当事人的心理，把握调解节奏，把握调解中所运用的语言和事例。用当事人能够接受的语言和他对话，调解就能达到事半功倍的效果。此外，心理疏导、换位思考、触类旁通、趁热打铁等方法也都被我们运用在调解工作中，效果很好。

贾志刚（开封市政协常委、开封市餐饮宾馆业商会会长）：调解的精髓就是一个"和"字，很多人到法院打官司，打的是成本，打的是气，打的是红脸。通过调解方式化解矛盾后，当事人双方不仅不会敌对，反而会成为朋友，有利于社会和谐。我深深感受到调解让"大事化小，小事化了"的力量，我觉得应该将这种方法推广到全市各行各业中，用调解的艺术解决各类纠纷。

郑中华（开封市人民政府副市长）：开封的人民调解员走进千家万户，奔波在田间地头，为广大人民群众奉献出他们的智慧、热心、诚心，成为人民群众的贴心人，成为基层社会矛盾纠纷的防火员、消防队和防爆阀，深得社会各界的好评。希望人民调解员继续用满腔热情，为人民群众化解矛盾纠纷发挥更大的作用，使更多家庭幸福和美，为"四个河南"建设注入强大正能量。

4. 弘扬法治精神，让和谐之花遍地开放

赵天立（通许县司法局孙营司法所所长）：我担任司法所所长25年，也是一个基层人民调解员。我的体会是"小事不管，当事人要上访"，如果老百姓的小事没人管，他就会向上找乡长、找县长；如果小事抓早、抓小、有人管，这个事就能顺利化解。

与诉讼相比，人民调解降低成本，节约资源，化解矛盾，调解怨恨。做好调解工作仅仅依靠个人力量是不行的，必须抓好组织，发挥村级人民调解员的作用。我们建立了一个信息平台，使村级人民调员和我的电话随时互联互通。村里发生纠纷，我们通过信息平台就把周边村的调解员都召集起来，大家现场学习调解技巧。在平时的工作中，我们经常给老百姓讲一些化解矛盾的民间小故事，和他们拉家常建立感情，用这些"土办法"进行宣传教育，老百姓很容易接受。

史军（通许县孙营乡党委书记）：人民调解员在老百姓中是很有威望的，因为他们是老百姓自己选出来的，他们调解非常公平，得到了老百姓的认可。很多发生在村里的小事，如果没有人民调解员的及时介入，就可能会对簿公堂。正是因为人民调解员的介入，许多矛盾纠纷在萌芽中就得到化解，真正做到了"大事不出乡，小事不出村""事事有人理，件件有人管"，为全乡的和谐稳定做出了很大贡献。

郑中华（开封市人民政府副市长）：退一步天高地阔，让三分心平气和。正是由于这么多基层司法所工作人员和人民调解员的辛勤工作，使他们在群众中树立起威信和公道、公正、正派的社会形象，让老百姓感觉可亲、可敬、可信。

2015年上半年，开封市社会治安呈现"一升两降"的特点："一升"是经济发展水平提升了，"两降"是刑事、治安案件发生率下降、信访量下降，这凝聚了人民调解员的心血。

弋振立（省司法厅党委副书记、副厅长）：人民调解是社会稳定的润滑剂，社会和谐的推进器。现在我们遇到了很多矛盾和问题，解决这些问题不能靠行政机关包揽一切，也不能靠司法机关包打天下。中华民族历来推崇"和则双赢，斗则双输"，人民调解就是对"和为贵"的生动诠释。

人民调解通过润物细无声的方式，把大量的矛盾纠纷消化于无形，抓早抓小，深受广大人民群众的欢迎。同时人民调解工作蕴含着巨大的社会效益，很多案件一旦发生，群众将要付出巨大的经济代价。我认为，不发生案件永远优于亡羊补牢，优于痛定思痛，因此人民调解是民心工程、平安工程、和谐工程，有着无限的生命力。

网友热议

　　@你怎么知道我知道：小矛盾小纠纷调解即可，无法调解的大矛盾大纠纷再去打官司，这样"分层过滤"之后，才不至于浪费宝贵的司法资源。

　　@咕嘟咕嘟："宋都调解"电视栏目的开办，开了开封市依法治市工作的先河，值得各地学习借鉴！

　　@小小麦：用心办好群众的每一件事，调解好每一起纠纷，让每家每户都过上和美和睦的好日子……人民调解员在平凡的岗位上无私付出，值得点赞。

　　@青蛙王子：诉讼打官司很现代，但是人民调解很"接地气"，更实用，更贴心。在民间，有了矛盾纠纷，调解之后还能做朋友，打完官司就成了仇人。

调解也是一种法治

饭店门口丢车的责任怎么厘清、村民组的地界纠纷如何化解、邻居搭车却命丧车祸又该如何赔偿……听司法工作者细述调解的酸甜苦辣，不禁为《宋都调解》栏目的良好社会效益点赞。实践证明，人民调解工作是化解社会矛盾纠纷最便捷、最高效、最节约的途径，也是全面推进依法治国的一项基础工程。

一说起调解，有些人就以为人民调解就是"和稀泥"，人民调解员就是"和事佬"，且有违法治理念。这其实是一种误解，人民调解制度恰恰是依法治国的有效途径和生动实践。

不管是我国《人民调解法》，还是其他法律法规，都非常清楚地强调了人民调解事实清楚、是非分明的原则，人民调解的前提是依法自愿、弄清事实、分清是非，既强调公序良俗，更强调依法依规。《宋都调解》的许多案例中，都活跃着律师等法律工作者的身影，以事实说话，用法律调解，不仅成功化解了矛盾纠纷，也起到了普法宣传效果。

所谓"以和为贵"，当前我们正处于社会转型期和矛盾多发期，在司法资源有限的情况下，不可能所有的社会矛盾和纠纷都纳入司法行政程序，很多基层的矛盾纠纷，有时就是口角之争、意气之争、面子之争，打起官司反而容易积结怨恨、升级矛盾，也可能存在执行难的问题，人民调解则恰恰可以发挥诉讼达不到的社会效果。

矛盾可以调和，纠纷可以解决。《宋都调解》的成功，以及全省人民调解员的成就，都在告诉我们，调解是一种不可或缺的法治实践。

"四个全面"大家谈

走进开封

人民调解 共筑平安和谐

河南日报 "四个全面"大家谈

发言人

弋振立 省司法厅党委副书记、副厅长

郑中华 开封市人民政府副市长

文输山 开封市司法局党委书记、局长

汪奇志 省司法厅基层工作指导处处长

郑金玉 河南大学法学院副院长、博士

徐福洞 开封市鼓楼区委常委、政法委原书记

王建 开封市宋都人民调解委员会调解员

贾志明 开封市商协会常务、开封市餐饮演艺业商会会长

赵天立 通许县司法局孙营司法所所长

史军 通许县孙营乡党委书记

主持人

雷路展 河南日报主任记者

（本栏目照片均为本报记者 史长来 摄）

① 有纠纷找调解 调解就在身边

② 拓宽调解领域 让更多群众受惠

③ 完善调解组织网络 最大限度发挥作用

④ 弘扬法治精神 让和谐之花遍地开放

倾听中原

QINGTING ZHONGYUAN

走进宇通

访谈时间 ／ 2015 年 08 月 12 日

中国制造　宇通故事

主持人语

银新玉（大河网记者）：在 2015 年 7 月 30 日召开的中共中央政治局会议上，习近平总书记指出，面临经济发展新常态，必须坚持用发展的办法解决前进中的问题，要把发展实体经济和培育有核心竞争力的重点企业当作制定和实施经济政策的出发点。

制造业既是一个国家一个地区最核心的决定性力量，更是实体经济的中流砥柱。郑州宇通客车股份有限公司不仅是我省上市民营企业的佼佼者，代表着我省制造业的发展高度和中国客车工业的先进水平，更成为河南积极融入"一带一路"建设、"走出去"勇闯市场的亮丽名片。经济新常态下如何做大做强制造业，切实发展好实体经济？本期"四个全面"大家谈走进宇通，聆听宇通人讲述"中国制造的宇通故事"。

1. 从地方小厂到客车销量世界第一，宇通完成了如此惊人的跳跃

杨张峰（宇通客车企管总监）：作为中国制造业的一员，强大民族工业、引领行业发展，宇通责无旁贷。自从 1997 年上市以来，我们的销售收入从 4.4 亿元增长到 257 亿元，利润增长 60 倍，是国内 A 股市场上少有的连续 17 年正增长的企业之一。宇通这么多年的发展，首先得益于改革开放和市场经济的春风，我们抓住了国家发展机遇，实现了快速稳健的增长。

就企业本身而言，可以用四个关键词概括：文化、队伍、创新和战略。企业文化建设是企业管理的第一要务；高度重视管理创新和技术创新，为企业发展持续打造原动力；制订了系统科学的战略规划，确定了巩固中国客车第一品牌、成为国际主流客车供应商的战略愿景，这个战略愿景使我们的干部员工心往一处想，劲往一处使。

就企业自身而言，要在市场经济中脱颖而出，我们认为最核心、最关键的是要练好内功，做好产品，能够为客户创造价值。举个例子来说，2008 年国际金融危机伊始，我们就从市场反馈的信息中，敏锐地洞察到了供需的变化，并及时采取了积极的应对措施：一方面内部挖潜、管理提升；另一方面加大创新投入，建成了全球技术工艺设备最先进的客车电泳生产线。通过积极应对，我们取得了可喜的成绩，2009 年和 2010 年销量分别突破了 3 万辆和 4 万辆，成为全球销量最大的客车企业，实现了转危为机。

李飞强（国家电动客车电控与安全工程技术研究中心副主任）：只有做到技术领先才能保持企业的持续发展。新能源客车是一个高技术含量的产品，是汽车行业特别是客车行业未来主要的发展方向。我们的新能源客车在国内得到了政府、专家的认可，也让客户满意，下一步我们对于拓展海外市场也非常有信心。

常浩（宇通海外市场部副部长）：2008 年的时候，宇通海外市场出口报关量就达到了 3300 多台，实现了出口报关额约 2 亿美元，已经销售到 60 多个国家和地区。2014 年我们出口 6588 台客车，出口报关额达 7.3 亿美元，销售到了 130 多个国家和地区。

2．创新是企业核心竞争力，宇通保持了对创新的持久激情和渴望

杨张峰（宇通客车企管总监）：发展先进制造业在当下意义尤为重大，在保增长、稳态势、抓落实方面起到不可替代的作用。宇通的发展历程证明，只有牢牢站在技术的前沿，不断进行管理创新、技术创新，才能够实现企业的持续健康发展，引领行业、振兴民族工业，为协调推进"四个全面"贡献自己的力量。宇通在多年发展过程中保持了对创新的持久激情和渴望，在管理创新方面，一方面营造内部的创新管理氛围，另一方面持续和国际一流咨询公司常态化合作，通过国际先进管理理念的引入，不断地缩小和国外一流企业的差距。同时我们高度重视技术创新和产品创新，我们认为，这两者对宇通的发展起到了核心的作用，是企业发展的原动力和核心竞争力。我们把每年销售收入的 3% 用于自主研发，成立了行业内首家客车技术中心和博士后工作站，广泛与国内外科研机构合作，参与制定校车国家标准，率先推出了新能源客车、校车，在车联网智能化等领域也实现了全面领先。

李飞强（国家电动客车电控与安全工程技术研究中心副主任）：技术创新是企业的核心竞争力，只有做到了技术的领先才能保持企业的持续发展。宇通拥有国家级的研发平台，现有 27 名来自海内外名校的博士。在新能源技术方面，已经拥有三百余名研发人员，现在是国内实力最强、规模最大的研发团队。在新能源技术研发上，已经做到国内领先，新能源客车的动力系统、电极、电池、电控、电子附件是我们的核心技术。在节能技术领域，经国内知名院士鉴定，在国际上我们是最先进的。我们研发了三类新能源客车——插电式混合动力客车、纯电动客车、燃料电池客车，2014

年插电式混合动力客车销量达6000多辆，纯电动客车今年销量实现了快速增长，新能源客车接单量接近一万台。

李文军（宇通工艺部焊装工艺高级经理）：工艺制造环节是工业的基础，宇通制造能力的提升体现在两方面，一方面提升产品的质量和产线效率，另一方面拉动产品平台化、标准化、模块化三化水平的提升，制造和实现好的产品设计。明确了两条路线：第一条是零部件和白车身精度提升，提升产品品质；第二条是提升机械化、自动化水平，提升效率。如宇通E7这款新能源产品，生产就有很多创新点。侧围骨架是在行业第一家、设备工艺最领先的自动化焊接工作站上生产，14个机器人正反面焊接，每个机器人上还配了一个"鹰眼"（激光扫描系统，扫描精度0.1毫米），能够自动跟踪焊接位置，自动调整焊接参数，保证焊接质量可靠，焊缝均匀美观。总之，宇通的制造模式正在从传统的粗放式生产向精益的、适度的机械化、自动化制造模式转变。

谭振华（宇通车联网研究部部长）：宇通接触互联网时间比较早，到目前为止我们已经建立了可以称之为大数据的数据库。比如一辆宇通车在路上发生了故障，运营企业第一时间就能知道这个故障的性质，需不需要派维修工，派什么样工种的维修工，需要带什么样的工具，需要准备什么样的配件，如果他的库存里面没有所需要的配件，我们可以告诉他，附近哪个地方可以很快找到配件，从而使整个故障的处置效率大幅度提升。在某些城市，我们可以为公共交通体系提供公路数据，这个数据会精确到某些路段。一些公共交通企业，拿着这些公路数据能够动态完成车辆的调配，提升整个调运的制度化、科学化，提升管理效率。

3. 文化也是战斗力，文化的建设和管理是宇通发展成功的第一要素

杨张峰（宇通客车企管总监）：文化的建设和管理是宇通发展成功的第一要素。集团一直非常重视企业文化的建设，提出企业文化的建设是企业管理的根本。在多年的企业文化建设过程中，宇通形成了良好的文化氛围。宇通的企业文化植根于中华传统美德，在公司多年的发展历程中形成了"崇德、协同、鼎新"的企业价值观和"以客户为中心，以员工为中心"的经营管理理念。企业内部的良好氛围，促进了宇通事业的快速发展，形成了一支敢打敢拼、奋勇向前、勇于开拓的干部和员工队伍，这支队伍具备良好的品德和强烈的使命感、责任感，愿意为宇通事业发展不断努力奋斗。

张强（宇通校车负责人）：2005年宇通开始研发校车，首先考虑的是要体现宇通的社会责任感。2006年我们打造第一款中国真正意义上的校车，通过10年不断改进，校车产品形成了多元化布局。近期报道说，有小孩被家长或者老师遗忘在车内。为了防止这种事故发生，宇通早在2012年就在车后面专门加了一个按钮，要求司机必须强制性去车后巡视一圈，如果不按按钮的话车门是关不了的，这样就保证关车门时，车内没有遗留孩子，校车设计考虑了很多这样的细节。2015年宇通也做了一个公益活动，我们称之为"袋鼠活动"，呼吁保护孩子安全。企业的社会责任感让宇通校车一路走到今天，越走越好。

常浩（宇通海外市场部副部长）：文化是战斗力。2014年，埃博拉病毒肆虐非洲几个国家，宇通公司在第一时间通知长期驻外的服务人员返回国内，但是还有不少同志自愿坚守在一线。有两件事情在支撑着他们，一是在路上还行驶着宇通客车，他们要保障宇通客车的行驶安全。二是责任和担当，他们深知身上肩负着宇通海外发展的责任，肩负着壮大民族客车工业的使命。正是宇通人的这种责任和担当精神，才有了十

年来宇通的大发展。

邵文（宇通后勤部餐饮经理）：宇通公司不让员工看不起病，不让员工的子女上不起学，不让员工的日子过不下去。公司开展了很多活动，一是帮助员工子女圆大学梦，另一个更重要的任务是圆社会上寒门学子的大学梦。我们骄傲的是公司的廉政建设，公司实施百元礼品上交制度，无论职级高低，在正常的业务往来中接受的礼品价值只要超过了一百元，都要无偿上交。一个中标的供货商亲口对我说，没有想到在宇通我中标了，以前我在其他地方中标要跑很多关系，走很多后门，花很多钱，但是在宇通我一分钱没有花。这就是宇通的文化，宇通不看你的关系，不看你的人情，看的是你的实力和产品服务质量。

4．在国际化中积累经验，从产品通行世界向标准通行世界迈进

李飞强（国家电动客车电控与安全工程技术研究中心副主任）：去年我去古巴，到了以后，跟古巴科技部、工信部和大学的领导进行交流。轮到我发言时，我自我介绍说来自宇通客车，下面的观众点头称赞、热烈鼓掌，这说明宇通在古巴的认可度非常高。后来古巴政府的工作人员告诉我，古巴人见到亚洲人，首先想到的词汇就是宇通。

常浩（宇通海外市场部副部长）：说到"一带一路"，其实宇通一直在路上。早在 2000 年，宇通的领导层就敏锐地洞察了海外市场的巨大潜力，投入巨大的人力物力对海外目标市场进行了详细的调研，奠定了宇通海外发展的基础，并于 2005 年在行业内率先成立了海外市场部，专门拓展和发展海外市场。宇通的海外发展经历了探索期、起步期和跨越期，仅在 2015 年上半年就陆续获得了包括古巴、以色列、伊朗等国的批量订单。不久前，法国公交协会正式宣布，经过他们严苛的评估，宇通成为法国未来十年新能源公交车的主要供应商之一，宇通是唯一来自中国的企业。

宇通开拓海外市场的经验，我想用几句话来表达。第一是"谋定而后动"，宇通在开发每一个市场之前，先做充分的调研、规划并制定有针对性的"一国一策"。第二是"兵马未动粮草先行"，一定要做好服务保障、配件供应，没有服务保障的订单我们宁愿不接。第三是从"狩猎者"向"耕田者"转变，经历了2008年的国际金融危机，我们发现只有认真地播种、精心地培育，把种子变成参天大树才能收获海外市场，提升海外知名度。所以现在的策略是打阵地战，其中一个案例就是"古巴模式"，针对不同客户、不同市场的需求，给予相应的产品、配件、融资以及全面的保障，从而提升销量和市场占有率，提升品牌美誉度，实现良性循环。

"一带一路"是我国重要的战略规划，其主要内涵我们理解为产能合作、产业转移、标准输出、人民币国际化和人文交流。在以上几个方面，宇通都大有可为。宇通在海外市场经历了无数次招标，我们面对的大都是来自国外的技术标准。虽然宇通能够满足这些标准，但我们更希望通过包括宇通在内的中国企业的努力，有一天让中国的客车标准通行世界，让国际市场按照我们的标准来招标。"一带一路"对宇通来说是巨大的机遇，作为中国客车的领头羊，宇通有义务有责任贡献自己的力量。

网友热议

@大河奔流：在"互联网+"时代，企业要想做大做强，必须像宇通这样，不但具有互联网思维，还要有实际行动。

@山高人为峰：要想成为行业领军者，企业文化建设不可或缺，这是企业发展的"软实力"。

@汽车不喝油：作为一名河南人，去外地的时候见到街上跑着的大巴都是宇通制造，油然而生一种自豪感。

@酒不醉人：欧洲经济都低迷成那样了，德国依然能独善其身，就是因为先进制造业很发达。我们要稳增长、保态势，还得在制造业上大展拳脚。

无创新不宇通

在宇通体味中国制造的激情和活力，印象最深的，不是宇通从濒临破产的小厂一步步成为中国第一、乃至世界第一的华丽蝶变，也不是其年销6万辆、抢占130多个国家和地区市场的辉煌业绩，而是支撑宇通走出河南、走向世界的，那种连绵不绝的创新能力。

宇通开拓古巴市场时，发现古巴气候湿热，对车辆的防腐性有特殊要求，而且当地司机习惯用海水洗车，车很快就会生锈，于是就多次抽调大批优秀技术人员赴古巴考察，进行针对性的技术改进。采用了世界先进的电泳涂装技术后，宇通再也不担心古巴司机用海水洗车了。也正是因为早在2005年就提前布局校车研发，2011年校车市场大爆发时，宇通能够迅速占领市场，并在2012年深度参与校车国标的制定。这种"随机应变"的创新研发能力，无疑是宇通销量跃居世界第一的秘诀之一。

创新，是企业的核心竞争力。宇通将年销售收入的3%投入研发，拥有国家级的研发平台，拥有包括27名海内外名校博士的300多人研发团队。新能源技术的众多突破、因势而变的管理创新、车联网的智能化运用……正是因为创新，宇通在1998年亚洲金融危机、2008年国际金融危机等困难时期逆市飘红，在巨头环伺的国际市场一路凯歌。

竞争，以创新能力论英雄。纵观当前世界制造业，无论是美国的"工业互联网"，德国的"工业4.0"，抑或是"中国制造2025"，创新都是勾勒蓝图的一条主线。没有创新带来的活力和动力，中国制造就会"逆水行舟不进则退"。对于以宇通为代表的中国制造业来说，创新是魂，是命，是"法宝"，是决定未来的关键。

"四个全面"大家谈

走进宇通

中国制造　宇通故事

① 关键词："三级跳"
从地方小厂到客车销量世界第一，宇通完成了如此惊人的跳跃

② 关键词：创新力
创新是企业核心竞争力，宇通保持了对创新的持久激情和渴望

③ 关键词：企业文化
文化也是战斗力，文化的建设和管理是宇通发展成功的第一要素

④ 关键词：走出去
在国际化中积累经验，从产品通行世界向标准通行世界迈进

倾听中原

QINGTING ZHONGYUAN

访谈时间 / 2015 年 09 月 10 日

走进周口

传统农区　华丽转身

主持人语

陈茁（河南日报高级记者）：我省是农业大省，传统农区占有相当大的比重，而要全面建成小康社会，离不开传统农区的全面小康。俗话说"无农不稳，无工不富"，加快工业化步伐，显然是经济基础差、底子薄的传统农区实现全面小康的重要一环。

前不久，省委书记郭庚茂在周口调研时指出，周口是传统农区，加快发展，更好更快实现工业化和城镇化是周口最突出的历史任务。近年来，周口市抢抓机遇，通过加大招商引资力度，抓龙头、抓关键，以大物流带动大产业，做大做强制造业，加快构建现代产业体系，走出了一条传统农区工业化的路子。本期我们来到了周口市，共同探讨传统农区如何加快推进工业化、城镇化，同步实现全面小康。

1. 把稳增长、保态势作为重要政治任务，加快传统农区工业化步伐

徐光（周口市委书记、市人大常委会主任）：在全省重点工作推进会上，省委号召要全力以赴打好下半年稳增长、保态势的攻坚战。2015 年以来，周口市把稳增长作为一项重要政治任务，全面贯彻落实省委省政府各项部署，主动应对经济下行压力，全力促进经济平稳增长。周口作为传统农区，只有工业化才能带动城镇化，促进农业现代化。在稳定粮食生产和注重生态文明的前提下，周口坚持以转变发展方式为主线，以产业结构调整为抓手，以产业集聚区建设为载体，以重点项目建设为突破口，积极构建以主导产业为支撑，以新兴产业为突破，以高新技术产业为引领的产业格局，积极探索传统农区工业化的路子。通过大力实施工业兴市战略，形成了聚焦工业、主攻工业、做强工业的浓厚氛围，培育了食品加工、纺织服装（制鞋）、医药化工三大主导产业，以及装备制造、电缆电气、新型建材三大新兴产业。

接下来，我们有以下几点考虑：一要缩小劣势。周口市同发达地区的差距，失在机遇上、弱在城区上、短在工业上、差在项目上、难在财政上、慢在作风上、输在形象上、根在领导上，我们要补上工业的短板，走出一条农区工业化的路子。二要放大优势。周口有 1100 多万人的消费群体，可以借力郑州航空港和米字形高铁建设，放大周口公路、铁路、水路、航空互联互通的大交通优势，以大物流带动大产业。三是着眼大势。周口位于东南沿海连接中西部地区的关键地带，是中原经济区的枢纽和前沿，可以把周口建设为豫东南商贸物流中心，壮大产业支撑，推动产城融合、产城互动。

刘保仓（周口市委常委、常务副市长）：2015 年以来，周口按照省委、省政府的要求，制定实施了稳增长、保态势的 25 个重大专项，扩大有效投资、促进消费、增加出口。从上半年的情况看，增速达到了 8.4%，位居全省前列。从三次产业结构占比情况来看，

周口工业占一半，三产不到30%，低于全省10个百分点。接下来，我们必须从实际出发，利用后发优势，在新一轮的服务业发展大潮中抓住"三个新"的机遇。一是新型城镇化，人口从乡村到城镇集中的大趋势在周口表现得特别明显，这对服务业的需求会产生大的提升。二是新的交通体系，郑合高铁今年就要开工，周口即将步入高铁时代，再通过内河航运、通用航空的建设，形成新型交通体系之后，也会催生服务业新需求。三是新的商业模式和业态。现代物流、电商等，正在改变服务业的发展模式，比如"新鲜卢森堡"项目，就是通过郑欧班列把欧洲的一些商品直接运到周口来。

韩力（周口市招商局副局长）：通过招商引资，周口的对外开放类经济指标，像引进外资、省外资金、进出口贸易，增长幅度都是很高的，在全省位于先进行列。我市连续几年被省政府评为对外开放的先进市，通过招商引资，周口主要经济指标也保持了较快的增长，充分体现了我们开放招商"一举求多效"的带动作用。

2. 围绕"农"字做文章，突出农区特色，提高农业效益，实现转型发展

史豪（周口市农业局局长）：周口是传统的平原农区，有200多个乡镇，4300多个行政村，207万农户，880万农民，其中劳动力516万，农村人口的比例高于全国20个百分点，我们每年生产粮食160亿斤，占全省粮食总量的1/7。立足实际，我们首先讲政治，其次谋发展，然后务实效。讲政治就是要千方百计地抓住粮食生产不放松，确保稳粮增粮。谋发展，就是引导农民依法自愿、有序、有偿实现适度规模经营，以及进行有周口特色的土地托管，谋求现代农业的发展。务实效，就是千方百计地让农业增效、农民增收，让那些不会种地、不想种地的人摆脱土地的束缚，让想种地、能种地、会种地的人留在土地上，实施新型职业农民培训，同时积极培育农业产业化集群，带动农民增收。

刘俊友（河南亿星集团总裁）：立足于农业大市、人口大市的资源基础，黄淮农产品大市场现已入驻商户 3000 户，2014 年交易额突破了 120 亿元。国家提出"互联网＋"战略之后，我们意识到这是一次转型和突破的机遇，便上线了黄淮农产品网，建立了三大电子商务交易平台，让本地的农产品通过线上直接走向全国消费者。下一步我们将筹划建设农产品电子商务大厦，孵化一批电子商务创业者，另外也正在与阿里巴巴合作建设周口馆。

周庆新（周口市青年创业者）：我的"互联网＋农业"创业项目是"爱优鲜菜篮子"便民网，它帮种菜的直接找到吃菜的，减少中间环节，而且只供应优质新鲜安全的农产品。这源于 2013 年，我老家几个村种了很多冬瓜，市场价一斤只有一毛多仍然找不到买主，我就用工作平台给附近的农产品批发商发了一条供应信息，很快以两毛八的价格卖出去很多。这让我感觉到，农村太需要信息化了，我要想办法解决农村的信息闭塞问题。

3．加大招商引资力度，扎实推进产业集聚区建设，成为传统农区发展工业的有效途径

徐光（周口市委书记、市人大常委会主任）：周口工业发展这几年来最大的变化，表现在产业集聚区建设上，我们把产业集聚区建设作为工业发展的重要载体和平台强力推进，实现了从无到有、从小到大、从弱到强。目前周口有 10 个产业集聚区，按照省里的考评体系，二星级产业集聚区一个，一星级产业集聚区七个。实践证明，产业集聚区是传统农区工业化的一个有效载体，不仅创造社会财富，更重要的是解决就业和改善民生。

姚卫田（周口市发改委副主任）：周口市目前有 10 个产业集聚区，已经建成 105 平方公里，带动 30 万人就业，主营业务收入 2690 亿元。我们坚持"四集一转""五规合一"、产城融合，主导产业定位比较早、起步比较早，目前六大主导产业的企业数量、主营业务收入和利润对全市工业贡献率都超过了 80%。金丝猴集团目前是全国最大的糖果和豆制品加工基地，太康的锅炉产业集群，以前"家家冒火，户户点烟"，现在已有 5 家拿到国家 A 级制造资质，占全省的半壁江山。从乡镇企业到产业集群，就是产业集聚区所起的作用，这是传统农区发展工业的一个典型案例。

韩力（周口市招商局副局长）：周口在招商引资过程中紧盯重大项目，开展"精准招商"，重点围绕主导产业，围绕产业链来开展"产业招商"。比如中原鞋都项目，投资额为 200 亿元，从 2011 年开始对接到 2014 年 9 月正式签约，历时 3 年多，徐光书记、刘继标市长和有关部门先后 30 多次南下广州洽谈对接。这个项目落户周口以后，将带动引进制鞋企业 1000 家以上，年产成品鞋达到 30 亿双以上，在全国占 1/3 的份额，带动产值 3000 亿元以上，真正使周口成为全国乃至全球重要的制鞋基地。

李兵（周口华耀城副总经理）：周口重招商，更重招商的后续服务，这一点华耀城体会尤深。项目周边进行了统一规划，陆续兴建了汽车总站、学校、医院、道路等基础设施。市委、市政府成立了高规格项目指挥部，从 2014 年 5 月 20 日动工，到 2015 年 5 月 30 日开始移交给客户，这是我们整个华耀城项目中最快的一个，创造了华耀城系统的"周口奇迹"。

王毅（周口市工信局局长）：周口市委、市政府对服务企业非常重视，成立了专门的领导组，每年都根据企业运行的一些新特点、新情况制订工作方案，然后进行任务分解，年中督导、年底总评。在办事机制上，制定了一系列措施，建立了重点企业的联系点制度，

24 小时受理、转办以及反馈制度。在日常工作中我们帮助企业找市场、找销路，为企业搭平台、找渠道，在电商销售、企业融资、产学研结合、转型升级等方面，我们都想了不少办法。客户是企业的上帝，企业是政府的上帝，在工作中，我们越来越体会到这句话的内涵。

鲁云帆（周口娃哈哈总经理）：周口是我们第四家生产基地，正是因为周口的各级领导以情感动了我们，本来是计划外的项目直接落到了周口本地。这个项目 2013 年 3 月份开工建设，2014 年 1 月份正式投产，是我们集团生产基地中进度最快的一家。目前二期项目即将启动，将引进一条纯净水生产线，预计年产值可以达到 1.5 亿元。

韩会会（周口市商水县阿尔本制衣有限公司员工）：听说商水产业集聚区也有服装企业，设备先进，管理人性化，我就回到了家乡就近就业。以前在外打工，工资除了吃喝租房剩不了几个钱，回来后既可以照顾父母，又可以陪孩子，赚钱顾家两不误。

郑晓蕾（周口大河林业员工）：我大学毕业后在外面工作了一段时间，2009 年回到家乡，进入大河林业上班，待遇各方面都不错，公司的职工宿舍有电视、洗衣房、浴室，目前我已经在周口买了房子。

4．提振党员干部精气神，协调推进"四个全面"战略布局

徐光（周口市委书记、市人大常委会主任）：周口在协调推进"四个全面"战略布局的进程中，始终坚持以发展为第一要务、改革为第一动力、法治为第一理念、党建为第一保障，加快推进周口崛起富民强市。没有周口的小康，也就没有河南的小康，就将拖全省和全国的后腿。对此我们有着清醒的认识，工业化确确实实是传统农区实现全面小

康的必由之路和现实选择，下一步我们要认真贯彻落实省委书记郭庚茂在周口调研时的重要讲话精神，进一步实施工业兴市、工业强市战略，把工业搞上去，加速推进城镇化以及农业现代化。还要进一步加强从严治党，认真贯彻落实好"三严三实"专题教育，要解决好党员干部精神状态的问题，坚决克服为官不为，积极营造良好的政治生态。要全方位调动各个方面的积极性，以切实的行动、扎实的工作、最大的成效，不辜负全省上下对周口的期望，在"中原更出彩"中做出我们周口应有的贡献。

刘保仓（周口市委常委、常务副市长）：周口的GDP总量2014年的数字是1915亿元，位居全省第五，但是人均的GDP又排在全省后面。经济如果不实现一定速度的增长，那就会拖全省的后腿，全面实现小康的目标也就很难实现。周口在某种程度上可以说是河南的缩影，在协调推进"四个全面"战略布局中，尤其是在全面建成小康社会中，周口任务繁重、压力很大，必须变压力为动力，加快发展。

韩力（周口市招商局副局长）：我们出去招商的时候，很多企业老板纷纷感慨，到周口投资不光是看中这里的交通、资源和市场，更看重的是周口市各级领导对项目的高度重视和鼎力支持，周口人诚信的态度、热情的服务和务实高效的作风深深打动了他们。前不久省委书记郭庚茂到周口调研，也称赞我们找准了发展的路子，走上了发展的快车道。这一切都给了我们莫大的鼓舞，作为党员干部，我们要把承诺落实到勇于任事、敢于担事、善于成事的具体行动之中，把周口建设得更加美好。

网友热议

@金水河在流：对周口的印象，是不是该改改了？从农业大市到工业强市，周口有点让周边的人赞不绝口。

@中原飞哥：这两天上半年经济数据出来了，周口的表现成了一道美丽的风景线，作为周口人我很自豪，再接再厉吧。

@十月桂花香：周口在保持粮食主产区的同时，还坐上了工业增速的头把交椅，农工两不误，本事了得！

@木林森的林：周口以前工业底子薄，如今他们抓住了机会，一溜小跑地实现了腾飞。

微评

工业化是支撑

印象中，传统和落后是关联度很高的两个词，但传统农业大市周口，却凭借锐意进取的利剑打破了魔咒，实现传统农区的新跨越。

农业不能丢。必须提高农业生产效益，让农业环节本身有钱赚。周口市坚持围绕"农"字做文章：引导农民承包耕地有序流转，实现规模集约经营；培养新型职业农民，同时解决了"谁来种地"和"怎样种地"的问题；"互联网＋农业"风生水起，有效打通信息传递的"最后一公里"。多措并举，为的是担起稳粮增粮的重任。

工业是支撑。无工不富、无商不活，周口市以产业集聚区建设为突破口，抓大扶强工业产业，不断壮大规模经济，抓住了经济社会发展的关键。产业集聚为中心城区建设提供坚实产业支撑，中心城区建设为产业集聚搭建开放平台，产城互融、产城共荣的发展态势，为周口市的崛起凝聚起巨大的发展能量。

三产更努力。周口市第三产业所占比重较低，城镇化率低于平均水平也是事实。这是周口市的问题，也是河南省的问题，实为发展必经阶段。对于第三产业，主动接手一批有基础的，敢于放手一批正在发展的，利用政策引导企业积极投身于此，新的增长点也许并不遥远。

来自省工业和信息化委的数据显示，3月份以来，周口市规模以上工业增加值增速连续5个月稳居全省第一位。在工业经济增速明显放缓的大背景下，周口市工业经济增长却交出了一份亮丽的答卷，我们有理由相信，这场"华丽转身"还将带给我们更多的惊喜。

河南日报 HENAN DAILY

"四个全面"大家谈

走进周口

传统农区 华丽转身

河南日报 "四个全面"大家谈 走进周口

发言人

徐 光　周口市委书记、市人大常委会主任

刘保仓　周口市委常委、常务副市长

姚卫东　周口市发改委副主任

王 根　周口市工信局局长

文 雯　周口市农业局局长

韩 力　周口市招商局副局长

李 兵　周口华耀城副总经理

鲁云帆　周口娃哈哈总经理

刘德立　河南正康集团总裁

周庆新　周口青年创业者

韩会全　周口阿尔本制衣有限公司员工

郑晓苦　周口大河林业员工

主持人

陈 笑　周口日报高级记者

《本版图片均为本报记者 史长来 摄》

① 把稳增长、保态势作为重要政治任务，加快传统农区工业化步伐

② 围绕"农"字做文章，突出农区特色，提高农业效益，实现转型发展

③ 加大招商引资力度，扎实推进产业集聚区建设，成为传统农区发展工业的有效途径

④ 提振党员干部精气神，协调推进"四个全面"战略布局

网友热议

点评

工业化
是支撑

倾听中原
QINGTING ZHONGYUAN

访谈时间 / 2015 年 10 月 16 日

走进开封

"文化＋"无限大

主持人语

刘洋（河南日报记者）：文化是民族的血脉。党的十八大以来，从中央到地方的各级政府，都把文化建设作为一项重点工程、民心工程强势推进。满足群众文化需求、改善群众文化生活，是全面实现小康社会的重要指标之一，也是人民群众对美好生活的期待。

拥有"八朝都会"之称的古都开封，从4000年建城史和辉煌灿烂的宋文化中汲取营养，在全国率先找到了点燃城市复兴的新引擎——"文化＋"，并将其作为一项战略举措一以贯之。

本期我们来到了开封市，在开封的碧水蓝天下和扑面而来的菊香中，展开一场历史与现实的对话，共同探讨"文化＋"理念的意义和深刻内涵，寻找文化与社会、经济深度融合的新路径。

如果"互联网＋"是借助新一代信息技术优势来建立新的联系、重塑创新体系，那么"文化＋"则是依靠城市内在的历史文化基因来激发创新活力、催生融合动力。

1. "文化+"，提纲挈领总抓手

吉炳伟（开封市委书记）：很多人会问，什么是"文化+"？我认为，"文化+"就是文化与相关产业的高度融合，促进文化大繁荣大发展，促进相关产业转型升级。深刻理解"文化+"的内涵有三个关键点。一是要做大做强文化，要搞"文化+"首先文化要强，开封有强大的文化优势。只有文化强大了，才可以去加其他产业。就如"互联网+"一样，互联网强大了才出现了"互联网+"；二是加速高度融合。文化产业与其他产业一定要高度融合，与其他产业联姻，通过融合实现共赢；三是实现相关产业的转型升级。"文化+"不单纯是做文化，"文化+"是以文化为基础，最终是要促进相关产业的转型升级，这是我们实施"文化+"行动计划最根本的原因。

中国产业发展目前呈现高科技化、高文化化、高复合化的趋势。根据这些情况，结合开封"十三五"期间的发展规划，开封提出了"文化+旅游""文化+城建""文化+节会""文化+工艺设计""文化+餐饮""文化+健康养生""文化+体育""文化+农业""文化+工业""文化+市场"十大专项行动。实施"文化+"十大专项行动，"文化+旅游"，会使旅游更有深度；"文化+城建"，会使城建更有内涵；"文化+节会"，会使节会更有活力；"文化+互联网"，会使整个产业更有活力。其他的产业也会逐渐融入进来。

开封将大力推进"文化+"与"互联网+"的良性互动、融合发展。如果"互联网+"是借助新一代信息技术优势来建立新的联系、重塑创新体系，那么"文化+"则是依靠城市内在的历史文化基因来激发创新活力、催生融合动力。

2. "文化＋"，开封水到渠成

吉炳伟（开封市委书记）：为什么开封能够在全国率先提出"文化＋"？因为开封有着得天独厚的文化优势。作为孕育了上承汉唐、下起明清，影响深远的宋文化的孕育之地，开封境内历史遗存、非物质遗产众多，高层文化艺术人才荟萃，产业化潜力巨大。而且经过多年发展，开封文化产业不断壮大，占 GDP 的总量接近 6%，高于全省、全国的平均水平，产业规模效应凸显，年游客接待量近 4000 万人次、旅游综合收入近 200 亿元。再加上中部地区唯一的国家级文化产业园区、全国唯一一个以一座古城为整体打造的文化产业园区——开封宋都古城文化产业园区日益成熟，开封有把文化做大做强的独特优势。

王立群（河南大学教授）：文化与相关产业的融合，在中国的历史上早已有之，但将文化作为一种媒介、作为一个核心、作为一个灵魂提出"文化＋"理念，并将它提高到一个城市发展的高度，开封是第一个。开封很多地方实际上就是古代"文化＋"的典范。比如清明上河园原先就是不毛之地，但硬是根据张择端的《清明上河图》建了起来，并融入了《东京梦华录》中的宋代市井生活。这实际上就是"文化＋"的体现。如果离开本地的文化基因，在其他地方再造一个，效果肯定不好。开封实施"文化＋"要重视规划，提前普查开封的文化基因，比如文化遗存、古代名人典故等，这些都是可以利用的。要用长远的眼光审视城市规划，为开封未来的一百年、两百年做出来好规划，不要给后人留下遗憾，让开封人说话有底气。

高树田（开封市委宣传部分管文化产业负责人）：开封提"文化＋"，不仅是一个理论，而且是一种实践。近年来，开封文化的迅猛发展为"文化＋"的顺利实施奠定了坚实的基础。首先，文化业态实现科学、高端规划，将文化发展作为全市"五大攻坚战"之一，提出了"建设国际文化旅游名城"的战略部署，并制定了《开封市文化旅游强市建设规划纲要》，并请专家进行深度论证。目前来看，这一定位十分准确。其次，发挥重大项目引领带动作用，以"一河两街三秀""一湖两巷三园九馆"等一批精品文化项目为支撑。2015 年，我们要做成十个重大的文化产业项目，以后每年都要完成十个文化项目。最后，注重"文商旅"融合发展，逐步形成了以文化为魂、旅游为体、商业为力，特色突出、优势互补的文商旅一体发展模式，着力打造与汉唐文化、明清文化三足鼎立的宋文化品牌。

程民生（河南大学教授）：近年来，开封城市建设和文化发展可以用翻天覆地来评价。通过保存、新建、改建一些文化设施文化项目，带动了整个古城历史风貌的重建。其中最令人吃惊的是御河和开封西湖的改造，巧夺天工。在全国都在进行"互联网＋"的时候，开封提出了"文化＋"，独树一帜。我感到创新性很强，实用性很强，充分地考虑到了开封历史和开封发展的特殊情况。资源可以枯竭，经济可以衰退，区位优势可以改变，但是文化一定要长久传承。因此，"文化＋"在开封提出是水到渠成的事情。

3. "文化＋"，我们都身在其中

周旭东（清明上河园总经理）：清明上河园的成功实际上是文化的成功。清明上河园是按照《清明上河图》建造的，但我们如何将画中的北宋历史、社会风貌、文化民俗等各个方面展示给游客？就是要让冰冷的历史有温度。可以说，我们是"文化＋"的先期实践者。首先，我们按照《清明上河图》进行布局，每一个园区工作人员都是画卷中的人物，是历史大戏的演员，让游客穿越到历史当中去体验。其次，为了增加游客的参与度，我们搜集了很多民间的绝活如马球、斗鸡、蹴鞠等，还请来很多非物质文化遗产传承人为游客表演吹糖人、捏面人、酿酒、汴绣、木版年画等。第三，我们把历史故事创编成实景演出，如《岳飞枪挑小梁王》《大宋东京保护战》《包公巡视汴河漕运》《王员外招婿》等节目，让游客流连忘返。可以说，是文化让清明上河园插上了飞翔的翅膀。今后，我们的目标是将清明上河园打造成中国非物质文化遗产展演基地、中国古代娱乐的深度体验地、中部地区都市休闲目的地，以"文化＋"的理念实现更强大的产业化发展。

胡葆森（河南建业集团董事长）：得知开封市委市政府旧城重建的计划后，一种历史责任感油然而生。因为如果这一工程竣工，可以称得上是千年古都的城市复兴工程，意义很大。经济是文化的基础，但没有文化的经济是没有生命力的。"文化＋地产"实际上是经济和文化的结合。房地产行业作为中国城市化的一个重要载体，已经走过了黄金时期，进入了白银时期，也面临产业转型的问题。秉承"根植中原，造福百姓"的企业核心价值观，建业集团深耕开封已近十年，无论是开封建业七盛角民俗文化街，还是刚刚开业的开封建业铂尔曼酒店，以及即将开业的万膳街项目，都是"文化＋地产"的重要实践。"文化＋"的方向就是老百姓的幸福指数，也就是这个城市发展的方向。作为一个想走得长远的企业，应该怀着对文化的敬畏之心，主动拥抱文化，从单纯的房地产开发商向一个居民新型生活方式服务商转型，做一个与城市发展战略同步的实践者。

梁红（开封一城宋韵文化发展有限公司董事长）：被誉为"开封人的待客厅"的小宋城之所以有如此强劲的发展，关键是在餐饮中加入了文化因素。到开封旅游的客人，吃夜市是必不可少的项目，而小宋城正是向游客展现着北宋的夜市餐饮文化。小宋城以独有的亭台楼榭和回廊流水营造浓郁的北宋氛围，舞台上传来的悠悠戏曲声让游客感受到质朴又轻缓的宋韵宋风。在如此雅致的环境中，2000 余种来自开封和全国的知名小吃能满足游客不同的口味，而且店铺、招牌、吆喝声、叫卖声都渗透着开封的传统文化，并向游客展示小吃的制作过程。此外，多媒体歌舞剧《千回大宋》融合了舞蹈、武术、杂技、音乐等艺术元素，重现东京汴梁的繁华，让游客近距离感受宋文化的魅力。

李红宁（开封市政府节会办主任）："文化＋节会"的效应在开封最为明显。文化就是节会的灵魂和载体。反过来，节会也对文化的传承起到了积极作用，让文化能够历久弥新，如清明文化节的清明千人大巡游、菊花文化节的千菊进千家、端午文化周的青少年吟诵宋词等，能够让群众参与进来。"文化＋节会"不仅打响了开封的城市品牌，也给开封的旅游业乃至服务业带来了巨大的促进，更带动了开封的招商引资。仅去年的菊花文化节就为开封引来 84 个大项目，签约额达 980 亿元。文化给节会以助推器的作用，节会又给开封经济的发展插上了腾飞的翅膀。

陈泗（开封市规划局副局长）：目前开封着力打造的"新宋风"正是"文化＋城建"的有益实践。"新宋风"是适合开封城市建设和发展的新的规划理念。既要有宋文化的符号，又要有现代气息，总体来说就是"外在古典、内在时尚"。我们不仅要对开封八朝古都的历史文化名城进行一个妥善和充分的保护，还要处理好保护和利用之间的关系。把开封打造成具有独特宋文化标识的城市，避免"千城一面"，使开封更具有文化竞争力。未来的开封将是一个城市特色非常彰显，又非常宜居的国际化文化旅游名城。

王惠（清明上河园内包拯扮演者）：我是"文化＋"的受益者。我创造了"大宋公平秤"给游客量体重。但游客的新鲜劲儿一过，生意就不好了。我突然觉得应该在其中加入文化因素，加上包公传说，又自编顺口溜给大家讲宋文化，生意一下子火爆了。真是"文化产业'文化＋'，文化宝典惠千家"。

4."文化+"，让开封明天更美好

刘志勇(开封市民)：我是"老开封"，对开封文化发展深有感触。现在开封城越来越美，文化内涵越来越足。环城公园里随处可见老开封的典故，御河边的石墙上写着宋代的历史故事，图书馆、文化馆、博物馆免费，戏曲、电影送到家门口，市民幸福指数很高。

王桂芬（开封市民）：我家住大宋御河西司桥旁边，以前这里是脏乱差，御河修好后，每天晚上能在河边散步，看着两岸的灯火，不时还能看到仿古的歌舞，心情舒畅多了。开封的变化不仅是御河这一点，书店街的翻修、开封鼓楼的复建等让每个开封人都感到骄傲和自豪。

吉炳伟（开封市委书记）：按照"四个全面"的要求，按照省委把开封建设成为河南省新兴副中心城市的要求，按照省委书记郭庚茂对开封提出的"以史为鉴、奋发图强，抢抓机遇、再创辉煌"的殷切期望，全力建设实力开封、文化开封、美丽开封、幸福开封，这是我们的总体目标，"文化+"是建设"四个开封"的重要载体。有中央"四个全面"总引领，有省委、省政府对开封的殷切期望和更高定位，有建设"四个开封"的光明前景，有一批实力企业作支撑，有社会各界的共同努力，相信"四个全面""四个开封"一定能够实现，开封一定能加速向河南省新兴副中心城市迈进，一幅新版《清明上河图》一定会展现在世人面前。

网友热议

@ 我的左耳听不见 666：大爱开封！

@ 召陵地税：文化是民族的血脉，是全面实现小康社会的重要指标。

@ 清明上河园官方微博：文化产业到产业文化的转变、"开封文化"到"文化开封"的转变，最终实现建设国际文化旅游名城和河南新兴副中心城市的目标。

@ 郭志_远：开封很多景点历史与现实的互动做得很好，隔一段就会有新东西拿出来，令人印象深刻。

@ 杨文飞：文化底蕴是开封的优势，这方面还有很多东西可以挖掘。

倾听中原
QINGTING ZHONGYUAN

一带一路"战略

小进中原

产业集聚六厘闪耀

文化+

无隔大

走进开封

256

微评

让"文化+"的阳光照亮开封

删繁就简三秋树，领异标新二月花。创新，不仅是文化发展的加速器，也是城市建设的新引擎。拥有"八朝都会"之称的开封，正是凭借创新的态势，在全国率先提出了"文化+"理念，点燃了古城复兴的火炬。

文化是本。孕育出辉煌宋文化的开封尽管工业相对滞后，自然资源匮乏，但文化的优势十分显著。因此，开封市委市政府确定的用文化建设引领古都复兴是实现开封重现辉煌的重要途径。也正是在这一思路的指引下，开封以一座古城为基础，打造文化产业园区，气魄之大令人震惊。"文化+"的前提是文化的做强做大，只有文化强大了，才有资本去"加"其他行业。

理念是魂。"文化+"不是简单的口号，也不是形而上的生搬硬套，而是各个产业要根据自身特点，真正解放思想，研究与自身产业相关的文化资源，使文化与产业进行多层次的融合，派生出新的业态，促进双方的共同发展。"文化+"，从千年帝都的悠久历史中走来，需要用更加开放、更加现代的眼光去审视它、发展它。

融合是道。"'文化+'的内涵，是通过文化和经济、社会各领域的全面融合，实现'开封文化'到'文化开封'的转变，促进开封发展转型升级。"开封市委书记吉炳伟一语道破实现"文化+"的方式。随着中国产业转型的发展，高复合型产业必将成为主流。挖掘以宋文化为代表的开封文化元素，加速文化产业发展，必将使开封文化与经济、社会融合发展，形成新形态和新业态。未来，传统的第一产业、第二产业、第三产业的区分越来越不明显，因此，产业之间的融合为"文化+"提供了千载难逢的机遇。

我们有理由相信，开封，这座以清明上河图名扬天下的城，以宋文化为特色，以项目建设为支撑，在"文化+"强大的融合力和创造力的引领下，将推动这座千年古城走向新的复兴。

河南日报 HENAN DAILY

2 2015年10月16日 星期五　　组版编辑 马愿 王祖明 曾鸣　　要闻

"四个全面"大家谈

走进开封

"文化+" 无限大

【嘉宾】

吉炳伟　开封市委书记
王立群　河南大学教授
程民生　河南大学教授
高树田　开封市委宣传部分管文化产业负责人
刘银森　河南建业集团董事长
周旭东　清明上河园总经理
李红宁　开封市政府节会办公室主任
陈洄　开封市规划局副局长
梁红　开封一城两翼文化发展有限公司董事长
刘志勇　开封市民
王惠　清明上河园内信陵君演者
王桂荟　开封市民

【主持人】

刘洋　河南日报记者

（本版图片均为本报记者史长来摄）

1 "文化+"，提纲挈领总抓手

吉炳伟（开封市委书记）：很多人会问，什么是"文化+"？我认为，"文化+"就是文化与新产业的高度融合，促进文化大繁荣大发展，促进相关产业的转型升级，深层厚植"文化+"的内涵有三个关键：一是繁荣大繁荣文化，要强文化产业为龙头做强，开封有强大的文化优势，只有文化强大了，才可以去加其他产业。就如"互联网+"一样，互联网对大了产业出现了"互联网+"。

2 "文化+"，开封水到渠成

吉炳伟：为什么开封能够在全国率先提出"文化+"？因为开封有着得天独厚的文化底蕴。作为举办了上承汉唐，下启明清，影响深远的宋代的中华首之城，开封拥有历史文明非常丰厚、影响遗产文多多，拥有高层次文化资源。

3 "文化+"，我们都身在其中

周旭东（清明上河园总经理）：清明上河园能够取得今天这样的成功，清明上河园战略规划上升到河南省的高度，但我们相信文化，相信文化品牌。文化比创意多于方层面去做更有"里"······

4 "文化+"，让开封明天更美好

刘志勇（开封市民）：我是"老开封"，对开封文化发展深有感触。现在开封越建越美观，文化内涵越来越厚。

【网友热议】

【短评】

让"文化+"的阳光照亮开封

走进黄河科技学院

访谈时间 / 2015年11月10日

倾听中原
QINGTING ZHONGYUAN

河南日报 @河南日报 河南日报网 大河网 河南手机报
"四个全面"大家谈
走进黄河科技学院

创新校园　创业摇篮

主持人语

刘婵（河南日报记者）：党的十八届五中全会紧紧围绕"四个全面"战略布局，登高望远，科学擘画，对"十三五"时期建设进行新思考、做出新谋划，提出了发展的新原则、新理念，展示了全党和全国人民对未来前程的新愿景、新祈盼。宏伟蓝图温暖人心、激励人心、凝聚人心，吹响了夺取全面建成小康社会决胜阶段伟大胜利的冲锋号。深入学习、贯彻落实五中全会精神，是当前一项重要政治任务。从本期开始，"大家谈"的聚光灯聚焦五中全会精神，邀约河南各界干部群众畅谈落实全会精神的鲜活实践。

十八届五中全会提出，必须牢固树立并切实贯彻创新、协调、绿色、开放、共享的发展理念，强调必须把发展基点放在创新上，激发创新创业活力，推动大众创业、万众创新。李克强总理前不久在河南考察时对河南的"双创"工作寄予殷切希望。作为全国第一所民办本科高校，黄河科技学院发挥优势，紧抓机遇，成为我省高校大学生创新创业的探路者和开拓者。2015 年 5 月份，黄科院的黄河众创空间作为全国首批众创空间获得科技部授牌。

本期节目，我们聊一聊发生在黄河科技学院的"双创故事"。

1.创客故事：只知道确定了就义无反顾，要输就输给追求，要嫁就嫁给幸福

李威（郑州飞轮威尔实业有限公司创办人、黄科院 2011 届毕业生）：我刚入校时，觉得出行不太方便，城市也很堵，我就想做出一款方便出行的产品。学校教授给了我们专业指导，我们在自动化实验室研发这个产品，用自平衡技术理论制造自平衡独轮车。经过一年多的研发和测试，这个产品在 2013 年 10 月份终于上路了。产品投入市场后，一个月之内就收到了来自欧洲、东南亚、美国的订单。作为创业者，生在"大众创业万众创新"时代无疑是幸运的，学校为我们创办了科技园、孵化器，免费提供实验室、研发设备，我们公司在学校搭建的金融平台刚刚融资了 500 万，年销售额达到了 2000 万左右，目前正在筹备新三板上市的工作。

牛为民（河南大广电子科技有限公司创办人、黄科院 2002 届毕业生）：公司成立 3 年时间已经成长为国家级的高新技术企业，目前主要从事电子标签、智慧环保、智能交通应用系统的研发和推广。公司 2014 年元月入驻大学科技园，在办公用房、政策优惠、市场推广及融资等各个方面得到了很多的帮助。在学校的支持下，我们跟母校合作共建了智能测控软件研究中心，技术研发水平有了一个质的飞跃，也将学校老师的专业知识和理论成果转化成实实在在的效益。我们研发出的城市环境摄影分析系统已经在郑州市和全省的 7 个地市、10 个直管县得到了推广应用，是国内第一家基于图像的方式来监测 PM2.5 的应用系统。明年我们计划推广智能巡检系统，以及基于云端的 PM2.5 监测系统，可以部署在污染源、施工现场的周围进行实时监测和监控，为政府治污防污提供数据支撑。

皇甫尚华（河南睿晟文化传播有限公司创办人、黄科院外国语学院教师）：我所教授的商务礼仪课程，不仅要求教师传授礼仪相关知识，更重要的是培养学生成为真正应用型人才。正是在"敢为天下先"理念的熏陶下，学校为教师、创业团队提供了很多便利条件，我创办了河南睿晟文化传播有限公司，主要从事礼仪培训、人力资源开发、会议会展策划、形象管理包括个人以及国际化网站建设、翻译等项目。我想借用一首诗歌《嫁给幸福》中的一个片断，来表达我的创业感悟：在一往情深的日子当中，谁能说得清什么是甜、什么是苦，只知道确定了就义无反顾，要输就输给追求，要嫁就嫁给幸福！

2. 好风凭借力："创"出一股敢闯、敢创的精气神

胡大白（黄河科技学院董事长）：我们学校是在改革开放大潮中诞生的，本身就是创新创业的典型。2014 年，习近平总书记来河南视察，谈到经济建设进入了新常态，要认识新常态、适应新常态。2015 年两会，李克强总理在政府工作报告中提出大众创业、万众创新。"双创"是发展的动力之源，是稳增长的新动力、创新驱动的新活力，对学校促进大学生就业，也是一个很好的出路。

早在 2012 年学校就成立了大学科技园，为创业的毕业生服务。2015 年我院被评为河南省大学生科技园，5 月份科技部为学院黄河众创空间授牌，并且纳入国家科技企业孵化器的管理和服务体系。现在学校的就业苗圃、孵化器、加速器、科技园入驻企业已有 130 多个，其中年产值 500 万元以上的 15 个，被评为国家高新科技企业的有 3 个，同时在校生的预备创业团队还有 300 多个。近三年参加科技创新大赛，我们荣获国家级的奖项就有 1100 多个。在刚刚结束的全国"互联网＋"大赛上，我们参加申请的项目 274 项，位居全省第一，获奖的项目也是名列前茅。2015 年教育部的创新创业研讨会 10 月中旬在黄科院召开，教育部的领导称赞我院是创新创业成功的典型。

杨雪梅（黄河科技学院院长）：学校搭建了五大载体和四大平台推进"双创"。五大载体是大学科技园、孵化器、众创空间、加速器和人才公寓及配套设施。目前大学科技园已建成面积 57560 平方米；黄河众创空间建有开放办公场地、教育培训场地、公共服务场地、众创咖啡、创客工厂等；孵化器针对 45 个小微企业提供优质创新创业资源，工程院院士、长江学者等同步进行指导。学校培训中心、图书馆、学术报告厅、附属医院等全面向创客开放。

综合公共服务平台设有二七区政府中小微企业服务中心等机构，提供一站式公共服务、政策咨询；专业技术支撑平台已建成河南省管理科学院士工作站、博士后研发基地、工程技术中心等高层次科技平台；科技金融服务平台以黄河众创咖啡为载体吸引了天鹰资本、中国风投、二七区产业引导基金等机构和一大批活跃投资人；创新创业教育平台设有全省唯一获得授权的创业咨询师认证点、创客训练营和创业导师团，现场为学生提供咨询及深度辅导。

我们创建了"本科学历教育与职业技能培养相结合"的人才培养模式，2008 年得到了教育部教学工作水平评估专家组的高度肯定；2013 年获得教育部批准的首批应用科技大学改革试点；2014 年荣获了"全国高校就业 50 强"和"国家级教学成果奖二等奖"等荣誉。学校的创新创业发展模式两次被美国弗吉尼亚大学商学院写进了教学案例。

赵杰（郑州知点文化传播有限公司创办人、黄科院 2014 届毕业生）：我是黄科院培养出来的第一位被哈佛大学录取的毕业生。为了创业，我推迟了到哈佛就读。在校期间，我考取了影视剪辑工程师资格证，并参与影视公司的管理和运营。等到我们自己创业搞互联网硬件公司时，正好学校在建大学生创业园，给我们提供了免费的办公场所和设备。公司成长的每一步，学校都提供了及时悉心的帮助。前几天我们公司已经拿到了李开复的创新工厂的投资、徐小平的天使基金，签署了累计金额 3500 万元的投资意向书。

3.“端菜”变“点餐”：“有形之手”播撒阳光雨露

文广轩（郑州市科技局局长）：有专家总结“双创”主力是“新四军”：大学生、科技工作者和高校教师、海归、连续创业者。这四方面的人才黄科院都有。郑州市之所以与黄科院合作建设“U创港”，关键是因为黄科院有着创新创业基因，机制非常活，是天然的创新创业苗圃。这种政府高校联手创办创新创业综合体的模式，也是可以复制、推广的。我们希望通过抓创新的平台载体、主体、服务等，营造有利于创新创业环境氛围，使郑州的创新创业的活动更加活跃，真正变成一座创新创业之城。

吴建中（省教育厅学生处副处长）：省里出台了一些政策、措施，推进建立由政府、高校、教师、学生组成的“四位一体”的大学生创业服务体系，引导大学生创新创业。2013年以来，教育厅设立了创业引导资金，其中有1000多万用到了大学生创业项目，取得了较好的成效。我们还联合人社厅评选了一批大学生创业示范学校、成立了13个创业教育示范基地，为大学生创业提供支撑。在下一步发展中，要着力解决一些高校创新创业教育不够、政策支持不完善、政策落实不够到位等问题。

陶曼晞（省科技厅中小企业处处长）：我们省对创新创业有很多含金量很高的政策措施，比如对新成立的科技孵化器有资金的支持，对建设各类创新平台有补助，对种子资金和孵化资金投向中小企业和创客有补贴，对中小企业的研发也有真金白银的补助。目前我省国家级的创业导师有15位，省级导师接近200位，他们可以为创业大学生提供咨询和培训。创业者可以和78个省级以上的孵化器和大学科技园、近百家的众创空间对接，寻找创业伙伴、创业导师、创业资源，开始启动创业。等创业产品或成果出来后，创业者可以选择孵化器，借助一站式服务，注册公司企业、成立团队，然后还可依托孵化器提供的各种平台销售产品、管理企业运营，等等。想把企业做得更大更强，下一站可以入驻加速器，获得更多的政策支持，比如省里刚刚设立的科技创业投资引导基金，接受阳光、雨露、养分的滋养茁壮成长。

蔡红（郑州市二七区委书记）：二七区和黄科院合作共建创新创业综合体，加快推进众创空间、孵化器、加速器等建设，拉长了创新创业链条。对高校来说，增加了学生的就业机会，提升了学校的实力和品牌，对党委政府而言，加快了结构调整，实现了多方共赢。近年来，二七区在推进"双创"方面，建立了相关的鼓励引导机制、服务平台和首席服务官的服务机制，把政府职能部门"端菜"变为创业者"点餐"，下大力气解决好服务创新创业"最后一公里"问题。

4. 创新给力未来：从教育集团走向"教育集团＋科技集团"

杨保成（黄河科技学院副院长）：国外的创新创业教育发展较早、比较成熟。拿美国来说，像百森商学院，只有1600名本科生，400名研究生，但是创新创业教育和创业群却做到了世界领先。这个学校非常重视学生创新意识的培养，超越了老师学生办企业的层次，真正把创新创业的生活方式融入了教育过程中，成为世界各地高校效仿学习的范例。斯坦福大学孕育了硅谷，而硅谷的发展也让斯坦福大学在20世纪20年代跃升到世界顶尖行列。斯坦福大学刚刚改革了本科教育，从四年本科教育扩展到六年之内，学生们可以在任何时间休学进行工作、创业，随时回来完成课程选修，真正把个人的成长、教育和创业全方位地结合起来，这些都是值得我们学习借鉴的。

喻新安（河南省社会科学院原院长）：党的十八届五中全会提出，"创新是引领发展的第一动力""要把创新放在国家发展全局的核心位置"。黄科院这样一个创新的样本，首先，让我们对什么是创新有更加深入的理解，创新是一个集合，包括创新的理念、

团队、动力、载体、平台、环境等各个方面；其次，对如何办好高等教育和实施人才战略有很大的启发意义；第三，黄科院的创新精神、创新经验，也是值得全省的创新发展借鉴的。

胡大白（黄河科技学院董事长）：黄科院的创新创业工作刚刚迈出了一小步，今后我们要从两点做起。第一点就是贯彻落实全面深化改革，推进地方大学的转型。我们学校在 2013 年成为全国首批"应用技术大学改革试点战略研究单位"，我们要重点在学校管理体制上进行大改革，从一个教育集团变成"教育集团＋科技集团"，打破学院、系、专业的壁垒，激发创新创业活力，我们打造的优势专业群要和河南省的产业群紧密地对接。我们第二个着力点是努力服务全面建成小康社会。2015 年 5 月，国务院颁布了《关于深化高等学校创新创业教育改革的实施意见》，我们将按照文件精神，建设我们自己的创新创业教育体系，不仅创新的理念、理论、制度、机制，也包括创新创业的成果，都要再上一个大的台阶。五中全会还提出了很多振奋人心的行动，比如网络强国、互联网＋行动计划、现代农业建设、现代服务业建设、"中国制造 2025"等，这些都是高校大显身手的新领域，我们要抓住机遇，继续创新创业，为实现中国梦、为中原崛起河南振兴富民强省做出应有的贡献。

网友热议

@追梦书生：创新需要舒展的意志和自由的灵魂，创业需要澎湃的激情和非凡的毅力，"双创"拼的不是创业者有多优秀，而是社会环境有多宽松。

@我与黄河有个约会：我觉着吧，黄科院之所以有那么强的创新意识，毕业生有那么多的创业者，原因在于它的体制活。民办高校没那么拘谨，认准了就干。

@不吃葡萄皮：要说"双创"有多牛，黄科院里走一走，创客极客排排坐，公司项目创一流。

微评

无所畏有所为

在黄科院这场年轻人的创业盛宴中，有优秀的老师身先士卒，有一拨又一拨学生争先恐后，一个个精彩的创业项目，严密又不失新潮的创业逻辑，展示的是一种"无所畏，有所为"的彪悍精神，让人惊艳不已。

年轻当然是一种资本，却不是"无所畏"的全部理由。处处都有创客空间、创业咖啡馆，墙上一条条醒目的标语在召唤你："为自己创业！"在黄科院，有火热的创业氛围、宽松的创业环境、优惠的创业条件，如果说创业成功是一种偶然，这些支持和引导无疑会让这个概率变得更大一些；如果说创业者应有的模样是勇猛精进且不留后路，在这里创业者无疑会更加无所畏惧、勇往直前。

无所畏绝不是"无所谓"，有所为才是最终的追求。他们用最高效的语言和投资人建立起最高效的沟通，他们强调团队合作而且反应敏捷执行力强，他们已交上了一份不错的成绩单但绝不夸夸其谈仍然心向远方——这当然不是"无所谓"，虽然失败了大不了再回去念书，他们却用最负责任的态度、最有担当的臂膀、最为坚定的信念，奋力为自己撑起一个明天，也为河南发展注入了带着青春朝气的鲜活动力。

现在国家鼓励创新创业，大众创业、万众创新已经成为一种新的生活方式，乘着五中全会再次强调"创新"理念的东风，希望有更多的年轻人能赶上这个潮流。无所畏方能有所为，出彩，就趁年轻，就趁现在！

深入学习贯彻十八届五中全会精神

"四个全面"大家谈

走进黄河科技学院

创新校园　创业摇篮

"四个全面"大家谈　走进黄河科技学院

发言人

胡大白　黄河科技学院董事长

闫曼琦　省科技厅中小企业处处长

吴建中　省教育厅学生处副处长

文广轩　郑州市科技局局长

秦 红　郑州市二七区委书记

杨雪樵　黄河科技学院校长

杨保成　黄河科技学院副校长

喻新安　省社会科学院原院长

辛威　郑州飞轮威尔实业有限公司创办人、黄科院2011届毕业生

牛为民　牛大广电子科技有限公司创办人、黄科院2002届毕业生

龙海燕　河南省晨晟文化传播有限公司创办人、黄科院外国语学院教师

赵 杰　郑州知本文化传播有限公司创办人、黄科院2014届毕业生

主持人

刘 婵　河南日报记者

（本组图片均为本报记者 史长来 摄）

① 创客故事：只知道确定了就义无反顾，要输就输给追求，要嫁就嫁给幸福

② 好风凭借力："创"出一股敢闯、敢创的精气神

③ "端菜"变"点餐"："有形之手"播撒阳光雨露

④ 创新给力未来：从教育集团走向"教育集团+科技集团"

倾听中原 QINGTING ZHONGYUAN

无所畏 有所为

走进黄河科技学院

269

"四个全面"大家谈

访谈时间 / 2015 年 11 月 18 日

走进
郑州经开区

产业集聚　六星闪耀

主持人语

栾姗（河南日报记者）：党的十八届五中全会坚持"四个全面"战略布局，提出要构建产业新体系，培育一批战略性产业。习近平总书记、李克强总理、张德江委员长在河南考察时，都来到了郑州经济技术开发区。这里有"买全球、卖全球"的跨境贸易电子商务服务试点，有"连通境内外、辐射东中西"的郑州国际陆港和郑欧班列，还有推动"中国制造"向"中国创造"转变的中铁装备等，可谓是产业集聚、群星闪耀。

在坚持开放创新双驱动的发展战略下，郑州经济技术开发区作为全省首个且唯一的六星级产业集聚区，紧紧抓住经济全球化的机遇，培育有全球影响力的先进制造基地和经济区，为河南全面建成小康社会贡献力量。

本期，我们来到六星级产业集聚区——郑州经济技术开发区，共同探讨构建产业新体系的"聚"变之路。

1. 开放创新："E 贸易、郑欧班列、中铁装备"绽放异彩

韩爱娟（河南保税物流中心品宣中心总监）：看韩剧时，你发现女主角用的是伊思面膜，就可以马上在中大门网站下单购买。在传统贸易模式里，消费者购买面膜不仅时间长、价格贵，而且无法保证是正品。有了跨境贸易电子商务之后，通过郑州首创的1210 保税备货模式，卖家把海外仓前移至河南保税物流中心，实现了保税备货，减少了中间环节，费用成本下降了。最重要的是，郑州试点首创了关检"三合一"大通关服务体系，3 秒钟内就能实现几十万票货的通验，不仅提升了通关速度，海淘商品因经过海关和检验检疫的查验，还能保证原装正品。

由河南保税物流中心承接的郑州市跨境贸易电子商务服务试点不仅首创了"郑州模式"，也创造了"郑州速度"，这两个环节是我们给跨境电商提供的最优质服务，吸引了来自聚美优品、网易考拉及小红书等知名电商的入驻，带动了整体产业链向郑州的转移。现在，郑州试点业务单量是全国 6 家试点的总和，纳税额、参与企业数量等综合指标也处全国首位。

景建勋（郑州国际陆港开发建设有限公司副总经理）：郑欧班列自 2013 年 7 月 18 日首班开行以来，已实现每周去程三班、回程两班的常态化运营，境内集货辐射地域涵盖全国四分之三的省（市）及日韩等亚太国家，境外分拨范围涵盖中亚、欧洲 20 个国家 105 个城市，总载货量、境内集货辐射地域、境外分拨范围等均居中欧班列首位。

2016 年，郑欧班列将实现每周去程三班、回程三班的常态化运营，这样将大大降低班列的运营成本，实现往返平衡，进一步发挥郑州国际陆港"海陆空铁"四港联动的多式联运枢纽功能，与沿海看齐、和国际接轨，扩大河南的交通优势，为中原崛起做出贡献。

卜照华（中铁工程装备集团有限公司党委副书记）：1997年，中国首次从国外引进德国韦尔特公司的全断面掘进机用于秦岭隧道施工。由于工程设备全部依赖进口，在使用过程中处处受到限制且费用昂贵。当时，我们就暗下决心要造出中国人自己的盾构。经过十年的潜心研发，2008年中国首台复合式土压平衡盾构研发成功并用于天津地铁施工，彻底打破了洋盾构的垄断地位。事隔16年，德国韦尔特公司被中铁装备成功收购，开创了中国收购外国重型装备企业的一个先例。

中铁装备也从国产盾构的开创者发展到盾构行业的引领者。2014年9月，中铁装备研发的全球最大断面的矩形盾构，成功运用在中州大道下穿工程中。2015年，中铁装备研发的全国最硬断面的岩石掘进机用于吉林隧道的引水工程，各项技术参数超过了国际水平。今年，中铁装备已经和国外签订了11台盾构合同，可以说中国盾构的"河南造"，正在走遍全世界。

2．跨越发展："一年添三星"摘得六星桂冠

崔绍营（郑州经济技术开发区党工委书记、管委会主任）：2013年产业集聚区首次考核中，郑州经济技术开发区是三星级产业集聚区。通过一年的不懈努力，实现从"三星"到"六星"的跨越，这是河南省委、省政府和郑州市委、市政府正确领导、鼎力支持的结果，是全区人民拼搏进取、积极向上、共同奋斗的结果。在具体推进和谋划中，我感觉有三点最重要。一是"项目"，因为项目是产业集聚区的基础。二是"开放"，按照开放的方针，我们打造了跨境贸易电子商务、郑欧班列、国际陆港、出口加工区等对外开放的平台，郑州汽车整车进口口岸，郑州海关多式联运监管中心等国家级口岸也得到了审批。三是"创新"，拥有河南留学人员创业园和郑州高新技术创业中心两个国家级创新创业载体。2015年以来，平均每天有15家企业注册成立。正因为项目的带动，开放体系的完善，创新载体的实施，经开区才有了快速的发展，成为六星级产业集聚区。

搞产业集聚不能萝卜白菜什么都要，我们的主导思想非常明确，即实施三大

主导产业，构建现代产业体系。第一是汽车工业，有东风日产、海马轿车、宇通客车和 6 个专用车厂，是我省最大的汽车及零部件生产基地，力争汽车整车和零部件实现年销售收入 1500 亿元。第二是装备制造产业，有亚洲最大的液压支架生产厂郑州煤矿机械集团股份有限公司，中国最大世界第二的中铁工程装备集团有限公司，还有知名的家电企业海尔等，力争达到 1000 亿元年销售收入。第三是现代物流产业，像国药、华润、九州通这些医药物流产业都在经开区，医药物流分拨量占河南二分之一靠上，现代物流产业预计年营业收入也要突破 1000 亿元，未来发展潜力更大。

史占勇（郑州经济技术开发区党工委副书记、管委会常务副主任）：经开区培育有全球影响力的先进制造基地和经济区，实现与世界的连通，我想重点要做好四个方面的工作。第一是完善平台。有出口加工区、保税中心，出口加工区 B 区 1.8 平方公里已经通过预验收，规划面积 5.78 平方公里的国际陆港正在加快建设。第二是建设口岸。有国家铁路一类口岸，还要重点建设汽车口岸、粮食口岸、肉类口岸和邮政口岸，加强对外联络。第三是搭载载体。郑欧班列要做到双向集输均衡往返常态化运营，多口岸、多目的地、多线路运作；郑州到连云港、青岛港班列已经开通，要对接海港常态化运营；郑州国际陆港要对接航空港，连通起整个世界。第四是开放创新。建好中部首个海关多式联运监管中心，争取走在内陆城市前列；做好跨境贸易电子商务试点工作，起到引领全国的作用；建立一体化通关机制，探索快速化通关。

王希伟（河南留学人员创业园管理服务中心主任）：经开区一直致力于建设创新型开发区，全区有五位海外高层次人才获得了国家"千人计划"专家称号，宇通客车组建了国家唯一的电动客车电控与安全工程技术研发中心，中铁装备建成了拥有自主知识产权以及世界最大的矩形盾构机生产基地。

3. 物流通关：不仅是"一站式"，还有吃喝玩乐的能力

李雪生（郑州经济技术开发区党工委副书记、郑州国际物流园区党委书记）：物流园区依托航空港、铁路港、公路港、无水港的综合交通枢纽优势，以第三方物流为主，打造国际物流、区域分拨、城市配送为主要功能的千亿级现代综合物流园区，成为郑州航空港经济综合实验区大物流发展重要驱动力之一。园区规划了 10 个年营业额超百亿的精品园中园，电子商务物流园、时尚物流园、汽车配件物流园等 6 个精品园中园建设已初具规模，光电产业园、冷链产业园、医疗器械产业园等 4 个精品园中园即将开工建设，形成产业与物流联动发展的良好局面。截至目前，园区已经引进项目 116 个、协议投资 993 亿元，像投资 280 亿元具有全球最先进技术的第 6 代低温多晶硅液晶面板项目，世界 500 强企业普洛斯、安德鲁、日通等物流项目，以及全球最大的客车生产企业宇通客车，全国最大的冷链物流企业众品冷链，电子商务及快递领军企业圆通、申通、中通、百世汇通及韵达"四通一达"企业，中国厨卫领军企业大信整体厨房等一大批大块头、高质量、附加值高、占地少、辐射带动能力强的企业已经在园区落地，力争明年要建成国家级现代物流示范园。

孙阅（河南郑州出口加工区管委会副主任）：2010 年富士康落户河南的第一个项目就是在出口加工区内，从签约到投产仅用了一个月时间，被郭台铭先生称之为"郑州速度"。出口加工区承担了国家海关总署选择性征税的试点工作，这也是全省唯一从事这项工作的区域。从 2014 年实行这项政策开始，一年来为园区企业节约税收超过千万元，得到了海关总署的认可。2015 年"双十一"期间，仅唯品会在出口加工区的备货就有 280 万个包裹，遍及生活各个方面。接下来，我们将以国务院批准的出口加工区 B 区的封关运行为契机，进一步做好对外开放平台工作。

庞学元（大信整体厨房科技有限公司总经理）：现代物流系统具备什么能力呢？判断能力、采集能力、推理能力、纠错能力，它还有吃喝玩乐的能力。其实它离我们的生活非常近，整体厨房是家家户户都要用的，包括抽油烟机、燃气灶、水槽、蒸箱、烤箱、拉篮还有橱柜整个系统，这些东西顾客怎么来选购？首先它要基于一个大数据，我们用了 4 年多的时间搜集了十万个顾客家里实际使用的橱柜，然后把这些数据进行整理变成情报，把情报进行整理变成 4000 多个具有代表性的标准，再总结出来 386 个可以工业化的模块，最后让顾客在 3A 级工业旅游景区——中国厨房文化博物馆里完成体验式购物，将私人订制信息传至云计算中心，使这个产品具备成本可控、质量可控、时间可控，达到了智能制造、智能物流的结果。

4．产城融合：投资、工作和生活的人都能感到幸福

丁雷［中建（郑州）城市开发建设有限公司总经理］：郑州未来是国际商都，又是"一带一路"上重要的物流枢纽节点城市，跨境贸易电子商务、郑欧班列、国际陆港将会推动自贸区的建设，这些都需要一个国际化水准的生态宜居城市，这就是我们建设的滨河国际新城。这个新城在规划当中非常突出的是人们在 300 米可见绿，森林覆盖率会超过 40%，水域面积会超过 26%，区域空气质量指数小于 100，公共垃圾处理率可达 95% 以上。市政建设方面，新城规划建设了一条城市综合管廊，这也是河南首个已建成的综合管廊示范段工程，破解了市政管网维修时的挖沟问题。基础设施方面，新城规划有国际学校、国际医院等国际设施，我省唯一一块领事馆用地就规划这里。人文历史方面，新城里有河南仅存最早的司赵火车站和千年法云寺等中国古典元素。新城会伴随着河南国际化进程的加快，成为河南国际化标准居住的一张名片。

李文合（明湖办事处群众代表）：我对幸福生活用 20 个字来概括，环境优美、出行方便、安居乐业、衣食无忧、生活幸福。这是我对幸福生活的感悟，也是辖区广大居民共同的心声。我相信，今后的生活会像芝麻开花节节高，一年更比一年强。

李海峰（郑州雅晨生物有限公司创始人）：2013 年 8 月份在经开区，我又重新创立了现在的公司，这里有一站式、保姆式的服务。经过两年的发展，公司拿到了国内所有的批文，产品已经开始上市销售了，很感谢经开区对我们"海归"创业的扶持。

崔绍营（郑州经济技术开发区党工委书记、管委会主任）：六星级产业集聚区不是终点只是起点，是我们向更高层次、更高水平发展的起跑线。党的十八届五中全会明确提出"创新、协调、绿色、开放、共享"五大发展理念。经过这么多年的积累，经开区奠定了良好的基础，只要抢抓机遇、乘势而上，未来的发展前景应该是非常好的。

刚奠基的第 6 代低温多晶硅薄膜晶体管液晶显示器件项目，其科技含量、投资强度、规模水平都创了河南之最，为郑州乃至全省电子信息产业发展创造了更好的条件。经开区就是要适应国内国际新形势，放眼更宽的视野，站在更高的起跑线上来谋划更大的事。"十三五"征程中，经开区将全面实现"3366"工程，即打造 3 个超 500 亿的工业项目、3 个超 300 亿的工业项目、6 个超 100 亿的工业项目、6 个超 50 亿的工业项目，通过龙头企业带动形成集聚效应，向着全国开发区第一方阵迈进。

网友热议

@香菜烩面胚儿：跨境贸易电子商务买卖全球，郑欧班列领跑全国，中铁装备走遍全世界，经开区好样的！

@郑州经济技术开发区官方微博：六星级不是经开区的最高追求，是我们踏上新征程的新基石、新动力，相信未来的经开区将是群星闪耀，再创辉煌。

@心灵的方向盘：一路横贯东西，两厢叠翠十八里，高精尖项目龙盘虎踞，鳞次栉比。宇通冠世，东风夺嫡，中铁争一，大信发展急，潜力无限。三五年是难题，产业集聚六星，催生产只争朝夕，主席点赞。经开产业城傲世中原，拔地而起。

微评

韧性好潜力足

数年磨砺、一朝闻名。南边有郑州航空港经济综合实验区、北边有郑东新区，位于两区连接地带的郑州经济技术开发区闺藏深处，在 2014 年全省产业集聚区综合考核中，摘得全省首个且唯一的六星级产业集聚区桂冠，实现"一年添三星"的历史性跨越。

产业集聚区是调整产业结构、优化城乡结构、转换动力结构的基础性工程。在坚持开放创新双驱动的发展战略下，郑州经济技术开发区狠抓主导产业转型升级、着力做大汽车产业、做强装备制造业、做优现代物流业，推动产业集群发展，实现产城互动发展，经济体量进一步做强做大，成为全省现代产业集聚发展的排头兵，正向着全国开发区第一方阵加速进发。

变中寻机、乘势而上，韧性好。郑州经济技术开发区抢抓国家推出的"中国制造 2025""中国工业 4.0"升级机遇，坚持向主导产业转型升级要动力，第 6 代低温多晶硅薄膜晶体管液晶显示器件项目开工建设、海尔（郑州）市场创新产业园已实现年产 600 万套空调规模、中铁装备集团研发的泥水平衡式盾构机成功下线，不断夯实经济持续增长的良好支撑基础和条件，保持经济结构调整优化的前进态势，提升经济发展柔韧性。

开放创新、集聚突破，潜力足。郑州经济技术开发区积极实施国家"一带一路"战略，坚持向对外开放平台建设要支撑，全国第三家、中部首家的郑州多式联运海关监管中心已通过预验收，郑州出口加工区 B 区已通过预验收，郑州经开综合保税区申报材料已顺利进入国家十部委联合会签程序，中兴产业港、联东 U 等创新创业综合体正在紧锣密鼓建设中，新的增长点正在加快孕育并不断破茧而出，新的增长动力正在加快形成并不断蓄积力量，实现经济发展持续性。

郑州经济技术开发区的六星之路，为全省产业集聚区发展提供了一个"经开蓝本"。实践证明，产业集聚区正成为我省转型升级的突破口、招商引资的主平台、农民转移就业的主渠道、改革创新的示范区、经济新的增长极。

深入学习贯彻十八届五中全会精神

"四个全面"大家谈 ㉗

走进郑州经济技术开发区

产业集聚　六星闪耀

河南日报
"四个全面"大家谈
走进郑州经济技术开发区

11月11日，河南日报"四个全面"大家谈第二十七场走进郑州经济技术开发区。④ 本报记者 史长来 摄

嘉宾

崔绍营 郑州经济技术开发区党工委书记、管委会主任

史占勇 郑州经济技术开发区党工委副书记、管委会常务副主任

李雷生 郑州经济技术开发区党工委委员、郑州出口加工区党委书记

孙闯 河南郑州出口加工区管委会副主任

景建勋 郑州国际陆港开发建设有限公司副总经理

韩爱娟 河南保税物流中心品牌宣传总监

卜照华 中铁工程装备集团有限公司党委副书记

丁雷 中原（郑州）城市开发建设有限公司总经理

鹿学元 大快餐锋园房地产总经理

王蔷伟 河南留学人员创业园管理服务中心主任

李文合 明源办事处群众代表

李海峰 郑州邦基生物有限公司创始人

主持人

崔翀 河南日报记者

（本版图片均为本报记者 史长来 摄）

① 开放创新："E贸易、郑欧班列、中铁装备"绽放异彩

② 跨越发展："一年添三星"摘得六星桂冠

③ 物流通关：不仅是"一站式"，还有吃喝玩乐的能力

④ 产城融合：投资、工作和生活的人都能感到幸福

总策划 赵铁军 王亚明
总监审 虞焕荣 王国庆
执行 惟道光 徐建勋
　　　 惟道光 李林
　　　 周万川 姚伟
　　　 葛熔松 李昹子
　　　 高增荣

"四个全面"大家谈

倾听中原
QINGTING ZHONGYUAN

访谈时间 ／ 2016 年 01 月 28 日

走进河南两会

两会代表践行"五大理念"

主持人语

刘婵（河南日报记者）："十三五"是河南基本形成现代化建设大格局、让中原更加出彩的关键时期。一年一度的全省两会，对河南经济社会发展影响深远，2016 年将重点听取和审查河南省"十三五"规划纲要草案。我们栏目组特邀了几位代表嘉宾，于百忙之中和大家聊一聊共享发展、供给侧结构性改革等两会和"十三五"的热点话题。

1．把该放的彻底放开、该减的彻底减掉、该清的彻底清除、该管的管好，确保供给侧结构性改革扎实推进

孙廷喜（省人大代表、省发展和改革委员会主任）：推进供给侧结构性改革，是适应和引领经济发展新常态、推动经济健康稳定发展的重大举措。中央提出，推进供给侧结构性改革要实行"宏观政策要稳、产业政策要准、微观政策要活、改革政策要实、社会政策要托底"五大政策支柱，抓好"去产能、去库存、去杠杆、降成本、补短板"五大重点任务。

具体到河南省，去产能重点是要支持各类困难企业分兵突围，对长期亏损、资不抵债、停产半停产的企业要逐步实现市场出清，对不符合能耗、环保、质量、安全等标准的企业要推动提标改造、优化升级，对产品有市场、有效益但暂时遇到困难的企业要继续予以支持；去库存重点是要化解房地产库存，主要措施包括支持大中城市探索建立购租并举的住房制度，鼓励农民进城购房，扩大公积金覆盖范围，提高棚改货币化安置率等；去杠杆重点是要防范金融风险，一方面继续搞好融资对接服务，加大金融支持实体经济的力度，另一方面坚决防范打击非法集资，守住不发生区域性系统性风险的底线；降成本重点是要开展降低实体经济企业成本行动，制定出台我省降低企业交易、人工、物流、财务等成本和税费负担的具体政策措施，帮助企业降本增效；补短板重点是要扩大有效供给，主要包括加快产业结构调整、加强基础设施建设、打好扶贫攻坚战等多方面的工作。

抓好供给侧结构性改革，要进一步厘清政府和市场的边界，全面建立权责清单制度并实行动态管理，把该放的彻底放开、该减的彻底减掉、该清的彻底清除、该管的管好，让企业和群众办事更便捷。各级政府要进一步转变职能简政放权，尽可能利用社会力量，更好地发挥市场机制作用，增加公共服务供给。政府工作报告已经对这些工作做了全面具体的安排部署，我们将全力以赴、攻坚克难、创新思路、抓好落实，确保供给侧结构性改革扎实推进。

2. 产业集聚区已成为转变发展方式的一大亮点，是传统农区走工业化路子的有效载体

徐光（省人大代表、周口市委书记）：我们在稳定粮食生产和注重生态文明的前提下，大力实施"工业兴市"战略，坚持走新型工业化道路，以转变发展方式为主线，以产业结构调整为抓手，以产业集聚区建设为载体，以重点项目建设为突破口，大力发展农副产品精深加工业，及有一定科技含量的劳动密集型产业，积极探索传统农区走好工业化的路子。

近年来，通过着力建平台、全力育产业、聚力强企业等途径，周口市工业经济取得长足发展，呈现出总量持续扩大、增速保持高位、效益持续提升的良好态势，对经济的主导作用不断增强。去年全市规模以上工业增加值、主营业务收入、工业实现利润增速均居全省前列。其中，主导产业快速发展，涌现出千亿元纺织服装产业集群，500亿元医药化工产业集群和电缆电气、装备制造、新型建材3个300亿元新兴产业集群，产业集群的企业总量、主营业务收入、实际利润对全市的贡献率均超过80%。

发展产业集聚区是传统农区走工业化路子的有效载体。近年来，我们把产业集聚区建设作为工业发展的重要载体和平台，坚持明晰功能定位、培育产业集群、强化创新驱动、推动产城互动和注重提升水平的原则，重点推进建设，实现了从无到有、从小到大、从弱到强，持续健康快速发展的好局面，已成为周口人看周口、外地人看周口的最大变化和亮点。目前周口共有10个产业集聚区，其中二星级产业集聚区1个，一星级产业集聚区7个，沈丘县产业集聚区连续四年被省政府表彰为"十先"产业集聚区，太康、淮阳、西华先后进入全省年度发展"十快"产业集聚区行列。周口市的工业化发展道路，既带动了农业现代化，又推进了城镇化进程，既有效推动了民生改善，又加快了脱贫攻坚步伐。我们认为照这个路子走下去，周口是大有希望的。

3. 治霾不能靠风吹，"四减四加"确保绿色发展，让人民有活干、有收入、有保障、有公平，才能有获得感

吉炳伟（省人大代表、开封市委书记）：绿色发展是中央提出的要求，也是老百姓的期盼。去年开封优良天数达到 222 天，在全省 18 个省辖市中排名第 2 位。我们采取的措施是"四控一增"：控煤，产生雾霾的第一元凶是燃煤，去年开封拆除和改造燃煤锅炉 79 台；控尘，即控扬尘；控车，尤其是黄标车；控排，控制一些工业企业的废气、废水排放。另外还有"一增"，即"增绿"。去年开封创建国家园林城市，一年新增绿地 550 万平方米，人均绿地面积达到了 11 平方米。通过这"四控一增"，开封的优良天数多了起来，PM2.5 在 2014 年是 84，2015 年降到 74，2016 年的目标是降到 70 左右。

这"四控"是做"减法"，但是要贯彻绿色发展的理念，还要做"加法"。一是环保意识要增强；二是绿色环保节能的产业发展理念要强化，不能光看 GDP，还要看产业是不是污染的产业；三是财政投入要加大；四是立法要加强，环保工作最终还是要靠法治。这样既做"减法"，也做"加法"，绿色发展才能扎实推进。

共享发展是五大发展理念的出发点，也是落脚点。我们为什么要发展，为谁发展，依靠谁来发展，这是共享发展的核心。同时，共享发展也是检验全面建成小康社会的试金石，是不是全面小康，就要看老百姓是否都有获得感。我认为下一步在共享发展中，要着力抓好四个方面：一是让人民有活干，充分就业是共享发展的基础。二是让人民有收入，一方面，城镇居民和农民的收入增速不能低于 GDP 增速，另一方面要解决贫困问题。三是让人民有保障，比如就业、入学、养老、医疗等公共服务，政府必须有所作为。四是让人民享受到公平正义。这次政府工作报告对开封有一个定位，即"建设新兴副中心城市"，这对开封是极大的鼓舞，也是鞭策，我们有信心在共享发展方面做得更好。

4. 如期全面脱贫是党委政府的硬责任，贵在精准，重在精准，成败之举在于精准，积极构建多方参与、多措并举的大扶贫格局

郭瑞民（省人大代表、信阳市委书记）：中央和省委高度重视扶贫开发工作。在前不久召开的省委扶贫开发工作会议上，郭庚茂书记提出脱贫攻坚"五条途径""五项举措"和"五个保障"，谢伏瞻省长作了全面工作部署，为我们结合实际做好新时期扶贫开发工作指明了方向、提供了遵循。

如期全面脱贫是党委政府的硬责任。信阳作为革命老区、欠发达地区，截止到 2015 年年底，经识别登记，尚有 38 万贫困人口。到 2019 年实现全部脱贫，每年需要减贫近 10 万人，任务重，责任大。对于我们来说，脱贫攻坚是"十三五"时期第一民生工程。脱贫攻坚贵在精准，重在精准，成败之举在于精准。围绕精准扶贫、精准脱贫，我们提出要做到"五个必须"。一是情况必须清楚。通过实地走访到户、到人，对"谁贫困""哪儿贫困""为什么贫困"做到心中有数。二是办法必须管用。贫困家庭致贫原因各不相同，要精准施策、精准发力，切实提高扶贫工作的针对性和实效性。三是措施必须落实。"扶持谁、谁来扶、怎么扶"明确之后，层层签订目标责任书，把"三个五"落到实处。四是工作必须到位。脱贫要靠实干，来不得半点虚假，说到就要做到，说好就要做好。五是任务必须完成。贫困地方一片不落，贫困人口一个不少，全部如期脱贫，坚决杜绝"假脱贫""被脱贫""数字脱贫"，确保贫困群众真正实现"两不愁、三保障"。

同时，我们提出要处理好"四个关系"，即处理好脱贫攻坚与整体发展的关系、如期脱贫与稳定脱贫的关系、精准脱贫与协调推进的关系、主体责任与"三位一体"的关系，积极构建多方参与、多措并举的大扶贫格局，全市上下齐动员，坚决打赢脱贫攻坚这场硬仗，为中原在实现中国梦的进程中更出彩做出新贡献。

5. 建设网络经济大省，已成为应对经济下行压力、突破发展瓶颈的重要抉择

王照平（省人大代表、省工业和信息化委员会主任）：我省是传统产业大省，随着经济发展进入新常态，主要依靠资源等要素投入推动经济增长和规模扩张的粗放型发展方式已不可持续，转型升级任务刻不容缓。加快互联网对传统产业的提升和改造，加大各行各业的创新发展力度，已成为传统产业应对经济下行压力、突破发展瓶颈的重要抉择。

应该看到，"互联网＋"体现出信息化发展在数字化基础上向网络化、智能化、互联化、融合化方向发展的趋势，而我省在一些方面还存在短板。比如信息基础设施方面，信息基础设施和电信业务总量居全国前列，但由于人口基数大，人均水平和服务质量有待进一步提高。为建设网络经济大省，需要我们从以下几个方面努力：一是实施信息化优先发展战略。"十三五"是我省促进"四化"同步发展的关键时期，要把信息化放在更加优先的位置加快发展，充分发挥信息化的带动提升作用。二是加快信息基础设施演进升级。坚持完善基础网络、深化宽带网络应用，加快宽带网络普及提速，推进"三网"融合发展，为发展"互联网＋"提供基础支撑。三是加快信息产业发展。构建以郑州航空港区为核心、多点支撑的智能终端产业布局，打造国内技术领先的行业应用软件开发品牌和解决方案，培育移动互联网、物联网、云计算、大数据、北斗导航等新兴业态。四是加快互联网与经济社会各领域深度融合。其中先进制造领域实施《中国制造 2025 河南行动纲要》，以智能制造为主攻方向，大力推进基于互联网的制造模式创新、生产运营创新、融资方式创新等。五是强化信息安全保障。强化基础信息网络和信息安全监管，发展身份认证、网站认证和电子签名等网络信任服务，构建安全可控的网络与信息安全体系。

6. 推进以人为核心的新型城镇化，建设和谐宜居、富有活力、具有特色的现代化城市

宗长青（省人大代表、济源市委书记）："十三五"时期，济源市将按照中央和省委加快新型城镇化建设的要求，围绕率先全面建成小康社会目标，解放思想，改革创新，着力研究破解"人、地、钱、规、建、管"等突出问题，努力把济源建设成为和谐宜居、富有活力、具有特色的现代化城市。

坚持以深化改革为动力，着力破除新型城镇化制约瓶颈。突出"一基本两牵动三保障"，推进以人为核心的新型城镇化。坚持开放带动主战略，大力推进产业集聚区、服务业"两区"建设，推动产业转型升级，强化产业支撑；深化户籍制度改革，有序推进农民转移市民化；通过大力发展教育事业、推动房地产市场健康发展，最大限度地吸纳外来人口和各类人才到济源安家落户；创新用地保障机制，盘活存量、扩大增量，实现土地资源的集约节约利用；深化投融资体制改革，着力培育多元化投融资平台，吸纳更多的社会资本投入城镇化建设。

牢固树立全域济源发展理念，实施"一区一轴两核两带"空间发展布局，着力提升城市规划建设管理水平。"一区"即集聚做大中心城区，"一轴"即构建沿济源至洛阳交通通道两侧发展轴，"两核"即打造济东新区和小浪底北岸新区两个核心增长极，"两带"即打造南太行和沿黄河小浪底北岸两个旅游产业带。围绕这一空间布局，加快编制城市水系、全域旅游、花园城市、海绵城市、智慧城市等重大专项规划，谋划推进城际铁路、高速公路、通用航空、地下管廊等一批重大基础设施建设项目，持续提升城市综合承载能力。

微评

新理念新实践

正在召开的河南省两会，代表委员热议民生话题，纵论发展大计，为实现河南省"十三五"良好开局建言献策。从扶贫开发到农区工业化，从供给侧结构性改革到网络经济大省建设，从新型城镇化到绿色发展、共享发展，念兹在兹的，就是在经济新常态下，如何用新理念引领新发展。

十八届五中全会提出了"创新、协调、绿色、开放、共享"五大发展理念。完整地把握这五大理念，并贯彻落实到具体实践之中，出实招、破难题，才能进入发展新境界。无论是"精准扶贫""农区工业化"，还是"大众创业、万众创新""互联网+"，抑或是融入"一带一路"、构建米字形快速铁路网，河南省正在实施的一系列战略规划、举措和工程，都在从不同层面积极践行着五大发展理念。河南省两会上的这些建议和谋划，也都是秉持和贯彻五大发展理念的具体体现。

谋划和推动河南省"十三五"时期经济社会发展，就要把适应新常态、把握新常态、引领新常态作为贯穿发展全局和全过程的大逻辑，贯彻落实五大发展理念，变中求新、新中求进、进中突破，以滚石上山的精神拼上去，推动河南省发展不断迈上新台阶。

河南日报
HENAN DAILY

"四个全面"大家谈
走进省两会

践行"五大理念" 提升发展境界

发言人

孙运喜
省人大代表、省直属和改革委员会主任

徐光
省人大代表、周口市委书记

吉炳伟
省人大代表、开封市委书记

郭瑞民
省人大代表、信阳市委书记

王照平
省人大代表、省工业和信息化委副主任

宗长青
省人大代表、济源市委书记

主持人

刘婵
河南日报记者

隆重热烈的大会现场。（图）

① 把该放的彻底放开、该减的彻底减掉、该清的彻底清除、该管的管好，确保供给侧结构性改革扎实推进

孙运喜（省人大代表、省发展和改革委员会主任）：推进供给侧结构性改革，是当前和今后一个时期的重要任务。

② 产业集聚区已成为转变发展方式的一大亮点，是传统农区走工业化路子的有效载体

徐光（省人大代表、周口市委书记）：我们立足实际，工业兴市"战略，坚持走新型工业化道路。

③ 治霾不能靠风吹，"四减四加"确保绿色发展，让人民有活干、有收入、有保障、有公平，才能有获得感

吉炳伟（省人大代表、开封市委书记）：绿色发展是中原崛起的亮点。

④ 如期全面脱贫是党委政府的硬责任，贵在精准，重在精准，成败之举在于精准，积极构建多方参与、多措并举的大扶贫格局

郭瑞民（省人大代表、信阳市委书记）：中央和省委都要求坚决打赢脱贫攻坚战。

⑤ 建设网络经济大省，已成为应对经济下行压力、突破发展瓶颈的重要抉择

王照平（省人大代表、省工业和信息化委副主任）：我省是传统产业大省。

⑥ 推进以人为核心的新型城镇化，建设和谐宜居、富有活力、具有特色的现代化城市

宗长青（省人大代表、济源市委书记）："十二五"时期。

（本版图片均为本报记者 史长来 摄）

新理念新实践

（短评）

我的心里话（后记）

王亚明

转瞬间，"四个全面大家谈"这组报道已经结集成书了。每期节目开头，主持人都会邀请在座嘉宾"打开话匣子，说出心里话"。这次，终于轮到我，轮到报道的制作方——河南日报，谈谈我们自己的心里话了。

回想起 2015 年 4 月 14 日，录制第一期报道时，团队十多位同志奔赴兰考前线，手里只有一份报道计划，颇有点"纸上谈兵"的意味。这组大型报道蓝图设计颇为宏大，能不能搞得好，操作环节有没有漏洞，传播成效几何，说实在的，我心里没底，大家也都没底。至于访谈对象晕镜时如何帮助其放松，访谈内容如何控制在整版篇幅见报，摄像机该从几个角度取景等细节问题，大家伙儿更是没有经验，甚至没有那个概念。以至于第一期录制到一半时，背景板桁架被风吹歪，所幸有惊无险……

而到 2016 年 1 月 28 日录到 28 期时，一个素质过硬的"全媒体作战"团队诞生了，甚至单期节目都可以实现分兵作战——统一部署下，几个"小分队"同时进行访谈，力量科学配置、节目顺畅录制、编发快速迅捷……毫不夸张地说，一个"四个全面大家谈"，帮河南日报锻炼出了一批融媒体"战士"。

河南日报历来高度重视、精心策划重大主题报道，但我们承认，有些报道模式化、程式化的味儿浓，创新与融合力度不够。面对这个困扰已久的问题，河南日报编委会在反复摸索、仔细推敲的前提下，探索推出了"四个全面大家谈"系列报道，旨在从媒体融合的角度出发，在全媒体传播的层面实现突破，为重大主题的全媒体报道趟趟路子。

我经常说，党报做时政类微信公号等新媒体要和用户"搂着肩膀说话"，其实"四个全面大家谈"这组报道，正是"搂着肩膀说话"的经典范本——报道的采访环节运用电视访谈形式，嘉宾朴实的语言和生动的故事，让宏大主题"接上了地气儿"，将采访过程化硬为软的同时，实现了与嘉宾"搂着肩膀说话"；我

们注重找一线人员谈，包括车间工人、田间农民、基层干部、高校学生、审案法官，他们的表述来源于日常积累，内容丝毫不空洞化与套路化，这是与鲜活素材"搂着肩膀说话"；在传播层面，纸媒、网站、微博、微信、手机报、客户端等悉数上阵，一体策划、一次采集、多种生成、多元传播，我们与网络时代"搂着肩膀说话"；手机报和新媒体平台的编辑们围绕当期主题，在集纳式报道页面开展话题投票、网友心声、跟帖评论等互动讨论，我们与用户"搂着肩膀说话"……

我们始终坚持，全部28期报道，每期都有社长、总编辑或副总编辑到访谈现场指挥甚至亲自上阵主持。所有的团队成员住小招待所，吃大锅饭，顶着烈日串场，顶风冒雨试镜，从没有因为自身原因延误过访谈工期和见报时序。在商水县录制时，车辆被乡间赶集的人潮"困住"，为了不让嘉宾久等，大家伙儿扛起相机、摄像机、笔记本电脑就跳下车，硬是挤过了七八里的集市。整个报道的制作过程，就是一次"走转改"的历练过程，从报社领导到一线记者，都扎实锤炼了过硬的采访作风。

习近平总书记在党的新闻舆论工作座谈会讲话中深刻指出："党的新闻舆论工作要适应分众化、差异化传播趋势，加快构建舆论引导新格局。要推动融合发展，主动借助新媒体传播优势。"中共中央政治局委员、中宣部部长刘奇葆视察河南日报报业集团时殷切寄语："融合是媒体发展的方向，要深入推进媒体融合发展。希望你们越做越好！"带着中央领导的谆谆嘱托，河南日报从自身资源优势出发，从重大主题的宣传报道入手，以"四个全面大家谈"为先手，探索传统媒体与新兴媒体融合的模式和路径，是重大主题借助全媒体发布的一次能量大释放，是党和国家大政方针立体化呈现的一次途径新探索，是"顶天立地""站在天安门上想问题、深入田间地头做文章"的一次理念大转型，是传统媒体走向"媒体融合"的一次跨界新尝试，也是全媒体人才培养的一次素质大练兵。

马克思主义新闻观是每个新闻工作者的立身之本、从业之基、成长之魂，是指导新闻工作实践的强大思想武器。站在党报总编辑的岗位上，与众多一线记者、编辑一道策划并推出了"四个全面大家谈"，通过我们的报道，将"四个全面"战略布局深入到全省党员干部、人民群众的内心，转化为让中原更加出彩的具体行动，这是我们在对马克思主义新闻观再学习、再认识、再夯实后，进行的一次学有所用、学有所成的生动实践。今后，河南日报将把这一科学、系统的理论体系，持续体现在各项宣传报道活动中，进行更多的生动实践。下一步，我们将继续推出"五大发展理念大家谈"等灵活多样的栏目，争取把"大家谈"品牌越擦越亮，始终坚持围绕中心、服务大局，紧紧围绕中央和省委重大决策部署，围绕经济社会发展重大理论和现实问题，围绕人民群众关心的热点、难点问题，不断推出有深度、有价值、有分量、有影响的优秀新闻报道。

我们衷心感谢，报道组所到的各市、县、区，各省直单位，各企业、高校、社区村庄，你们从嘉宾的选拔组织、场地的挑选布置等环节，为报道组提供了坚实的后勤保障。"四个全面大家谈"这组报道一期一期见报直至结集成书，你们是真正的幕后英雄。当你我手捧这本墨香犹存的书籍时，所有的辛劳，所有的鼓励，所有的谢意，皆在其中。

我们诚挚希望，媒体融合大势中，拥抱全媒体，不单单是河南日报一家媒体的责任，需要你我共同参与其中，共同努力，迎接一个崭新的媒体传播新格局。"四个全面大家谈"报道只是一次初步的全媒体报道探索，下一阶段，在河南省委、省政府高度重视、全方位支持下，河南日报将拥有一个更加良好的融合氛围，定将不负重托，不辱使命，设计并制作更多的、更为优秀的全媒体产品，唱响主旋律、传播正能量，为全面建成小康社会加油鼓劲。

（作者系河南日报报业集团总编辑）